回眸千古

李端科◎著

杨贵妃

内蒙古出版集团
远方出版社

图书在版编目(CIP)数据

回眸千古——杨贵妃 / 李端科著.– 呼和浩特:远方出版社,2014.4
(唐宫红颜系列)
ISBN 978-7-5555-0158-9

I. ①回… Ⅱ.①李… Ⅲ.①长篇历史小说–中国–当代 Ⅳ.I247.5

中国版本图书馆 CIP 数据核字(2014)第 055343 号

唐宫红颜系列　**回眸千古——杨贵妃**

作　　者	李端科
责任编辑	刘洪洋　蔺　洁
插　　图	马东原
封面设计	晓　乔
出版发行	内蒙古出版集团　远方出版社
社　　址	呼和浩特市乌兰察布东路 666 号
	(电话 0471-2236466　邮编 010010)
经　　销	新华书店
印　　刷	内蒙古爱信达教育印务有限责任公司
开　　本	710 × 1000　1/16
字　　数	236 千
印　　张	15
版　　次	2015 年 1 月第 1 版
印　　次	2015 年 1 月第 1 次印刷
书　　号	ISBN 978-7-5555-0158-9
定　　价	29.00 元

如发现印装质量问题,请与出版社联系调换。

【前言】

唐明皇既是中兴之君，又是后衰之主，其间道理，颇值得深思。他同杨贵妃的爱情故事，流传民间，家喻户晓。但是这个故事是严重失真的，应恢复其本来面貌以正视听。

造成失真的原因，主要是由于白居易的《长恨歌》——其主旨虽然是批判与讽刺统治阶级“重色思倾国”的荒淫误国，但是由于作者处于当朝，不得不有所忌讳和粉饰。他首先隐去了唐明皇夺取儿媳杨玉环（杨贵妃）的丑闻，说什么“杨家有女初长成，养在深闺人未识”。其次是对他们爱情故事的美化，穿插了道士招魂、贵妃升仙的情节，赋以传奇性的色彩，使此悲剧笼罩上美丽动人的外衣，蒙蔽了读者，使读者误信他们是一对值得同情的生死鸳鸯。

实际上杨贵妃是个倍受蹂躏欺凌、思儿忆夫、忍辱偷生、精神近乎失常的女性，十分值得同情。唐明皇痴情于她，可以说基本属实，但她丝毫不喜爱唐明皇，只是唐明皇单恋她而已。

笔者基于此，既赞扬明皇的“开元”盛世，也揭露他晚年的穷奢极欲、委权奸佞、迭兴冤狱。奸相李林甫城府深密，口蜜腹剑，以甘言啖人，而阴中伤之，不露辞色，辅政十八年，忠良贤士殄灭殆尽。

其酷吏“罗钳吉网”，两面三刀，比武则天时代的周兴和来俊臣有过之而无不及。至天宝末年，形成了三奸鼎立、互相倾轧、钩心斗角的局面，终于酿成了安史之乱，明皇奔蜀，贵妃殉难，江山几覆。

红颜薄命是旧社会常有之事，而杨贵妃的薄命比一般的红颜更令人同情。她既是“父子见凌辱”，又思娇儿，念俊郎；因被深锁宫门，杀身不易，终以玩世不恭的态度以示反抗——品皇侄嗣宁王的玉笛、戏弄安禄山、绰趣李白……尤其是她临死前要求“再见爱夫寿王一面”，向唐明皇提出了控诉和挑战，并非是“陛下，怎生救妾身一救?”“望吾皇抛奴婢吧……”哀怜或舍己体贴明皇的话（见《杨太真外传》、《长生殿》），而“尸解升仙”和“复活逃往日本”更属无稽之谈。

【卷首语】

吊民伐罪兴唐，
去奢用贤除奸。
励精图治纪“开元”，
盛世明皇堪赞!

群奸乘虚弄权，
先明后暗遗憾!
父妃儿媳皆可玩，
马践杨花长安……

红颜薄命常有，
父纳子妃罕见。
思夫念儿肠欲断，
玩世不恭苟安!

强颜作欢最苦，
误传恩爱化仙。
忍辱饮恨越千年，
今日可否鸣冤?

目录

第一回

唐明皇化装选妃
贤丞相开启盛世

唐玄宗除灭太平公主叛乱后，政权巩固，天下太平，群臣上尊号“明皇”。明皇遂松下气来，趁机休息一个时期，以便积蓄力量，励精图治。

“富贵生淫欲”乃封建社会的常事。圣君唐太宗有八十一御妻。明皇继位两年来，由于太平公主的干扰，后宫的妃嫔尚不足十人，遇此安恬舒适的时机，他再不能放过了。

一天傍晚，明皇溜进掖庭选美。为了避免宫娥们局促或矫揉造作，他便在龙袿外面罩上一身黄门的服装。刚进望春门，忽见假山东面的鸳鸯池中倒映着一个少女的倩影，正对着鸳鸯说话，明皇遂躲在山后窃听。那少女自言自语道：“你俩亲亲热热，寸步不离，饱尝恩爱之乐，可知我的苦闷？我上无父母，下无兄弟，全家百余口人，只留我一个。如今正当十四年华，尚孑然一身，待得春归花落、容颜凋谢的时节，那孤凄的滋味，怎堪忍受？”

明皇悄悄退下黄衫，露出龙袿，走上前去和她打了个照面，四目相对。明皇不禁神魂飘荡，但见她容颜如花，顿生似曾相识之感。那宫娥见是皇上，吓得跪在尘埃之中，口呼“万岁请饶”。明皇细问之下，才知她是前朝罪人武三思之幼女，全家被诛之时被老仆从狗洞救出，而今化名被选入宫。美艳宫娥满腹苦衷，只哭得梨花带泪。明皇见她稚气动人，娇憨可爱，顿起怜香惜玉之念：武三思已被诛十余年，那时她尚是孩提，死里逃生，是她有福，且长就一副国色天香的容貌。何不纳她为妃，谅她也绝不会恩将仇报。明皇主意已定，遂封这个武氏后人为武惠妃。从此，对她百般宠爱，似同着了魔，还赐大明宫迎春院于惠妃。上朝也是心不在焉，下朝就直奔惠妃居所。

惠妃乖巧，经常劝说明皇励精图治，明皇见惠妃如此，心中十分欢喜。且武惠妃年方十四，离色衰韵减还有很久的时间，遂明皇再无纳选新妃的打算，就一心专志地图治起来。

然此时天下尚有诸事扰乱明皇之心：吐蕃所侵占的土地尚未收复，武、韦外戚祸乱余波尚存……诸如此类，亦使明皇一筹莫展。

恰在此时，隐居陕州渭滨不仕的姚崇出现在唐玄宗面前，姚崇虽于武太后和睿宗时两度为相，但未有机会施展其长。后又因太平公主谋逆，明皇委曲求全，贬姚崇为中州刺史。此事令明皇深悔不已，今日得以重见，自是分外欣喜，即欲对之涤厚相待。

原中书令张说，虽也稍具才略，但品操不足，一见姚崇入觐，就心怀嫉妒，唯恐姚崇取代自己的相位，便唆使殿中监姜皎上言对姚崇另作安排。不想张说之计被明皇识破，明皇唯恐张说另生别计，立即拜姚崇为兵部尚书，同平章事（宰相）。姚崇闻诏，并不谢恩。明皇异之，姚崇遂上言十事，恳请明皇行之。

明皇细想姚崇建言的十事，确为治国之本，便即刻身体力行，颇显雷厉风行之本色，并亲往姚崇府中拜相。姚崇见明皇心诚若此，知他决心治国，便侃侃进言，并随同明皇赴任。十天之内，明皇连发二诏，对诸王和功臣进行封赏。此乃明皇悉心接受姚崇进言所行，自不赘言。诏令一下，大快人心，尤其是谏议大臣和御史们，都扬眉吐气，竞相进谏。

有个右拾遗名叫张九龄者，早闻薛王隆业的舅父王仙童罪恶昭著，状纸盈尺，但因投鼠忌器，不敢启奏。而今见明皇励精图治、雷厉风行，遂大胆上奏本章。明皇大怒，欲除王仙童而后快。其间又有张说泄密，欲加阻挠。然明皇终采纳姚崇进言，将王仙童除掉。从此左迁张说为相州刺史，拜姚崇为右函相，拜干练清廉的御史中丞源乾曜为左丞相。

姚崇为了彻底整顿吏治，又上两项奏章。一为任人唯贤：京官有才识者，可授都督和刺史；都督和刺史有政绩者，擢京官，并对官吏提出“耸廉勤之节，塞贪竞之门”等道德规范，名曰《五诫》。二为罢斜封官：女皇晚年和中宗时期卖官鬻爵成风，“虽屠沽臧获，用钱三十万，则别降墨敕除（授）官”，而“台寺之内，朱紫（三品以上官）盈满”，且考举不严，徇私舞弊屡有发生，应亲问对策。

明皇见奏甚悦，赏姚崇锦缎百匹，又召集近京诸县令三百多人入朝应试，出一试题为《治民策》。应试者只有三十多人能答，交白卷者占有半数。明皇看罢气愤异常，立即把斜封官三千多人和不合格的县令全部罢官为民，将原先太平公主谋逆时期受冤贬为楚州刺史——累迁东京留守、京兆尹、广州都督、刑部尚书的宋璟，拜为吏部尚书。从此吏治得到彻底整饬，皇亲、贵戚、贪官污吏，皆战栗束手。明皇又依贞观故事——恢复唐太宗的政策，轻徭薄赋，抗击豪强兼并土地；并以身作则，劝谏杜谗，去奢尚俭，减缓大明宫的修建——降敕"农务方勤，罢之以待闲时"。如是行事，加之"天时、地利、人和"具备，三年之间，天下便呈现出兴旺的景象。

但智者千虑，必有一失。开元四年冬，姚崇亲信，中书主事赵诲受蕃人珍馈。明皇亲加鞫问后，决下狱处死。姚崇明知赵诲罪有应得，但仍为他说情开脱，明皇不悦。不久赵诲虽遇赦，但敕文特标"重杖一百，配流岭南"。姚崇从此忧惧，以年迈体衰（六十七岁），面奏避相位，推荐吏部尚书宋璟自代。明皇允之，授姚崇开府仪同三司。

宋璟授相之后，亦广为进谏，协助明皇励精图治。

明皇在宋璟的进谏下，颁发两道圣旨。

一是禁毁伪制恶钱。由户部派出百名采访使，分为十道，巡视天下。一边用国库铜钱兑换恶钱，一边密访伪制者，查获即严惩。

二是劝学开科。凡废弛的官学和私塾，皆令复课；有困难者，官给补济。于当年十月加试开科大比，选进士八十人，较以往宽额一倍。所选皆充实学士府中。

天下庶族百姓闻此二旨，皆拍手称快，奔走相告。

连年风调雨顺，五谷丰登，斗米七文钱，大有跌至贞观年间的趋势。但宋璟却看到"谷贱伤农"，于国不利，他又奏谏明皇，以提价二文钱收购，充实国库，防备荒年。

以上所举，为开元盛世的经济和文化奠定了坚实的基础。

欲知后事，且看下回分解。

第二回

惠妃生子托宁王 宋璟除恶辞宰相

明皇宠幸武惠妃引起了其他妃嫔的嫉妒。惠妃两次有孕，都中途小产，这自是有人在阴谋策划。所幸吉人天相，惠妃又生了一男儿，排行为第十八子，聪俊非凡，取名瑁，封为寿王（即杨贵妃第一个丈夫，此是后话）。

由于前二子的夭亡，皇妃二人爱他若掌上明珠——比明珠还胜之百倍，真是穿得薄怕冻着，穿得厚怕热着；吃得少怕饿着，吃得多怕撑着，时时提心吊胆，生怕发生意外。

一日寿王忽受风寒，咳嗽发烧，百药无效，一连十天不愈。帝妃无奈，竟然请了个巫婆入宫。

那巫婆饱经沧桑，虽能信口胡诌，但在皇帝面前却不敢造次，十分拘谨，问了寿王的生辰八字和得病日期，便烧香斗表，然后捧起双手，眯着眼，念咒祷告约半个时辰，打了个哈欠，伸伸懒腰，大笑道："勿妨，勿妨！寿王乃三台星转世，当大富大贵。"

武惠妃听此，喜不自禁，连忙插言道："哎呀，仙姑真灵，寿王乃吾的第三胎，正是三台星了。"

巫婆见旗开得胜，胆子便大了起来。"可寿王而今被一片妖雾笼罩，故有此难。"

武惠妃因赵丽妃为明皇太子瑛生母，早恨她入骨，一听"笼罩"的"罩"字，便又连忙插言道："莫非是有姓赵的恶人符咒吾儿么？"

这巫婆本来最会察言观色，顺竿上爬或找台阶下滑，遇此机会，岂能放过，遂灵机一动，计上心来：皇帝三宫六院，岂会没有姓赵的？她们之间岂有不争风吃醋的？于是果断地道："然也，然也！这片妖雾还很大呢。你看那妖雾的‘妖’字，带个偏旁‘女’字，肯定是个女人。”

武惠妃唯恐明皇会意不出是赵丽妃，便用劲给巫婆使了两个眼色，然后问她道：“吾已连生二子，皆不幸夭亡，莫非皆是姓赵的符咒的么?”

那巫婆心领神会，知道她是有意暗示引诱自己，胆子更大了，便疯癫似的猛拍一下桌子，把帝妃都吓了一跳。她随即大声道：“全是那个妖婆！你看那‘夭亡’的‘夭’字，也带个‘妖婆’的‘妖’字半边么!”

武惠妃见水到渠成，便忙追问道：“可有破法么?”

那巫婆道：“只有将寿王托人抚养，或令其出家，别无他法。”说罢站起就走，表示自己一心一意为人禳灾，并非骗钱。

武惠妃连忙取出二两银子，交宫娥紧追上去。

那巫婆得了银子，一路窃笑，回到家中。

明皇本是信佛的，早欲求仙药长生不老，对巫婆所言，虽半信半疑，却认为将寿王托人抚养有益无害，被托之人，谅也会尽心尽力。于是问武惠妃：“该托给何人呢?”

武惠妃想了想道：“宁王的元妃育子十人，无一夭亡，必有良方，托她抚养可好?”

明皇应允，遂召宁王来见。

宁王宪为明皇异母长兄，女皇时曾封为皇孙，因明皇平韦后和太平公主谋乱有功，遂让太子位给明皇，自己改封为宁王。他为人忠厚，让位后，从不干预朝政，并谨小慎微，拒绝交结，以避嫌疑。为此，明皇对他特别恩待。

宁王对明皇委托代养皇子事，因关系重大，怕万一不测，吃罪不起，有些犹豫。

明皇知他有虑，劝慰道：“皇兄不要顾虑。常言道：‘命中无儿难求子。’皇嫂元氏既然能抚育十子成人，定有育儿良法，若有不测，则必为武惠妃命中无子矣！且皇兄昔日既然肯让太子位与吾，使吾得继大统，吾终生难报，岂会责备皇兄么？为表诚意，吾加封皇兄为‘让皇帝’是了。”

宁王听此，十分激动，连忙跪下谢恩：“愚兄当尽心扶养寿王瑁，为吾加封实不敢当。吾第三子琎（后来和杨贵妃有暧昧关系，此是后话）贤孝，如能袭爵则死可瞑目矣！”

明皇连忙上前扶起，“皇兄谦恭忠厚若此，吾实感戴不尽！莫说皇侄袭爵，侄孙再袭，亦可偿兄夙愿。皇兄今后请以家礼相见，免去君臣跪拜之礼。”

宁王见明皇孝悌如初，感激涕零，为了再表心迹，又进言道：“兴庆坊为陛下旧邸，潜龙之所，应改为宫，吾兄弟四人为藩王，应迁出为宜。”

明皇感慨地道：“骨肉兄弟乃天生羽翼，岂忍远离。”

宁王道：“可将吾等迁至离皇城更近些的安兴坊和胜业坊是了。”

明皇认为有理，遂依其计，将宁王宅徙于胜业坊东南角，申王和岐王宅徙永兴坊东南角，薛王宅徙于胜业坊西北角，将兴庆坊原五王宅辟为兴庆宫。不久即征民夫五万开工，十年方成。

且说宁王回府向元妃说明皇上委托抚养寿王之事，元妃虽有后顾之忧，亦无可奈何，只好应允。

说来也巧，次日寿王即烧退，咳嗽转轻。明皇和武惠妃便亲抱寿王乘辇送到宁王府中。宁王夫妇接住，如获至宝，赞不绝口，一个说像皇上，一个说像惠妃。

明皇和武惠妃听了都笑逐颜开。

宁王为明皇和武惠妃准备了丰盛的午宴。他们边饮边谈家常，十分亲热欢畅。明皇忽然想起魏文帝的一首诗，把来纸砚，御笔亲书赐给宁王：

西山一何高，
高高殊无极。
上有两仙童，
不饮亦不食。
与我一丸药，
光耀有五色。
服药四五日，
身轻生羽翼！

此诗含兄弟似羽翼，宜长相和睦友悌之意。

直至日夕，方才宴毕。临行，帝妃又去吻了一阵寿王，始恋恋难舍地离去。

此后，帝妃每隔五日来见一次。

且说禁毁恶钱之事，时经一年，弊端百出：伪铸者多系皇亲贵戚，他们消息灵通，既收形敛迹，亦不兑换，以免引火烧身；而未伪铸者“心中无闲事，不怕鬼敲门”，大胆兑换，于是成了嫌疑对象，甚至有的受冤遭惩；而那些伪铸者又趁机挑拨离间，只弄得怨声载道，天下不安。见识浅薄者，纷纷指责，归罪于宋璟。

宋璟本来一心为国，无有私念，见事已至此，遂提出辞任，以息众怒。明皇也知宋璟冤枉，但出于无奈，只好准其所请，罢知政事，授其开府仪同三司。

宋璟罢相后，荐张九龄为相。明皇觉得张九龄经验不足，要复张说相位，因他听说张说贬谪相州刺史和检校并州长史之后，不顾个人安危，赤心报国，数立功勋。有年秋天仅率轻骑二十人，直诣大同北九姓和拔曳固部落，欲召集酋长抚慰。副史止之，谓：“夷族难信。召酋长至，恐有危。”张说道：“吾肉非黄羊，必不畏吃；血非野马，必不畏刺。士见危致命，是吾效死之秋也。”遂召之。结果九姓感义受抚，其心乃安。还有一次，叛胡与党项联结攻银城，又于连谷劫粮，张说统马步兵万人大破之。副使请诛党项，以绝其再叛。张说道：“先王之道，推亡固存，如尽诛之，是逆天道也。”故而奏置麟州，以安置党项。

明皇甚悦，复张说相位，接替了宋璟。

欲知后事，且看下回分解。

第三回

唐明皇颁诏封禅
杨司户举家观光

张说复相位之后，痛改前非，继姚崇和宋璟的善政，励精图治，结好四夷，于是天下太平。至开元十一年，文武百僚及四方文学之士，皆以理化升平，五谷屡稔，上书明皇请封禅泰山，先后进赋颂达千余篇。宰相张说亦累日固请，明皇允之。

明皇准奏封禅之后，宋璟入宫极谏，以为库藏尚不充盈，宜缓期施行。而善于钻营的监察御史宇文融，却趁机于晚间入宫献媚并奏请明皇置劝农判官十人，分行天下，对逃移户口，详为检括，令其百日自首，或就地附籍，或听归故里，各从所欲；过期不自首者，则迁徙边州；容庇者连坐抵罪。宇文融还保证道：“若蒙陛下允奏，臣敢保，明年增赋五百万缗。”

明皇亦允之，并命其为劝农史，立即试行。小人得志，跋扈不可一世。阳翟县尉皇甫憬迂腐固执，不肯盲从，与宇文融针锋相对，却不若宇文融在皇帝面前得宠，落得个调迁盈州县尉的下场。

其他各州县闻知宇文融的作为和皇甫憬的下场，皆顺风承旨，虚报逃移户数。这样，全国计增加新户八十余万，次年增租八百万缗。又适逢关中丰稔，籴粟购帛，粮仓充盈，帑帛山积，明皇大悦，擢宇文融为御史中丞兼户部侍郎，并集百官于尚书省议封禅事。

且说明皇召集百官在尚书省议封禅之事，吏部侍郎李林甫，早窥知上意，极尽迎合之能事，竭力赞助。中书令（宰相）张说本爱献媚求荣，此次又想趁机浑水摸鱼，所以列举明皇政绩六款，云可同贞观圣世媲美，早迈高宗乾封，封禅已万事俱备，时不我待。而公卿以下，皆畏宇文融威势，不敢立异。唯有个户部侍郎杨玚，忠直不阿，见此如鲠在喉，抗言道："宇文融检括逃移，弄虚作假，巧立名目，强征暴敛，骚扰百姓，得不偿失。库藏虽盈，实割肉充饥，腹饱而身毙，君富而民穷。若再虚张声势，穷奢封禅，劳民伤财，只怕社稷有危，愿陛下明鉴！"

宇文融被揭到痛处，唯恐别人随杨玚而起，立即跳了起来，声嘶力竭道："杨侍郎发此阔论，毫无事实，既血口喷人，又诬蔑陛下，迷惑圣聪，不依法革职，臣实不服！"

杨玚又据理力争道："明皇中兴十又五年，轻徭薄赋，天下太平，四夷咸服竞归，百姓安居乐业，连年丰稔，斗米十文钱，何为要逃亡八十余万户？莫非他们疯了不成？诬蔑陛下仁政，蒙蔽圣聪者不是别人，正是劝农使宇文融大人！"

吏部侍郎李林甫见宇文融被堵到绝处，于己不利，连忙帮言解围，"新附籍客户是否有虚，一时难定，但今岁增租八百万缗，确是属实。"

杨玚仍不服气，道："强征暴敛故也。"

中书令张说力主封禅，于是巧为措辞，调和道："新附籍客户，有些微失实，也在所难免，劝农使一人岂可逐户查核？但如今四夷久安，天下太平，国富民殷，野无饿殍，商旅野宿，堪称盛世，比东汉和高宗先帝封禅时，皆有过之而无不及。且陛下封禅旨在为苍生祈福，有益无害，何乐而不为？"

明皇听毕张说的献词，颇感舒畅，立即宣旨："吾意已决，定于开元十三年十一月十日封禅泰山。敕张说和礼官学士贺知章撰封禅礼仪。杨玚不欲封禅，迁华州刺史可也。"遂宣布退朝。

于是张说和贺知章引经据典，拟出雏仪十篇。但有三事不能自夺，入朝启奏：

一、前代帝王封禅，《玉牒》文字皆秘，不知圣意如何？

二、高宗时降禅坛首领时，行初献，礼毕，令执事者齐下，由天后亚献，以锦绣为帷，率六宫升坛行礼。而历观汉朝前皆由宰相亚献。

三、如今四夷独突厥较盛，且屡请和亲未许。圣驾东巡，百官随行，两京空虚，若彼趁机入侵，为之奈何？

明皇闻奏毕问道：“前代《玉牒》何为秘之？”

贺知章道：“《玉牒》为通神明之意，前代帝王所求各异，或祷寿祈福，或求升仙，其事微密，不令外人闻知。”明皇道：“朕今此行，旨为苍生祈福，更无私情，宜将《玉牒》示群僚百姓。登封以高祖神尧皇帝配享，邠王守礼亚献，宁王宪终献。降禅时可以睿宗大圣贞皇帝配享，初、亚、终献同登封。并将祀昊天与登封泰山合二为一举行。防御突厥，可遣一使臣前往，一则许亲，一则诏其大臣陪驾东封。”

明皇宣谕毕，张说立即献媚道：“陛下封禅旨为苍生，圣德越古迈众。废除皇后亚献实为有益。宫闱接神，有乖旧典，致有黜唐兴周之虞。宗社中圮，公族诛灭迨尽，皆由此也。今明主尊天敬神改革斯礼，非唯乾坤降佑，亦当垂范将来为万代法也。防御突厥策略亦善，拟遣中书舍人袁振出使，不知圣意若何？”

明皇听罢甚悦，立即敕令袁振出使。随后又命张说制一“封祀坛碑”以记功德。为了留芳圣绩于千古，又自撰一《纪泰山铭》，共计一千字，亲笔御书，拟择岱顶险要处依山刻勒。

封禅的诏令一下，全国哄传。此乃旷国大典，百年不遇。各地方长官节度使、都督、刺史自然是随驾的，而长史以下就看门路如何了，所以他们竞相活动，以打通关节。若能如愿，他们既可借以提高身价地位，也能一饱眼福。

如今只说巴蜀司户杨玄琰（杨贵妃之父）一家赴东都观光封禅启跸的盛况一事，即可窥见一般。

杨玄琰出身于陇秦望族，同隋炀帝杨广联宗。其人忠厚仁柔，为政清廉，尤其是惧内，远近闻名。其妻李氏，已连生三个女儿，第四胎临盆时，因渴望是个男婴，日夜祷告上天和列宗庇荫。岂料呱呱坠地的仍然是个女孩。本欲将其溺死，但仔细端详，她不但绝丽非凡，而且右臂上长个淡绿色的环记，人人称异。巫婆闻知，为了献媚讨赏，胡诌是谪仙下凡，可为皇后。杨玄琰夫妇闻之，虽说半信半疑，但因巫婆用心不恶，亦赏其黄金三两。因此女臂上有环记，遂取名杨玉环。

李氏从此果不再生育。杨玄琰眼看着断子绝孙，心情抑郁，日渐憔悴。而杨玉环既聪且俊，不但父母宠爱，姐姐们也处处照顾她，五岁时便入了家学。怎奈她好动，不肯读书，爱学歌舞，每逢庙会、年节饱眼福后，便悄悄仿习之，故十二岁时，她已精通民间音律和婆罗门舞曲。

且说杨玉环有个从祖兄，名叫杨钊（后改称杨国忠），原为女皇男宠张易之的私生子，其家破败后逃至蒲州，当时他只有五岁，长得十分聪俊，被杨玉环的从伯杨玄珣收为义子。八年后杨玄珣下世，他又成了孤儿，日日与赌徒酒鬼为伍，浪荡无行。后来他从军入蜀，以军屯有功，授新都尉。不久他因贪污被益州长史笞逐，攀附于剑南节度使章仇兼琼家。这时，他已年近三十，但尚未成亲，听说从祖叔杨玄琰有四个女儿，皆如花似玉，心想，我何不亲赴一试，即使不成，也可饱以眼福，遂以拜年的名义骑马而来。杨家素知他落魄无行，因此次他系拜年，也只得应付招待。不料他得寸进尺，酒足饭饱之后，提出要和四个妹妹见面，当即遭到拒绝。

他诡计多端，立刻应变道："我是奉剑南节度使章仇兼琼长公子之命，前来求婚的。"

杨玄琰心中有疑，"你何不早言？"

杨钊道："因章仇兼琼已替此公子保媒，公子不满，是暗中遣我来的。他既恐他父亲知道，又未见四个妹妹的姿容，故让我暂为保密，暗中观察。"

杨玄琰听他说得滴水不漏，且四个女儿高不成、低不就，皆未字人，尤其长女已经十八岁了，人常说，"女过十八，不是续弦，就是穷家"。如今已是燃眉之急，而节度使的官阶又高出自己三级，若能成就，也是高攀的了，于是满心乐意，遂生出一计道："我先让四个女儿到后花园赏雪，然后我送你离府，你骑在马上，可隔墙相望。"

杨钊哈哈一笑："这才是走马观花呢！这蜀中地气温暖，似今天的大雪，十年九不得遇，所以特意冒雪前来拜年，此情此景，不免引起侄儿诗兴，愿在马上吟诗一首：'白絮弥天银铺地，踏雪寻梅信马回。远方来客话旧事，炉旁暖酒效李白。'侄儿想以此诗抛砖引玉，同四姊妹到后花园咏雪何如？"

杨玄琰见他不但长相英俊，又有诗才，渐起好感，于是应道："使得！"

杨钊又得寸进尺道："传闻四妹年方六岁，右臂上有个天生的淡绿色环记，不知是否属实，愿先睹为快！"

杨玄琰心想，孔子曰："男女七岁不同席。"如今玉环才六岁，见之无妨，遂传她出来。

杨钊一见杨玉环的荷容艳色，不禁神魂飘荡，乐以忘形，未待介绍，便挽起她的右臂，照着环记亲了一口。

杨玉环怒然变色，照他脸颊扇了两耳光，"你不是好人！"

杨钊脸厚如墙，搭讪道："孔子曰：'男女七岁不同席。'妹妹年方六岁，亲之何妨？"

杨玉环道："孔子曰：'男女七岁不同席。'但并未说'六岁不避辱'呀？"

杨钊巧辩道："我是你哥哥，你是我妹妹，何避之有？且我名字带'金'，你名字带'玉'，金和玉都是贵物，你我将来必能富贵！尤其妹妹天生环记，龙颈凤睛，颇似武则天重生，巫婆预言可封皇后，以愚兄看来，荣登皇位也未可知！"

杨玉环毕竟年幼，被他花言巧语所动，怒容渐消。

杨玄琰谨小慎微，急忙制止道："预言皇位是禁忌的，不可随意乱说。"

杨钊又搭讪道："'十里之外骂皇帝。'我们远离京城几千里，何虑之有？我们都是一家人，又有谁去告密呢？"

杨玉环挖苦他道："我还不认识你哩，倒同我们称起'一家人'来了。你真是个油嘴滑舌的无赖！"

杨钊又厚颜无耻地巧辩道："无赖者——不坏也。既然不坏，乃为全好之人也！"

杨玄琰怕更为难堪，这才补充介绍道："他是大伯杨玄珣之子，参军蜀中，现为剑南节度使章仇兼琼的幕僚。"

杨玉环对"幕僚"似懂非懂，便借机挖苦他道："原来你是个'没了'——絮叨起来没完没了，我还等着到后花园里去堆雪人呢！"说罢抽腿欲走。

杨玄琰忙道："玉环，把你三个姐姐唤上，一起去赏雪吟诗，我待会儿去评定，诗佳者有赏。"

杨玉环遂邀三个姐姐去园中堆雪人、咏诗。

四姊妹都觉得今年春雪喜人，又得父亲悬赏咏雪，都争先恐后而往。

杨玉环最为机灵，觉得花园中的亭台水榭已咏之再三，很难咏出新意，便手持铲，立即堆了个雪人，提笔咏之：

身心表里洁如一，
古今人间何处觅。
待得响晴丽日出，
化作一滩稀水泥。

众姐妹皆感新奇，立即效之。

大姐堆了一条“雪龙”，咏之曰：

龙飞太空兴云雨，
年年造福在人间。
你卧雪地缘底事？
莫非偷懒欲弄奸！

二姐堆了个“雪狮”，咏之曰：

张牙舞爪似欲吼，
可给官府守门口。
枉法纳污且莫问，
保持自身几日久！

三姐堆了个“雪龟”，咏之曰：

身负万钧平常事，
饱受千年风雨欺。
宜用金打铜铁铸，
狂雪怎不自量力？

杨钊名为赏雪，实乃相人。他把四姊妹巡视数遍，认为杨玉环人品第一，但年龄太幼，唯有次女最合心意，恨不能立即把好事成就，于是品评道：“‘雪狮’堆得最好，惟妙惟肖，而且诗也最好，辞藻雅丽，寓意良深，切中时弊。但狮子守门都是成对的，眼前只有一尊，实为美中不足。故触景生情，和诗一首。”

孤狮守门实堪怜，
何来精神管人间。
茅茨不扫寻常事，
任君出入只等闲！

“愚兄才浅学疏，当场献丑，请二妹妹指正！”说毕双目直愣愣地对她传情示意。

杨玄琰饱经世故，一眼就看穿杨钊不怀好意，立即下了逐客令，“侄儿赏雪已毕，是该走的时候了！”

杨钊灵机一动，心想必是因为自己已往品性不好所致，急忙侃侃解脱道：“常言说‘人穷志短’，是很有道理的。历来多少豪杰，在不得志时都颠沛流离。汉高祖刘邦，当年穷得衣难蔽体，时常赊酒逃债，被乡里呼为流氓。冯谖初寄食于孟尝君门下时，因才华未露，食无鱼，出无车，无以为家。愚侄当年由于穷愁，自然也难免行为欠检。春秋时孙阳外号伯乐，善相马，有良马伏车下，见伯乐而长鸣。伯乐下车怜而泣之，马乃俯而喷，仰而叫，响声震天。愚侄去年得幸，遇见当代的伯乐——剑南节度使章仇兼琼，他说愚侄相貌非凡，必为皇亲，历任宰相。”说毕向杨玉环二姐使了个眼色。

杨玉环二姐听他这番话后，把已往对他不好的印象几乎扫之殆尽，并仔细地观察他的相貌，的确不凡，魁梧英俊，富态文雅，气宇轩昂，为诸堂兄之冠，而且口才好，举止大方，宛似一个人物，钦佩之意油然而生。

杨钊很善于察言观色，见杨玉环二姐对他观察不语，已猜知十之八九。

但他此时又借口推宕，欲抬高身价，“我的使命还没完成呢。我回节度使府上，应如何交代?”

杨玄琰本来对他前来保媒有疑，见他对次女眉来眼去，已确认他是不怀好意，刹那怒火中烧，“任你怎么交代，与我家无关。快速离去!”遂扭头高喊：“来人，看棍侍候!”

杨钊见实在无法待下去了，只好狼狈而去。临行道：“有情人终成眷属。”聊以自慰。

杨玄琰气得胡须直翘，“唯女子与小人难养也!”他心想只怨自己没有儿子，才受此无赖的欺负，遂垂头丧气回房。

李氏见状可疑，问何故。

杨玄琰正憋了一肚子闷气无从发泄，一蹦老高，“就怨你这妖婆，自己不会生儿子，还不让我娶妾！眼下已受无赖欺负，到得老时，何堪设想？”

李氏泼辣有素，心灵嘴快，“好女子胜过男儿，就看你这个老废物的命运了！武则天不但当了皇后，一人之下万人之上，后来还当了皇帝，把朝臣治得俯首帖耳。武则天也只有姐妹三人，没有同胞兄弟。我给你生了四个千金小姐，个个聪俊超群。杨玉环人人夸称奇女，可能大贵。如今就看你这个笨爹的手段了！”

杨玄琰闻言心动，忽然想起唐明皇将赴泰山封禅，路过洛阳，二弟杨玄璬现任洛阳府曹参军，不妨把杨玉环带去小住，一则给她开阔眼界，二则找二弟托媒攀个高门。

杨玄琰把此想法一说，李氏十分赞成。次日即告诉杨玉环。杨玉环求之不得，非常高兴。

杨玉环的大姐和三姐闻此消息，都要求同往，只有二姐比较聪明，猜到是因杨玉环生有环记，可能大贵，此去是借机给她托媒去的，故沉默不语。她自从见过从祖兄杨钊之后，芳心萌动。心想，此人虽传闻无行，但他身材魁梧，气宇轩昂，面容俊美，心灵口巧，举止潇洒，颇有美男子的风度，只因命运不济，年逾三十，不曾成家，风流浪荡，情有可原，且他名为从兄，实乃异姓养子，遂有委身之念。因举家前往东都，她也勉强答应同往。

春去秋来，转眼已到初冬季节，在女儿们的要求下，杨玄琰夫妇决定举家驰往东都，观光封禅启跸盛典。

杨玄璬有一儿一女，男的名鉴，年龄比杨玉环姐妹们都大。由于他家子女较少，对兄嫂侄女们的到来，感到十分亲切，遂热情接待。这时离封禅启跸的日子还有一个多月。休息两天之后，杨玄璬全家带领兄嫂侄女们畅游东都，对所有名胜古迹，宫殿、寺院、山水、园林、龙门闹市，浏览了个遍。

杨玉环姐妹生长的蜀州，较之穷乡僻壤，自然是繁华得多，但哪能与洛阳相比。她们见到洛阳巍峨高耸的宫殿，富丽堂皇的亭台馆榭，繁华喧闹的市区，红男绿女的装束，都不禁咋舌赞羡，这里简直成了她们梦想中的人间天堂。

欲知封禅启跸盛况，且看下回分解。

第四回

发中藏珠荣华伏后

泰山封禅隆重空前

且说袁振星夜赶至突厥，向小杀可汗说明来意。小杀可汗十分兴奋，心想吐蕃、奚、契丹为我突厥奴婢辈，以往皆尚大唐公主，而大唐独对我突厥悭吝，实为不解。今既允婚，前嫌可释。遂遣大臣阿史颉利随天子封禅，并赠骏马百匹，以资驱使。

袁振圆满完成使命归来，明皇十分欣慰，盛情款待突厥使臣，毋庸细表。

突厥所赠骏马虽高大力强，但皆性烈难驯，经过再三骑试，明皇选中了一匹白骡驹，既驯服听使，又肥壮有神，且毛色光洁，显得特别威武。

明皇又诏令吐蕃、奚、契丹、南越、百济、日本等四夷酋长使臣，于十月十五日到东都洛阳聚齐。使臣皆按时而至。

二十二日启跸。是日满城张灯结彩，表示祝贺。士庶百姓为了观赏盛况，都五更而起，倾巷而出，似乎比参加封禅的官员还要踊跃。杨司户一家不远千里而来，更是兴奋异常，几乎彻夜未眠。但当他们来到皇宫端门外广场时，已是人山人海，水泄不通，只好挤到天津桥头。东方欲晓，朝霞满天，端门内走出一队清道的侍卫。此时天下太平，明皇为了表示自已与民同乐，只令开出二十丈宽的通道，以便百姓们瞻仰。

忽听礼炮三声，乐声震耳，五百人的仪仗队伍，手持龙旗、矛、戈、戟、斧、拂尘、香炉、宝盖等，气势昂扬而出。明皇骑在高大的白骡驹上，缓辔而行，向两旁的百姓以目频频示意。文武百官、四夷、使节尾随明皇，络绎行进半个时辰。之后，是妃嫔、王孙、公主，辇舆车马不一。武惠妃因系罪人武三思之女，遭群臣反对未封上皇后，而实际上已享受着皇后的待遇。此次她扈驾封禅，拥有皇后的全部仪仗，凤冠凤衣、凤辇凤旗，五彩缤纷，辉煌夺目。她为了取悦百姓，高卷帐帘，在辇前向两旁抛撒金银翡翠；为了炫耀儿子寿王，命宫娥将他抱起抛撒珍珠玛瑙。百姓们见之，互相争抢，践踏伤残者无数。杨玉环骑在从兄杨鉴的脖颈上，身着红袄，头束高髻，十分着目，寿王朝她连撒两把珍珠，因人拥挤，她一粒也不曾拾得。

最后是五万环卫士兵和数以千计的车辆，满载食物、供具、金银、丝帛，至午后方络绎通过完毕。

很多百姓都捡到金银珠宝，高兴而返。

杨司户家观光归，他们除大饱眼福之外，一无所得，难免遗憾。杨鉴似逗似怨地冲杨玉环道："我要不背着你，肯定能捡点什么。"说毕在她头上轻拍一下，一忽闪，有颗明珠滚掉地上。杨鉴不禁失声道："玉环妹妹有福，落进她头发里一颗明珠!"立即捡起请大家观看。

李氏财迷心窍，忙朝另外三个女儿道："快摸摸你们头发里，落藏有否?"果然二女儿头发里也落进一颗。

杨司户四个女儿中，这两个女儿本来就长得好，一直指望攀个高门，今天她们又各得一颗明珠，更增加了侥幸心理。因长女已成人，遂请玄璬夫妇托媒。但她高难成低不就，最后聘给一个没落世家崔氏。她被东都的繁华所迷，产生留居之念，似饥不择食，便心甘情愿，乐于下嫁。杨玄琰夫妇完结了长女的婚事，心情轻松许多，逗留至年底方携三个幼女回蜀。杨玉环年刚六岁，但已略省儿女情事，此次发中落进寿王抛的明珠，她遂立下以后"非王子不嫁"的意愿。

且说封禅的扈从人马，声势浩荡，气派空前，络绎二百余里，设驿站无数，三军野宿，帐幕连天。因护卫们皆知全有封赏，虽风餐露宿，亦精神饱满，欢歌载路。

时经二十四天，于十一月初六，车驾至泰山西三十里来苏屯。忽起东北大风，自午至夕，破帐折柱，众心恐惧，多不自安。明皇亦起疑心。那素多智计的宰相张说，灵机一动大声欢呼道："此必是海神迎驾来了!"明皇闻奏喜形于色，心想，但愿如此。众人亦随之安定下来。

次日中午驾临泰山脚下岱宗屯，天地清妍，风和日丽。仗卫罗列百里，帐殿辉煌夺目，宛似行宫金銮。斋戒一日，准备初十登封。

十一月初九，晴朗温和，兵布满山，明皇御马登封，只携宰相张说，祠官礼部侍郎贺知章，吏部侍郎李林甫、宇文融数人。其余的扈从张九龄等皆留山下的社首岭候驾。

宇文融为了献媚，于头天斋戒之日已带一名向导提前游历了明皇要经过的一段路途，今天他时刻跟在明皇左右，眉飞色舞地介绍沿途的古迹名胜。吏部侍郎李林甫最爱嫉妒，早已按捺不住心中的火气，时刻寻机报复。

行至回马岭，山陡路窄，大家皆下马步行。中午来到二天门（中天门），妙境在望。明皇用膳毕，也顾不得休息，便由宇文融搀扶而上。刚开始有一段路程，坡度不算太陡，俗称“快活三里”，望左右奇草披彩，怪石泄露，看脚下绿水缭绕，花草斑斓，加之松柏参天，曲径通幽，真个景象万千，美不胜收。忽见一株古柏斜插天际，枝丫稀疏，皮裂根出。明皇定睛细看。宇文融见状连忙奏道：“此松为‘五大夫松’。秦始皇封泰山时，于此遇暴风雨，休于树下。因它护驾有功，被封为‘五大夫’爵位。”明皇点头。

又往前几许，突然路窄似弓，悬梯直立，使人望而生畏。宇文融未待明皇启问，连忙奏道：“此乃登泰山最艰险处，称为十八盘。”

李林甫听后，心中恶狠狠地道：“好呀，我要让你在此盘一盘。”

当宇文融扶明皇行至十八盘的咽喉地带，那里路窄尺许，下临十丈深渊，李林甫心生一计，大喊一声：“有条大蛇！”

宇文融正一边小心翼翼地搀扶明皇，一边挖空心思献媚，被李林甫这么一喊，不禁扭头猛退，踩在明皇的脚上，忙又收缩，一个趔趄，晕头转向地栽下沟去，似同一个皮球，刹那间就滚到潭边。宇文融年轻力壮，又身子灵活，当他一只脚滑进潭中时，顺手抓住潭边一束硬草，一边挣扎，一边呼喊：“救人呀！救人呀……”

众人都被吓怔了，李林甫见宇文融不会致死，遂顺势带领侍卫搭救。因坡太陡，他们又退回半里路程，从一个小桥处方下得沟底。当他们赶到时，宇文融已经自己爬上岸来，坐在石头上，撕掉一块衣襟，脱去湿袜子，把受伤的脚包着。

李林甫连忙道歉：“是我喊声高了呢，还是老弟没有注意？”

宇文融早知李林甫口蜜腹剑，城府深密，暗中伤人，不露辞色。明知是他有意陷害自己，但因无实据，也不便揭破，想以后寻机报复，所以亦顺水推舟地回道：“是我没有注意。”

李林甫为表示好意，立即把自己的袜子脱下给他穿上，又用他撕掉的衣襟把鞋拭干给他穿好，还将他头上的伤处包扎好上路。当他们回到原处时，明皇等人急忙上前问候。

张说十分机警，也猜到此事必是李林甫的毒计，但为了打破僵局，笑道：“我过去只知道贤弟才华非凡，不料你滚坡的技艺也很出众呢！”

贺知章亦随和道：“毒蛇也被你吓跑了，真可谓一举两得呢！”

李林甫趁机虚张声势道：“那条毒蛇头大体长，口吐红信，很是可怕！宇文御史中丞把它吓跑，免除万岁受惊，真为护驾立一大功呢！”

张说想借机敲一下李林甫，因道：“毒蛇再可怕，一年伤不了几个人。若是朝中出了奸佞，往往是千万人头落地，那才真可怕呢！”

明皇对他们之间的嫌隙早有所闻，立即宣谕：“今天是封岱宗的日子，岂应说这些不吉利的话么！”

张说道：“是，陛下！”急忙去搀明皇。

李林甫向宇文融道：“我来搀扶贤弟。”

宇文融心想：你才是黄鼠狼给鸡拜年——没安好心呢。若顺手把我推下山去，那我才有冤无处诉哩！于是冷冷地道：“谢谢老兄的好意！”

他们又经过一个时辰，来到南天门，回头一望，云梯下垂，令人目眩；千峰参差，似同盘龙卧虎；举目观天，祥云飘浮，伸手可摘，紫气缭绕，疑入灵霄天宫。此处至玉皇顶只有二里的路程，前段平坦可以信步，也称快活三，亦名天街。再往上半里，有一个雄伟的悬崖陡壁，壁前还有一平台，坐北朝南，为刻《纪泰山铭》最理想之处。碑面已经凿磨平滑，高四丈，宽两丈，十分壮观。只待明皇视察定夺之后，即可马上着手。驻跸的帐殿，亦搭于此。明皇看罢，十分满意，即将御书的《纪泰山铭》取出，交贺知章付刻。此时天已黄昏，明皇由于赏景心切，也顾不得在殿帐里休息，便立即攀到玉皇顶上浏览。

但见：

晚霞夕照远，
苍茫万山小。
封台古朴在，
岱顶委实妙！
秦皇有遗踪，
汉武矗石表。
昂首青天外，

始信东岳高。

刹那间夜幕降临，篝火四起，接天连地，煞是好看。直至寒风透骨，明皇方率众回帐殿休息。

次日初十，天朗气清。明皇辰时而起，率扈从至日观峰前，翘首东望。良久，彩霞渐渐显露，瞬息万变，红日冉冉而出，气势磅礴。祥风习习，满山紫气，飘然天外，令人心旷神怡。

宇文融为了邀功，争先趋前献媚道："泰山顶高多雾，观日出者，十不得一。今天晴朗若此，实为罕见，真乃陛下的福气！"

早膳毕，开始登封。明皇将玉牒文字密封放于玉匮内，束以金绳，封以金泥，印以国宝，递给贺知章，随即焚香奏乐。

乐章共有十六首，全由张说所撰，其中降神用六首，略云："款泰坛，柴泰清。受天命，报天成。……承眷命，牧苍生。寰宇谧，泰阶平。"

封坛圆径五丈，高九尺，分为四阶。明皇三拜九叩，初献毕，即由邠王守礼（从皇兄，太子贤子）亚献，宁王宪（皇兄）终献。亚、终献时所用乐章略云："列祖顺三灵，文宗威四海。黄钺诛群盗，朱旗扫多罪。"

然后，点燃燎坛，堆柴其上，火发，群臣口呼"万岁……"传呼山下，声动天地。

张说奏道："天赐皇帝一神册'周而复始，永绥兆人'。"——实为自欺欺人，愚弄百姓。

明皇急忙稽首上拜："朕以薄德，恭膺大宝。今封祀初建，云物休佑，皆是卿等辅弼之力。君臣相保，勉副天心，长如今日，不敢矜怠。"

张说跪道："皇心诚恳，宿斋上山。昨夜息风收雨，今朝天清日暖，复有祥风助乐，瑞云引燎，灵迹盛事，千古未闻。陛下又思慎终如初，长福百姓，天下幸甚！"

事毕，至摩崖处，举行刻勒御书《纪泰山铭》典礼。铭文字大如斗，计一千字，其辞略云：

朕宅帝位，十有四载。赖上帝垂休，先后储庆，岁云嘉熟，人用大和，朕统成先王，兹率厥典，实欲报玄天之眷命，为苍生之祈福，岂敢高视千古，自比九皇哉。

朕维宝行三德，曰：慈、俭、谦。慈者，覆无疆之言；俭者，崇将来之训；自满者人损，自谦者天益。磨石壁，刻金记，后之人听词而见心，观末而知本……道在观政，名非从欲。铭心绝岩，播告群岳。

因字大碑高，刻完后贴金，至开元十四年九月十二日方才告成。

明皇封祀已毕，进行午膳，未时起驾下山。恰到山脚瑶池（王母池）处，白骡马劳累而死。按照迷信，这是不吉利的，但善于献媚的张说却道："此白骡马必是玉皇大帝专为陛下登封使用的，不可别用，故它完成使命后，玉皇收它归天去了。"只说得明皇疑团尽释，心花怒放，"朕封它为白骡将军，埋葬宫北山坡为是"。后人称之为"白骡冢"。

次日十一月十一日，降禅地祇于社首岭，礼仪同登封。天气晴朗，见五色云，日有重轮。

又次日，明皇御"朝觐"帐殿，大备陈设。登殿朝觐的有文武百官、郊王后代、孔子后代、儒生文士、诸方朝集使，以及四夷朝献之国——突厥、契丹、奚、大食、谢飓、昆仑、日本、新罗、靺鞨、高丽、百济、日南、西竺、凿齿、雕题、乌浒之酋长等。朝拜毕，明皇宣敕略云："登封降禅之礼已毕，百神群望，莫不怀柔，四方诸侯，莫不来庆。斯是天下之介福，邦家之耿光也。无穷之佑祉，岂独在予；非常之惠泽，亦宜逮下。可大赦天下，流人未还者放还。内外三品以上，赐爵一等；四品以下，擢升一阶。张说为右丞相兼中书令，源乾曜为左丞相兼侍中。登山官和四方诸侯各赐锦缎十匹、黄金百两。环卫士兵各升一级，并赐酉甫七日。封泰山神为天齐王，环山十里，禁止樵采。给复（免租）近山二十户，以奉祠神。"

明皇宣敕毕，群臣齐声欢呼"万岁……"声震天地。次日休息一天，即起驾曲阜，幸孔子宅。

欲知详情，且看下回分解。

第五回

张说营私巧言免祸
吉温投机行贿升职

且说明皇自泰山出发前往兖州曲阜，三日而至，驻跸孔庙两庑。陈设齐备，似同宫中。

武惠妃怜爱地奏道："陛下启跸至今，已一个月零一天了，消瘦憔悴了不少。遇此良好的住处，早早歇息吧！"

明皇道："取铜镜来，让我照一照。"

武惠妃把镜子递给寿王瑁，"交你父皇。"

明皇左手接过镜子，暂不自照。却用右手抚摸了一下寿王的脸庞，"你似乎没瘦，脸色倒比先前好看许多。你今年七岁了，随父皇登封泰山，这可是旷世的大典！自汉武帝之后，历代最多举行一次，却被你给遇上了。你能记住这次盛况吗？"

寿王道："能，三年前的事我还能记住呢。"

明皇道："你真聪明。"遂在他脸上亲了一下。

正说之间，忽听院外"扑通"一声。明皇一惊，手中的铜镜也掉在地上。他慌忙起身到院中观察。原来是一名侍卫，因风餐露宿疲劳过度而晕倒了。一名侍卫扶救，一名侍卫去禀告侍卫官。

明皇趋前询问缘故。

侍卫道："小人不敢讲。"

明皇道："恕你无罪。"

侍卫道："小人扈驾月余，风餐露宿，不胜其苦。初时只盼望陛下赏赐，强打精神。而今只给升阶，丝毫未赏，故精神萎靡不振，体力难支，常有晕倒。"

明皇听罢，很受感动，立即把右丞相张说传来问道："如今还带有多少银两，能给侍卫些赏赐吗？”

张说道：“已不多了。能按此粮饷标准回到东都就不错了。”

明皇道：“启跸时为何不多带些呢？”

张说气道：“已全部带来。御史中丞兼户部侍郎宇文融为了取悦陛下，他所报库藏数字虚夸了三成呢！”

明皇不禁一惊：“啊，有这等事？卿为何不早说？”

张说似乎很委屈，道：“宇文融中丞新宠，臣投鼠忌器，唯恐被认为是嫉贤、离间忠良，故不敢言。”

明皇道：“卿且退去，待我问他。”

张说心中暗喜，心想，这一下可把劲敌将了一军，也许能使他一蹶不振。

明皇把宇文融传来诘责道：“你奏报的库存银数属实否？”

宇文融十分机灵，听明皇那口气，定是有人告密，而最知情者，莫过于右丞相张说，所以不敢全部隐瞒，因道：“库藏银数，年深日久，账目不清，加之监守自盗，故约有一成不实。”

明皇听他坦白直爽，且振振有词，怒气渐消，“你为何不及早启奏呀？”

宇文融心灵嘴巧，眉头一皱，侃侃谈道：“一则，此事繁杂，不易查清，需些时日；二则，若操之过急，会使狗急跳墙，放火烧库；三则，陛下日理万机，岂可将此未确定之事预报，忧劳圣心呢？若其不实，虚惊一场，那臣的罪过就更为严重了。”

明皇认为他言之有理，无可奈何地道：“可如今对兵士只升无赐，怨言颇多，为之奈何？”

宇文融觉得已经脱险，便壮起胆来，进行反攻道：“携带银数原准备是可赏赐士兵每人一两的，而不知封禅使张丞相擅自打乱计划，挪用于何处了。尤其是陛下敕令四品以下擢升一阶，而张丞相竟将他女婿郑镒由九品官骤晋为五品。他可曾奏请陛下么？”

明皇听此，不禁大吃一惊，又想，若说不知此事，传将出去有损张说的声誉，他新任宰相如何行令？于是连忙镇静下来，坦然答道：“是由朕应允的，卿退下去吧！”

宇文融去后，明皇气愤异常：大胆的张说，朕刚拜你为相，你竟徇私舞弊，无法无天若此！如若不给以严惩，长此下去，还了得么？于是明皇又立即把张说传来。

张说看明皇神色，知他怒气不小，猜想定是为自己超升女婿郑镒之事。因他事先就有防备，编造好了理由，所以神色自若，佯为不知，遂毕恭毕敬地奏道："陛下唤臣何事？"

明皇怒道："你知罪么？"

张说道："陛下方复臣相位，何来的罪呀？"

明皇愤怒异常，便直截了当地道："你女婿郑镒晋升了几阶呀？"

张说爽朗地答道："四阶。臣想陛下一定记得武太后罪过虽重，但有个美德——不拘一格用人，至今尚为美谈。且'用人唯贤，内不避亲，外不避仇'。郑镒虽为臣的女婿，其才确实出众，升他非臣出于私心。臣长子张均为郎官，次子张垍为驸马，尚陛下公主。其情应比女婿亲近多矣！但因他们才华远不如郑镒，故皆升一阶。尤其是郑镒的'镒'字，可拆为'金'和'益'，即有可为国家增钱之义。且臣在泰山登封那日中午，同郑镒到岱顶西侧那个巨石堆攒的山峰上览胜，曾捡到一枚金钱，上无任何文字，岂非天赐么？"说罢立即把那枚金钱掏了出来，献给明皇。

明皇将那枚金钱仔细欣赏把玩了一番，见的确古色古香，遂转怒为喜道："朕就封那个山峰为丈人峰吧！"（至今仍称之）

张说慌忙跪在地下谢恩，又接着奏道："臣拟让郑镒到户部宇文融侍郎手下理财，不知圣意如何？"

明皇心想此次封禅，国库为之一空，正需理财官员，就顺水推舟送个人情有何不可？于是欣然道："依卿是了。"

其实这古钱是张说在封禅启跸之前早已筹措好的，否则，临时哪来的呢！他将郑镒派遣到宇文融手下，名为协助理财，实际是对宇文融进行监督。因宇文融近两年来聚敛有功，青云直上，大有超越自己之势，故未雨绸缪耳。

明皇处理完此事，已时至三更，寿王瑁早入梦乡，他便同武惠妃共枕而眠。这是他启跸以来最安稳温柔的一夜，倍觉香甜。

次日先祀孔子庙，后祭其坟，免租近墓五户奉祠。为何他推崇孔子若此？只因孔子的"忠孝仁爱"极利于封建统治约束老百姓。他又赐徐、曹、亳、许、仙、豫六州，年逾七十的父老帛一匹；扈从所过之处免租一年，兖州免租三年。休息一日即开始回銮。为了顺便视察民情，途经济、怀、魏州皆稍事停留。

济州刺史裴耀卿，便餐相待，并于晚间上表数百言，全系规谏“人君重扰，则不足以告成云云”。

怀州刺史王丘，除供食宿之外，一无他献。

魏州刺史崔沔最为俭朴，午宴只有四碟菜——猪肉、鸡蛋和萝卜、白菜。摆好后便端上来一箩蒸馍。

张说问道：“贵州难道没有酒么？”

崔沔道：“敝州地薄土瘦，交赋后，百姓勉强可以糊口，已禁酒三年。咱若不以身作则，怎能教化百姓？”

张说无奈，即令侍卫将辇车上的美酒取来两瓶。

酒过三巡，明皇问崔沔道：“米价如何？百姓有无逃亡？”

崔沔道：“斗米八文钱，百姓无逃亡者。”

李林甫插言：“东都斗米十文呢！”

崔沔道：“东都米贵系运输使然。而与敝州相邻的青、齐二州，斗米仅五文钱呢！”

明皇为了打破僵局，又欢饮起来。

宴后，明皇携近臣张说、源乾曜、宇文融、李林甫和高力士数人，至崔沔行第，看个究竟。只见正室三间，中为客厅，东是卧室，西是书房。客厅里一桌两椅四凳，都很陈旧。有个凳子还断了一条腿，高力士坐了上去，跌了个马趴。

书房里，书柜书箱林立，仅一桌一椅。除文房四宝外，金玉装饰全无。

卧室里，皆粗衣粗被，无一锦绣。其妇人正在纺线，见了他们，慌忙站起，十分拘谨。

明皇看罢，异常激动，“如此三个刺史，真良吏也。已往使臣不曾奏闻，皆负朕甚矣！”遂迁升此三刺史入京。

行至滑县。滑县县尉吉温十分狡猾，认为此乃千载难逢的献媚良机，遂极尽侈奢之能事，宴以山珍海味，奉献珍珠三斛，锦缎百匹。明皇佯为笑纳，再看个究竟。

吉温不知是计，竟然奏道：“臣奉此薄仪，聊表寸心，请陛下栽培是幸！”

明皇这才愠形于色，怒道：“朝中自姚崇下世和宋璟罢政之后，朕颇感朝堂空虚，急欲擢升新秀。可惜贤卿缺才少德，吾不用也。”

吉温不禁大吃一惊，惶恐万状。

明皇诘责道：“不知贤卿所献珍宝是何种手段得来?”

吉温随机应变道：“臣先祖为古董商人，吾从父吉顼，武后时曾任宰相。这是历代遗传下来的。”

宇文融道：“此财虽来之不义，但他主动奉献，比私藏为好，可收下以饷兵士。”

明皇道：“是否属实，朕遣人清查，俟后定夺，但不知贤卿有何德能?”

吉温又应便道：“臣拜师学过礼法，故愿到刑曹任职报效。”

李林甫为了搜罗门徒，立即奏道：“如今刑曹力薄，急待充实，可纳取一试。”

明皇心想：他若是奸佞，留于地方必鱼肉百姓；若是贤良，带回朝中可以重用。遂宣谕道：“卿陪驾入京可矣。”

吉温喜出望外，跪下谢恩毕，立即整理行装起程。

明皇于十二月十日回銮东都，休假七天即上朝议政。当时因帑藏空虚，急待充实，第一要事是令群臣献策。

户部侍郎宇文融，虽为人奸诈，暴敛百姓，但对于理财确实用心。他在封泰山途中，时刻注意观察地理环境，土质特产，故早有成竹在胸，立即趋前奏道：“自亘古以来，黄河泛滥最多，汴州以东，故道纵横，泥沼遍野，请开垦为田，插秧种稻。若能行之，年约增赋数百万缗。”

右相张说早嫉宇文融权重，怕他超于己上，措辞力驳：“黄河故道多沙丘瘠土，寸草不生。且水稻喜热，宜种南方，若植于北，只怕是徒劳无功。”

李林甫更为奸险，既嫉宇文融，又恨张说，唯恐天下不乱，欲让他俩鹬蚌相争，他好坐收渔利。因目前张说位高，故采用拉宇打张的手段，随道：“北方种稻不乏其例，郑州凤凰台四周，稻米粒大味佳，堪称良种。试后方知，希宰相勿以人废言。”

宇文融本来对李林甫也是恨之入骨的，今见他偏向自己，就来个权宜之计，“人常说‘宰相肚里撑舟船’。似张丞相鸡肠鼠肚，偏三向四，不顺己言者，非也是非，对也是非；合己者，对也是对，非也是对。李侍郎言之有理，事情成败，只有试而知之。且需天时、地利、人和具备——天时不如地利，地利不如人和。如今宰相同群臣不和，恐非天下之福！”

明皇听此，认为屯田之事非今日可定，遂宣布退朝。

宇文融很善于察言观色，觉得明皇对张说的信任似乎动摇，立即尾随李林甫回其府第商议。

李林甫回府更衣后，即闻宇文融求见，便立即让于密室。宇文融刚刚落座，又有滑县尉吉温进见。此人最为谲诈，善于献媚趋势。李林甫早觊觎相位，广罗羽翼，今见此二人私谒，正中下怀。

寒暄毕，李林甫首先开言：“二位贤弟不约而来，愚兄不胜荣幸之至！看来你我志同道合，无须回避，畅所欲言为好。”

宇文融抢先答道：“张说那厮，独揽朝纲，一手遮天。泰山朝觐，御旨四品以上赐爵一等，以下晋级一阶，而他近属，擢升二至三级者居多，其女婿竟达五品。皇帝怪罪下来，亦被他花言巧语瞒过。他明目张胆至此，而其背后门庭若市，徇私纳贿，广罗门徒，其用心可想而知。”

李林甫甚嘉其言，“为社稷担忧，吾亦早有同感，只是实据尚少，为之奈何？”

吉温诡计多端，急忙插言道：“他既肯纳贿，在下尚有一祖传明珠，想必能引他上钩，试他一试如何？”

李林甫拍案叫绝，“此计甚好，定能使他中计！”

宇文融道：“怎奈他的一个儿子是郎官，一个儿子是驸马，还不可掉以轻心。尤其是那张垍，颇有些才智，很受皇帝宠爱，我等万一不成，亦应想个退路才是。”

李林甫虽然认为宇文融言之有理，但为了给他们鼓劲，违心道：“谋事在人，成事在天，胜者王侯败者贼，历来如是。大丈夫岂可前怕狼、后怕虎哉？”

吉温又连忙献媚道：“只要同心，南山白额虎可缚也！”

于是三人信心倍增，发誓结盟从事。

欲知后事，且看下回分解。

第六回

贪官败露一筹莫展
佞臣勾结两面三刀

次日晚间，宰相张说刚进膳毕，忽闻新进刑曹吉温来访。张说知此人狡黠多端，初时不知来意，谨慎接待，让他上坐。

吉温佯为拘谨，谦让道："在下是一个七品末官，蒙丞相垂青，已是荣幸无比，岂敢上坐耶?"遂小心翼翼地就了一个末座。

张说问吉温来意。

吉温嗫嚅良久，方道："下官入法曹数日，屡闻李林甫和宇文融对丞相不满，拟弹劾丞相弄权受贿等事情，特来告知，希能早防为善。"

张说不知是计，立即把他奉若上宾，欣然道："贤弟素多智谋，请问这该如何是好呀?"

吉温连眨几下眼皮，无可奈何地道："如今事已燃眉，若给他们低首下心，显然自认理亏；如对他们打击报复，只怕激起大祸速至。卑意先请术士王庆则预卜吉凶，或可夤夜入祠祷解。"

张说任职日久，廉洁有差，做贼心虚，思前想后，的确进退维谷，别无良策，只好按吉温献策行事，道："请贤弟今晚将术士王庆则引来寒舍为是。"

吉温计成，欣然告辞，于晚间果请王庆则一同按时而至。

他们到后，王庆则为了献媚，极尽殷勤，故弄玄虚，并煞有介事地胡诌，又祈天、祷地、拜祠堂。这样折腾至子夜时分，他们方才离去。刚至大门口，他们二人被查夜的缉拿，交由京兆尹肖炅鞫问。王庆则心想，术士装神弄鬼，为平常事，无甚关系，便如实相告。岂料此乃吉温和李林甫的圈套，肖炅硬逼他招供——替张说占相，图谋不轨。肖炅又说吉温已经招供，王庆则熬刑不过，只得招供画押。

于是御史中丞启奏明皇。明皇敕京兆尹肖炅鞫问，同时又让肖炅将依附张说的中书主事张观捕来审问。

张观被审时心想：宰相受弹劾，罪必严重。他为了洗刷自己，只好信口胡诌："张说招赂徇私，擅给太原九姓羊钱千缗，封禅时舞弊上万。"

张说连声呼冤，但人证俱在，他百口莫辩。

正在危急的当儿，张说之兄张光，癫狂地跑上堂来，掏出一把匕首，把左耳割掉，"我敢保张说冤枉，他必受奸人诬陷，愿以身替死。"说罢举起匕首照胸膛猛刺。

张说早看出那个势头，大步上前，一拳打在张光的手腕上，匕首落地。

京兆尹见状，有些胆怯。一则血染法堂，非同小可；二则事关宰相，案情重大。于是宣布停审，请示皇上旨意。

当肖炅入宫启奏时，恰遇张说次子驸马都尉张垍和宁亲公主在明皇跟前讨情。

这张垍聪俊出众，才学皆优，故明皇特别器重他，许他于宫中置内宅，以便时常召见，答对文章，并赏赐珍宝古玩，不计其数。其兄张均亦有才名，为户部侍郎。张垍为了炫耀自己，将明皇赏赐请兄张均观览。张均既羡慕，又嫉妒，于是戏道："此乃妇翁赏女婿之玩物，非天子赐学士之嘉奖。"张垍歉然收起。

当张垍听说父亲受弹劾的消息，自恃受宠于明皇，立即携宁亲公主前来。宁亲公主虽然不知公爹张说是否有占相图谋不轨和受贿情事，但觉得公爹一倒，其夫必受连累，所以哭哭啼啼、连声诉冤，请求明皇明察。

当张垍和公主离去后，肖炅这才趋前启奏鞫问张说的情况。

明皇听罢，一时拿不得主意，令内侍高力士去张说府中视察动静，然后定夺。

张说虽无大过，但自恃功高，不拘形迹，受贿鬻爵等情，确实有之，只是没那么严重，所以心中十分惶惧。听说高力士到来，蓬头垢面，慌忙坐在草席上，用瓦器盛食，表示自罚待罪。

高力士见状，十分惊愕，连忙问道："这是何意呀？"

张说声泪俱下，"老朽恃功骄矜，不拘形迹，小是小非在所难免，曾得罪几个同僚。如今墙倒众人推，无限加罪，栽赃诬陷，使吾百口莫辩，只有席地待罚而已……"

高力士见他可怜，连忙扶起，“请坐起说话!”

张说爬将起来，擦干涕泪，引高力士到小客厅中叙话，无非求情之意。霎时盛宴上来，美酒佳肴，无所不有。

小客厅中陈设典雅，古玩字画、珍珠翡翠，应有尽有。正中悬有一颗夜明珠和五颗各色宝石，明珠粼粼照在宝石上，反射出五彩缤纷的荧光，十分悦目，高力士赞不绝口。

张说看出他的心意，便婉转奉献道：“此明珠宝石，老朽购置十载有余，早已生腻，喜新厌旧乃人之常情，正拟更换别样。如公公不嫌弃，请笑纳是幸!”

此言正说到高力士的心坎上，但他也不便立刻表示接受，佯为谦虚道：“不知丞相在何处购得，请代我买一套是了。”

张说道：“此乃十年前一个波斯商人兜售的，尔后他再未来过，无从再买。”边说边踏上椅子，双手猛拽，只听“咔嚓”一声，那颗夜明珠和宝石一起被拿下。上面的尘土纷纷飞扬，张说的眼睛被眯了，也顾不得揉吹，急忙拿个拂尘，把珠宝掸试干净，找块汗巾包了，递到高力士跟前。

高力士谦推再三。张说固献再四，似乎这件珠宝就是他的救命稻草，它一被高力士接受，就能逢凶化吉，就能使冤案昭雪，他就能安坐相位，就能打击报复诬陷自己的敌手。所以他拼命将东西硬塞到高力士的手中。

高力士既知张说此时的心情是贿赂自己代他求情，又觉得张说的确罪行不重，加之他已往功高，很可能获得宽赦，所以把珠宝收下后，又安慰张说道：“据我看来，丞相功大过小，待我回宫多给美言几句，很可能获得圣上恩典，请勿多虑，安心等待数日，定见分晓。”

张说已感激涕零，泣不成声了，只是以目示意，无非是“请多关照，定给厚报”的表情。

且说高力士将张说的苦状向明皇回奏之后，明皇认为高力士言之有理，遂罢张说中书令，改授集贤院大学士，专修国史。

李林甫见张说获释，唯恐自己的阴谋败露，立即把宇文融、肖炅和吉温召集家中密议对策。吉温狡猾，他直接参与联络术士王庆则之事，自知干系重大，为了杀人灭口，所以他首先开言，“可将罪责全归到王庆则身上，把他杀掉，以绝后患。”

宇文融为了洗刷自己，亦请将诬证张说的张观杀掉。

肖灵为了避免被王庆则揭露自己逼供的罪行，将王庆则传至密室道："经过详察，你指控张说的罪行有所不实。你们之间有什么私仇？你为何要诬告他呀？"

王庆则乃跑江湖的术士，机灵剔透，听罢即知肖灵欲推卸逼供的罪责。心想，你们预谋诬陷张说，摆上圈套，拿我当傀儡。若其计成，也必定杀我灭口。如今这样说话，大概事情未成，于是抗议道："我同张说素不相识，一无怨二无仇，是你们严刑逼供，让我诬陷张说。大人今天如此说话，可还有一点良心没有呀？"

肖灵怒道："大胆！你诬陷忠良，罪当诛身破家。你要是识抬举，我可奏请皇上从轻发落，即使诛身，亦可优抚你子女。否则，惹怒本官，我先杀你，奏称你'畏罪自杀'，你岂奈我何呀？"

这一下可把王庆则堵到绝处。他想，此等赃官，什么伤天害理之事都能做得出来，胳膊永难扭过大腿，眼前救命当紧，只有认罪自诬，赢得时机，或有出头之日。于是他供认道："只因张说请我祈神祷福，不给酬劳，我怀恨在心，诬陷他谋反。"

肖灵安慰他道："如此说来，你虽有罪，但根源在他，情有可原。请你写供画押，待本官到皇上跟前，给你求情是了。"

王庆则虽然对肖灵之言半信半疑，但也别无良策，只好照办。

肖灵等对张观并未用刑，张观也知难以开脱，只好比照王庆则招供画押自诬了。

明皇接到王庆则和张观的招供，认为合乎情理，毫不惑疑，皆按诬陷忠良罪律，降敕诛身破家。

李林甫和宇文融、吉温等，见此事已绝后顾之忧，心中高兴自不必说。但贼心难改，他们还必然要兴风作浪，此系后话，暂搁不提。

且说明皇为了慰藉张说，亲自送他到集贤院的集仙殿上任，并赐宴款待。会上群贤毕至，明皇十分高兴，酒过三巡，便起诗兴，遂咏《集贤书院成，送张说上集贤院学士，赐宴得珍字》一首：

广学开书院，
崇儒引席珍。
集贤招衮职，
论道命台臣。

礼乐沿今古，
文章革旧新。
献酬尊俎列，
宾主位班陈。

张说闻诗，感之肺腑，立即和一首《恩制赐食于丽正殿书院宴赋得林字》：

东壁图书府，
西园翰墨林。
诵诗闻国政，
讲易见天心。
位窃和羹重，
恩叨醉酒深。
缓歌春兴曲，
情竭可知音。

欢宴至日夕方罢，明皇为了记此雅事，宣谕将“集仙殿”改为“集贤殿”，然后各自散去。

张说逢凶化吉，心中高兴不可言状，决定寻机答谢明皇。

欲知后事，且看下回分解。

第七回

丞相复职行权碰壁
侍郎谋势走卒赴艰

冬去春来，三月三日禊游节到了，张说趁机于次子驸马都尉张垍府中设宴，一则答谢明皇亲送自己入集贤院之恩，二则借机夸耀一下张垍的才华以邀宠，遂于前夜连写颂诗三首。

张垍既英俊又聪敏，自幼特别受宠，在张说的家教和熏陶下，知识渊博，口才流利。明皇之所以把宁亲公主许给他，一则是喜爱他的才华，一则宁亲公主是他夺父妃杨贵嫔所生，即明皇私生子，后朝肃宗的胞妹。当时张说是明皇为太子时的侍读，用计保护了明皇，并成全了肃宗母子。明皇为了感恩，决意把宁亲公主下嫁给有才华的张垍。杨贵嫔侍候过先帝，自知名分不好，不敢争宠，武惠妃因此也乐意同她来往。

在明皇的三十个驸马中，张垍的才华名列前茅，所以明皇对他特别宠爱，破例在宫里给他营造了一所豪华的内宅。

是日时至正午，明皇携武惠妃、寿王和咸宜、太华两个公主，以及高力士、侍卫等启驾前往，霎时而至。

宁亲公主和驸马张垍在前迎驾，张说夫妇紧紧跟随。应邀作陪的有张说的长子张均。张均也在大学士府任职，博学多才，著有诗文二十集。此外，还有明皇的幼妹玉真公主（自幼在玉真宫修行），以及侍卫、宫娥等十余人皆至。

正值暮春时节，天气温和，因此设宴于西院花园中——虽和御苑的规模无法相比，但其小巧玲珑，应有尽有，别具一番幽雅清净的韵味，亦使人心旷神怡。绕曲径，度回廊，豁然开朗，一个仅三亩大小的人工湖映入眼帘。湖岸逶迤，浑如天然，风荷烟柳，令人神爽。湖中一座两层的高阁，有三架曲折的画桥相通。盛宴设在楼上，打开花窗，可以瞭望四面八方的美景。

帝妃入座后，张说夫妇和张垍夫妇左右作陪，张均和玉真公主坐于下首，高力士及侍卫等皆在楼下。

酒过三巡，张说就提议吟诗，以显耀张垍的才华。

明皇不知就里，便欣然道："贤卿开篇吧！"

张说佯为凝思片刻，其实昨晚已经写好：

鸟飞直为惊风叶，
鱼没都由怯岸人。
唯愿圣主南山寿，
何愁不赏万年春。

明皇感到此诗情景交融，十分高兴，霎时心血来潮，"朕不善七言诗，和首五言吧！"遂咏道：

节变云初夏，
时移气尚春。
所希光史册，
千载仰兹晨。

张说连忙献媚道："妇随夫唱，古今佳话，请武惠妃和一首何如？"武惠妃道："由驸马都尉代笔吧。"

张垍急忙站起来，"蒙皇母垂青，岂敢违迕？聊为代笔献丑了。"因张说昨晚替他准备的皆是七言，皇帝既已改用五言，他只好随机应变了。幸好他神思敏捷，霎时改就：

今年通闰月，
入夏展春晖。
天喜时相合，
人和事不违。

下面轮到了宁亲公主。她亦援例要张垍代笔。张垍遂咏道：

流莺凡几树，
乱叶许多丛。
春园心和乐，
皇恩造化同。

玉真公主因属于长辈，又常习经卷，对于诗歌略通，早已打好腹稿，立即站起和道：

胜地逢盛宴，
暮春看飞花。
悠然天伦乐，
人间有仙家。

张均自负才过张说，青出于蓝。他对张说和张垍方才所咏，皆不屑一顾，傲然和道：

惊花翻霁日，
寻泥燕独过。
腊梅岂争春，
赢得诗咏多。

张垍暗自叹服，自己准备好的那首诗实难超越，才思已替以上他人用尽，难再赘咏，但又怕明皇笑话。也许是福至心灵，他忽然灵机一动，忆起明皇八岁时的咏雪诗来，于是凝思片刻，模拟了一首：

桃李催春风，
春风化雨露。
雨露润万物，
春风满皇都。
内宅沐皇恩，
明皇贺寒屋。
徒有辅国志，

可怜才学疏。

明皇拍案叫绝——其实其中并无名句，远逊于张均。为何明皇叫绝？一则模拟了他的处女作，二则充满了献媚谀辞，使他乐以忘形起来，因道："左相陈希烈，屡上书告退，朕寻贤者凡几，皆不若爱婿矣！"

张垍夫妇喜出望外，立即叩头拜谢。

张说见明皇许诺儿子为相，亦高兴非凡。但塞翁失马，祸福无常，其吉凶如何，尚难断定。此乃后话，暂搁不题。

且说李林甫和宇文融听说明皇驾临驸马张垍家，恐右丞相张说复用，对己不利，便生一计，唆使宇文融入宫进谗宇文融道："张说原为右丞相，满朝文武多出其门，而今安置大学士府中，近在咫尺，恐非善策。落水狗上岸，将会疯狂百倍，请陛下未雨绸缪是幸！"

明皇早已得知宇文融自从苛敛百姓获宠之后，野心勃勃。张说既功高，又为皇亲，但他却死咬住不放，心中对他不满，又愠于色，遂道："卿现为御史中丞兼劝农史和户部侍郎，尚有余力可管闲事，朕拟为卿再加一个职衔。"

宇文融灵机一动，看明皇的表情，知凶多吉少，但舟至河心，也无可奈何，只好听天由命了。于是他壮壮胆子道："蒙陛下恩典，不胜感恩戴德之至！"慌忙跪下谢恩。

明皇道："朕让你去兼魏州刺史。"

宇文融似同炸雷击顶，有点晕头转向，这哪里是兼职，分明是贬降！但他十分乖巧，立刻镇静下来，"臣尚年轻力壮，精力充沛，至州县磨炼几年，很有必要。皇上英明宽厚，群臣无不畏威怀惠，臣想陛下今后还有思臣之日哩！"

明皇本来认为宇文融精明能干，功大过小，听他如此花言巧语一说，又气消一半，于是道："魏州和汴州相邻，朕再让你检校汴州刺史，充黄河南北沟渠堤堰决河史，继续开田种稻，待有成就，另有安排！"

宇文融佯为乐意从命，想出一个欲进先退的策略，激动地呼道："蒙皇上宏恩，臣定竭力效忠。若有失误，定当负荆请罪！"又忙叩三个响头，狼狈而下。

宇文融出宫，已至三更。他也顾不得回家，便去吏部侍郎李林甫府中商量对策。

本来宇文融的职务是高过李林甫的，只因李林甫计谋高明，又在吏部管理群臣的调迁。他如今被明皇贬谪，似同丧家之犬，便屈尊至李府求救。

这时李林甫已同爱妾入睡，闻宇文融求见，预知情况不妙，连忙点灯起床，未待穿好衣服，即把宇文融唤进卧室，一边扣纽扣，一边问道："有何等要事？"

宇文融为了换得李林甫的同情，佯为十分悲痛和委屈，边哭边喘，并添加了许多枝叶，约半个时辰，方将原委诉说完毕。

李林甫听后，心中虽唯恐牵连出自己，但仍佯为泰然自若，并旁敲侧击地对宇文融进行暗示，"常言说，'留得青山在，不怕没柴烧'，只要有愚兄我李某在朝，管保你不逾三年，官复原职。但希贤弟亦要争气，为皇上做出些贡献才好。"

宇文融一点就通，立即发誓道："我宇文融绝对不是忘义之徒。常言说，'舍车马，保将帅，可避凶，可消灾'，我岂能不知么？我到得魏州，定会大干一场，为侍郎争气，为皇上添光！"

李林甫笑容满面，猛拍一下宇文融的肩膀，"患难知朋友，我早看出贤弟不凡，果然未出所料。"转身向外，"来人，备酒侍候！"

李林甫于是携宇文融去客厅饮宴，叫来歌伎两名侑酒佐欢，至五更时分，皆酩酊大醉。李林甫回房，让两名歌伎为宇文融侍寝。

张说闻宇文融被贬，当然十分高兴。明皇亦后悔不该受宇文融的谗言，罢去张说的右相，但既已使他就职集贤院大学士，亦不便立即召回。

且说张说复相位时，正值吐蕃犯界。明皇召朝议之，张说立即献策，略云："吐蕃入寇，理应讨伐，但数年来，边境诸州烽火连绵，兵困马乏，宜暂为议和，以养精蓄锐，相机而行。"明皇急于张威，欲伐吐蕃，听张说所言后不悦。河西陇右节度使王君㚟，系李林甫羽翼，有勇无谋，求功心切，力主发兵。左丞相不求有功，但求无过，吏部侍郎李林甫亦怕张说立功，他们竞相看风使舵，顺风承旨。

明皇遂命王君㚟挥师出征。

吐蕃见唐军来势凶猛，边战边退，辎重粮草，丢失无数。

王君㚟追至大非山外，不见吐蕃踪影，遂凯旋收兵，遣使报功。

明皇见奏，异常高兴，传旨王君㚟还朝领赏。

李林甫闻此捷报喜不自禁，因张说当时是不赞成王君㚟出征的，遂又借机掀起一个排斥张说的浪潮。

欲知端底，且看下回分解。

第八回

贪功图赏逢喜变忧
助寡扶孤移花接木

且说李林甫闻知王君㚟的捷报喜不自禁，立刻把京兆尹肖炅和法曹吉温叫到府中，商讨排斥张说的策略。

李林甫首先发表己见，“张说罢相不到两年，又起复原职，对你我实为不利。他曾反对王君㚟讨伐吐蕃，而今捷报到京，我拟趁机奏他一本，不知二位贤弟意见如何？”

肖炅道：“以愚弟看来，张说功高恩深，罢而复用，难以轻摇。只此一本是扳他不倒的。”

李林甫急不可耐，急忙追问道：“请问高见？”

肖炅道：“我看只有奏他大逆谋反，方可把他除掉。他既然反对征讨吐蕃，岂非和吐蕃有私通么？”

李林甫伸起拇指称赞道：“真乃高见，言之有理。可怎么能找到证据呢？”其实李林甫早已考虑到这一步，他为了耍滑，故不径直说出，以便事败了推卸责任。

吉温早已心急如火，欲显示自己，当肖炅尚未考虑成熟回答之际，他连忙插言道：“欲加之罪，何患无辞？”

李林甫熟知吉温鲁莽无谋，料他不会有详尽周密的打算，故仍以目示意肖炅作答。

肖炅思考了一会儿，方道：“待王君㚟归朝献俘时，何愁找不到一个人证？”

李林甫认为言之有理，又赞扬了他一番，但想到远水不解近渴，于是又道：“我认为张说的靠山主要是他的儿子——驸马都尉张垍。欲斩草除根，宜从张垍下手。二位贤弟可有良法么？”

吉温觉得李林甫对自己方才的意见冷漠置之，故不再多言。

肖炅道：“宜避重就轻，先挖张垍的墙脚。他的下属皆有恃无恐，虽无大过，但奸赃之事不会没有。惩其奴仆，其主脸面自然无光。久而久之，皇上自然会对他冷淡。那时再对他进谗，定收事半功倍之效。”

李林甫高兴得拍了一下案子道：“对，木必先腐之，而后虫生之，真乃妙计！”

吉温有些不同看法，“常言道：‘擒贼先擒王。’咱倒是先擒起小卒子来了！”

李林甫笑眯眯地拍了一下吉温的肩膀，“贤弟，你只知其一，不知其二。兵书上的策略层出不穷，有许多是矛盾的。究竟如何使用，得看具体情况。上次刚把张说搬倒，不久他便爬了起来，难道咱还走那个老路么？”

吉温心悦诚服，“小弟不才，但忠心耿耿，任凭侍郎支使就是了。”

不久，肖炅便从兵部捕风捉影地汇集到六十五人的奸赃情况，交法曹吉温审问。吉温也知此案冤假不实，怕有人至死不屈，故想出一个杀鸡给猴看的计谋。

他从狱中提出重囚两名，当着那六十五人严刑拷打。先用杖刑，打得皮开肉绽；再用夹刑，使俩囚疼痛欲绝，惨呼连天；最后采用来俊臣使用过的紧箍咒，一锤下去，使其脑浆崩裂，惨不忍睹。

此六十五人，有的涉嫌，有的清白如水，但见此情状无不胆战心惊。他们想，与其惨死刑下，还不如招供自诬，那样或可从轻，或可自缢。遂纷纷乞纸画押，请求保命。

张垍对下属六十五人招供，认为不实，让宁亲公主转奏明皇御审。宁亲公主想，自己生母杨贵嫔已经下世，兄忠王玙尚未立为太子，正得宠的武惠妃与自己关系尚为融洽，她很容易让自己见到明皇。于是托武惠妃致意明皇。明皇既怀念其母，又称赞其驸马的才华，并拟拜之为宰相，同宁亲公主的情谊亦较深厚。当宁亲公主说明原委之后，明皇十分关注，即命侍御史巡察。

吉温闻御史查监，一边威吓六十五名犯人道：“尔等全系自首，皆无刑伤，谁若翻供，罪为欺君，家灭九族！”一边协助御史查验犯人。结果未发现丝毫伤痕和破绽，御史回奏交差。

吉温为了避免再次复验，立即同李林甫、肖炅商定，对此六十五名犯人分别加以劝慰。他们劝慰道："尔等既系初犯，又诚恳认罪，皆从宽发落，既往不咎，官复原职，宜各上表谢恩。若有翻供者，定加严惩。"

诸犯有的确有小过，听此自然感恩戴德，纷纷上表谢恩；有的虽然无过，但想到只受了几天委屈，尔后又官复原职，也就不肯冒险翻供了；有的感到此事蹊跷，悟出其间道理，概为杀鸡给猴看，为了自保，也不愿冒险翻供。

张垍虽然仍认为其间有诈，但由于他以往气焰太盛，不得人心，所以始终难获其间奥秘。宁亲公主虽然又屡次入宫面奏，但既无真凭实据，明皇又为谢恩表打动，所以皆无济于事。

那武惠妃本来机灵，如今又生了一个心眼：如果废除太子瑛的阴谋得逞，按长幼有序，就该轮上忠王玙——宁亲公主的胞兄，若再拜张垍为相，则他们兄妹将权倾天下。而嫡子寿王瑁排行十八，嗣立则将无望。于是常在枕席之间进张垍言，间疏明皇和宁亲公主往来。明皇果然对张垍冷淡了。张垍自知交了厄运，无可奈何，只有听天由命，伺机再起。

王君臭讨伐吐蕃凯旋，明皇十分高兴，召集了一次隆重的庆功宴，一则表彰王君臭，二则为己张威，扬眉吐气。

是日晨起，太极宫承天门广场布置得庄严肃穆，在鳞次半里长的台阶甬道两旁，旌旗招展，仪仗如林。卯时，文武百官络绎而至，皆着礼服，喜气洋溢。明皇登上门楼时，礼炮齐鸣，欢呼雷动。坐定之后，礼部尚书宣布王君臭献俘。

王君臭身着金盔银甲，骑匹红鬃烈马，带领卫士八十名拥缴获的金银财宝十车，卫士五百名押俘虏三千，耀武扬威而上。他眉飞色舞，兴奋异常，添枝加叶，滔滔不绝。正值此时，忽闻狼烟西起，遂急忙宣布退朝，并遣派探子前去探个究竟。

明皇知凶多吉少，传王君臭入宫，仔细盘问边境详情。

王君臭这时心乱如麻，他奏的战绩虽然有些夸张，但大致不差，错就错在求功心切和轻敌，对吐蕃的狡诈估计不足，未待巩固战果，就归来报功领赏，致使吐蕃复犯。他如今是有口莫辩，猪八戒照镜子——里外不是人，恨不能找个地缝钻进去，一时心慌意乱，两眼发黑，一头栽倒在地，昏迷不醒。明皇对他的苦衷也能猜得十之八九，急忙遣侍卫送他回府。

次日傍晚，警报至京，不但失守瓜州，而且王君㚟父亲和刺史一起被虏。国恨家仇一齐涌至王君㚟心头，他立即入宫请命，“不破吐蕃，誓死不归！”遂又请兵三万，星夜返任。

却说头天庆功，百姓围观者人山人海，把五十丈宽的朱雀门大街堵得水泄不通，突然宣布退朝，大家争先恐后，互相践踏，伤残不计其数。

恰好这时杨钊和夫人裴氏携杨司户的遗眷赴东都投亲，路过长安，准备到岳父家歇息几日。他岳父在长安东市开设了一家绸缎商店，雇有十几个伙计，较为富有。当他们的车马行至务本坊时，被围观散归的百姓堵挡道路，停靠在国子监墙角。杨玉环和其母坐在车前，其两个姐姐和杨钊的夫人裴氏坐在车棚里面。这时杨玉环年方十岁，爱看热闹，请母亲掀开了车帘。杨钊骑马停在车后。人群川流不息，似一股洪水，杨钊一行停留，显得特别醒目，一些人不禁驻足观看。他们争相伸头探看，此时有一恶少，身高七尺，不但口出秽语，还手扒车门向里面窥探。杨钊跳下马来，揪着他的衣领，甩倒地下。那恶少站起身来骂道："既然当婊子，还想立牌坊！"杨钊又抓着他的前胸衣襟，左右开弓“乒乓”两个耳光。那恶少见杨钊身材魁梧，自知不是对手，遂甘拜下风，“请好汉息怒，请问尊姓大名？”

杨钊见他求饶，遂道：“吾乃剑南采访使杨钊是也，护送杨司户遗眷赴东都投亲，路过长安。你问此做甚？”

那恶少咧嘴一笑，“杨司户一个穷官，能有几个钱。吾乃大金台珠宝店的三公子，姓柳名万贯，一十八岁，尚未娶妻。”

杨钊听后，又气又喜——气的是他光天化日之下，调戏妇女；喜的是杨玉环三姐妹尚未定亲，同这公子是年貌相当，要是有缘，出嫁给他，以后她们母女生活无虑矣！于是道：“你调戏妇女，本应交官治罪，念你年幼，情有可原。但不知你所言是否属实，随我到东市兴隆绸缎商店一叙。”

柳万贯见有转机，笑道：“此商店的裴大公子乃我的朋友。我给带路前去是了。”于是带他们到了裴家。

这裴大公子正是杨钊的内弟，是杨钊正准备为杨玉环二姐撮合的丈夫。因杨钊早已迷恋上杨玉环的二姐，想如此套上亲戚，移花接木，便于他日后与她幽会。杨钊从中撮合，将杨玉环的两个姐姐说给裴、柳二家。

裴、柳两家父母见杨玉环的两个姐姐皆如花似玉，赛过自己儿子，又是套亲，也都满意。

杨玉环的母亲心想，自己寡居异乡，困窘定然不少，若能与此二家联姻，真是求之不得的事，于是满口答应，并立即督促成亲。结果婚事一月而就。婚事办过之后，杨钊遂携杨玉环母女赴洛阳杨玄璬家寄居。

杨玄璬家有一子一女，一媳一孙，人口不多，原想，若添杨玉环母女四人，颇有人满之患，见来的只有杨玉环母女二人，正好冲冲家里时有的寂寞，所以热情接待。

杨钊送到她们后，急于想回长安了解杨玉环二姐婚后的心情，所以只到杨玉环长姐崔家住了一日，去龙门和白马寺游览了两天，就告辞骑马而去了。

且说杨玉环一到洛阳就急于去游览。她在游览龙门奉先寺时，被悟空法师看见。这法师最为眼馋，十分欣赏杨玉环的姿容，而且眼尖，还发现杨玉环右腕上淡绿色的环记，于是心生邪念，拉着杨玉环的手腕，煞有介事地向在场的人大声胡诌道："此女乃翠环仙下凡，必须出家为尼，否则，不是早夭，就是妨碍了父母寿诞！"在场的人都感新奇。有个老妪问杨母道："她爹爹在否？"杨母闻言心中一酸，珠泪双流，说不出话来。众人见状，知道是她已没了丈夫，都相信悟空法师佛法灵圣。其实是他看见杨母内衣襟角带有孝布，推断她必死了丈夫。

杨玉环为翠环仙下凡的消息，一传十，十传百，传得满城皆知，许多纨绔子弟争相窥视和求亲，吓得杨玉环轻易不敢出门。这且按下不表。

且说王君㚟回至河西时，吐蕃正围攻玉门，情势十分危急。王君㚟立即带兵驰往解危，火速赶至。他一望见东城门外的吐蕃兵，就火冒三丈，身先士卒，搭弓就射。一连发了三箭，箭箭皆中。敌兵吓得左右飞逃，闪开一条血路。王军见敌军败退，士气大振，蜂拥而上。王君㚟愈战愈勇，纵马直追，闯入敌阵，抡起长矛，左右挑刺，又连杀三个头目。

吐蕃酋长悉诺逻一听失掉三员大将，感到大势已去，连忙命令吹角收兵西逃。王君㚟愈战愈悍，急起猛追。悉诺逻眼看难以逃脱，心生一计，把王君㚟的父亲押在最后一匹马上，让他喊话。王父无奈，高声叫道："吾儿听着，父在后梢，不可用箭。悉诺逻酋长愿和亲谢罪，速遣使前来……"王君㚟听此，涕泪交零，不敢再追，遂怏怏而返。

王君㚟在回至巩笔驿时，因夜晚失防，被仇人海州司马刺杀，剖心挟尸投奔吐蕃而去。王君㚟的部下闻讯，挥军急追，海州司马弃尸而逃。

明皇闻知王君㚟英勇杀敌和惨死之情状，甚为惋惜，追封他为荆州大都督，归葬京郊，并令张说撰墓志铭，御书刻石，以示恩宠。

张说闻旨哭笑不得。本来自己同王君㚟有隙，自己主和，他主战，如今他既为父纵敌，又失误身死，本应问罪，可是明皇为了文过饰非，将错就错，反而给他树碑立传。这既与事实不符，又违背自己的心愿，实在难以下笔。但圣命如山，不敢违抗，于是想出一计，给他写篇双关的铭文，以敷衍交差。

张说的文笔流畅，知识渊博，为当朝之冠，已写墓志铭无数，但现写语词双关的铭文还是第一次，所以颇犯惆怅。他经过一天一夜的苦思冥想，方才告成。

开头是简述死者的经历，无关紧要，据实照录即可，关键是末尾的颂词，他反复斟酌，最后改定为：

赤心报国兮，一马当先。
旗开得胜兮，俘获无数。
功盖天地兮，威震吐蕃。
妻荣富贵兮，古今罕见。
穷寇勿追兮，忠孝难全。
智勇双全兮，殉国阵前。
成败在天兮，须臾之间。
众口皆碑兮，万古流传！

明皇浏览铭文，未得细思，即拟御书付刻。那奸诈的李林甫细细品味，从中发现了隐情，向明皇进谗道："张说对王君㚟的后四句颂词，皆似双关耶？'穷寇勿追'岂非怨他因为怕误伤其父而放走敌人么？因他有此过，贬之为'忠孝难全'。既然说他'智勇双全'，就不应该因失误而‘殉国阵前’。现在这样，岂不前后矛盾么？‘成败在天兮，须臾之间’，似是讥言王君㚟刚刚蒙受陛下封赏，刹那之间又阵亡破家。‘众口皆碑’更是意可双关，不论人好坏皆可使用。张说要此手段，既污辱王君㚟，又让陛下御书，实乃借刀杀人，归罪于陛下，恶毒已极矣！”

明皇听后暗自忖度：王君㚟邀功心切，有勇无谋，失误身死，固然咎由自取，但他毕竟是抗击敌人入侵，为国捐躯，精神可嘉。你张说当时虽然有异议，何不犯颜直谏？你既然知朕御书碑文，又怎能写此毁词，嫁祸于朕……他愈思愈气，立即把张说传来，严加训斥，并罢去其相位，让他在家专修国史，不许再过问政事。

张说当时已年至六十四岁，他想再无启用之机了，于是气恨交加，日益抑郁，体力剧衰，尔后卧病在家。两年之后，他命至垂危，明皇闻知，忆起往事，觉得他功大过小，体恤之情油然而生，常去问疾。

在张说去世的前夕，紧握明皇的右手泣道：“臣蒙陛下恩宠无量，所报甚少，死当结草……且三子才德平庸，不足为相。窃以为唯张九龄可以重用……”

明皇见状甚哀，抚慰道：“卿方过花甲，偶染小恙，希安心养病，不必多虑。朕尚有一验方在此，服后定能见效。”遂取出药方递到张说手里，“此朕亲笔书写赠汝，如药物欠缺，可到太医院领取。”

张说看罢，全系贵重补养之药物，遂感激涕零，说不出话来。但他已病入膏肓，纵有仙丹妙药，也无济于事。次日服药后，他虽然精神好了一个时辰，但至傍晚便呜呼殡天了。

明皇闻后甚悲，为张说亲撰碑文，御笔赐谥曰“文贞”，并于光顺门举哀，罢开元十九年元正朝会，以兹悼念。

李林甫辈闻张说已死，喜出望外，积极谋划宰相位事。

欲知后事如何，且看下回分解。

第九回

奸臣害贤欲擒先纵
贤相疾恶以攻为守

张说死后，在明皇的宰相备选名单里有：学士张九龄、吏部侍郎李林甫、魏州刺史宇文融、兵部侍郎张埱和户部侍郎裴耀卿。此数人各有长短：张九龄登进士第，学识渊博，但稍有高傲；李林甫谦恭，但学识疏浅；宇文融理财有方，但与群臣不合；张埱才学兼优，但功德不显；裴耀卿中童子举，但德才初露，阅历不足。明皇考虑很久，任谁为相仍拿不定主意。

李林甫急不可耐，便派家人去传河西节度使牛仙客来府密议对策。

这牛仙客原为一名县吏，后任河西节度使王君㚟的判官。王君㚟死后，李林甫保奏其接任，故他对李林甫感恩戴德，言听计从。此人既略具才智，善于辞令，又谨小慎微，勤政俭用，兵精粮足，深得明皇的好感。

牛仙客来后，李林甫说明用意——请他保奏入相。牛仙客正欲报恩，岂有不从之理，且他想，待事成后，也利于自己的前程，所以他毕恭毕敬似同孝子请安似的答道："侍郎大恩，永世难报，吾定犯颜直谏，不顾自己的安危。"

李林甫笑道："你认为是让你直接启奏么？"

牛仙客连眨几下眼皮，似有所悟，"请侍郎赐教！"

李林甫拍了一下牛仙客的肩膀，"仕途上从来没有捷径，必须曲折前进才行。"

牛仙客搭讪道："真是高见！"

李林甫道："你看当朝，能同我李某匹敌者有谁？"

牛仙客果断地道："唯张九龄一人而已。只要把他排斥出去，老兄可立即拜相。”

李林甫道：“这样办去，即使皇上允奏，群臣将谓吾何？”

牛仙客有点摸不着头脑，“老兄的意思是……”

李林甫道：“我想先把他抬上去，然后趁机再把他拉下来。”

牛仙客不禁拍案叫绝，“妙，此乃欲擒故纵之计也！既可取悦皇上，又能收买人心，一箭双雕。”他伸起拇指，“老兄真有宰相之才！可对皇上奏过否？”

李林甫道：“请贤弟先奏，吾再附和。因吾已往和九龄不睦，若贸然提出，恐别人说我虚假。”

牛仙客道：“好，我立即入宫！”

李林甫道：“何必这样着急，待明日再去不迟。”并向家人道：“备宴！”

美酒佳肴立即传上来，丰盛无比，又有歌伎佐欢，献媚斗艳，牛仙客开胸畅饮，直至烂醉。

次日晚间，牛仙客入宫。他虽早已打好腹稿，但却不马上启奏，而是先察言观色，问候皇上和武惠妃的安康情况，恰遇武惠妃有些气虚，干咳微喘。

他便趁机献媚，眉飞色舞道：“凉州特产良药冬虫夏草，治疗肺虚有奇效。取药一斤置于瓮中，用酒浸泡七七四十九天。用时滤去渣滓，掺蜂蜜冲服，一剂可愈。”

武惠妃一听，兴奋异常，立即问道：“我还不曾听说此药，可速进来一试！”

牛仙客愈加高兴，奏道：“此药非常奇特，夏天是草，一入冬季，枝叶枯萎，根部变成虫子，形如蚕蛹。全国皆无，唯独凉州有产，臣明日派人去取。”

武惠妃急不可待，“几日可到？”

牛仙客道：“令沿途驿站跑马传送，往返超不过七日。”

明皇见他们谈得如此融洽，心中自是高兴，早欲插言，但不得空隙，听到此处，担心跑马送药劳扰百姓，急忙制止道：“惠妃疾病已有数年，并非急症，无须跑马递送。”

牛仙客十分机灵，知其心意，因道：“而今天下富庶，迈于贞观盛世，陛下尚如此俭朴爱民，实为罕见明君。臣定当永远效忠陛下。”

明皇一听贞观盛世，心中颇有感触：按当今国强民富的状况，似与贞观接近，但像当时的房玄龄和杜如晦的贤相，以及直言敢谏的谏议大夫魏征，当朝却一直从缺，于是问道："张说已去世数月，相位空虚，不知贤卿以为何人适宜?"

这正问到牛仙客的心坎里，他不禁心头一热，此时不奏，更待何时。然他不露喜色，从容地奏道："臣以为当朝论智谋莫过于李林甫，讲学识才干以张九龄为最，按理财宇文融无人可及。我泱泱华夏，系文明古国，学识才干应占第一，故臣以为应拜张九龄为宜。"

明皇知他系李林甫引荐，却不偏向李林甫，且言之有理，觉得实为难能可贵，但又怕他是故意试探自己，于是又故意道："张九龄虽然学识才干出众，但他矜傲凌人。常言说，'功高震主'。若他谋起反来，恐怕难以收拾。而李林甫虽然学识欠缺，但忠心可嘉。衡量二人利弊，朕以为不如拜李林甫较妥。"

牛仙客对明皇此言，虽真假难辨，但他已和李林甫有了预谋，且认为那是最佳的方案，所以他又从容地回奏道："常言说，'秀才造反，三年不成'。只要不让张九龄掌管兵权，何患之有?"

明皇从侧面没有试探出破绽，便由正面问道："贤卿系李林甫所引荐，而同张九龄素无来往，为何亲疏颠倒?"

牛仙客胸有成竹，所以仍从容奏道："吾虽不才，但也知书达理。人以忠孝为本，为了尽忠，可以弃孝。臣初至河西任所，即闻母丧，亦未曾归里，岂能以友谊而徇私忘义乎?"

明皇听此，颇为感动，又联想起他在河西的作为，曾派人两次视察，当地皆满口称赞，所以对他已深信无疑，遂决心拜张九龄为相。于是明皇欣然道："卿且退，容朕细思。"

牛仙客立即起身。当时武惠妃已不在跟前，他不便进内室告别，遂大嚷一声："臣告辞了!"

武惠妃正在床上养神，听此已来不及出来相送，遂让儿子寿王瑁走出道："吾母欠安，失送，希见谅!"

牛仙客连连点头打躬，"蒙惠妃恩宠，请殿下千岁代谢!"方激动而退。

时值暮春，月上柳梢，夜朗气清，牛仙客心里的痛快简直无法形容。他似乎身轻如燕，飘飘然，不知不觉来到李林甫的府中。未待坐定，他就加枝添叶、绘形绘色地把取得的结果描述了一遍。李林甫闻后乐以忘形，又马上传来歌舞酒宴侍候，直至他们都酩酊大醉方罢。

宰相位在一人之下，万人之上，干系国家安危，至关重要。明皇年岁日高，对此人选更是慎重。他认为张九龄最为合适，但又怕李林甫等人不服，所以次日即把李林甫招来探其口气。

张九龄被推上台，明知凶多吉少，但已舟至江心，只有乘风破浪向前一条路，并决心同李林甫干到底。

李林甫原想张九龄人单力薄，很容易抓住他的短处，不料他谨慎从事，一年多无懈可击，而且他还采用了以攻为守的策略，时刻培植党羽。而自己因位在其下，也无可奈何，于是心中无限后悔，想到真不该推他为相，而今搬起石头砸了自己的脚，只好另找机会图之。

原京兆尹肖炅，现为中书省舍人，颇多智谋，但因学识太差，不受张九龄重用，心有怨尤。李林甫闻知，收为心腹，嘱他谦恭忍耐，佯为顺从张丞相，讨其欢心，实为寻其嫌隙。不久有个户部侍郎病故，李林甫保奏肖炅补缺。张九龄正厌恶肖炅，欲排他出去，而今任他为户部侍郎，虽然升了一级，但也很乐意李林甫所奏。明皇见张九龄和李林甫二人皆赞成补肖炅为侍郎，所以立即准奏。

肖炅才浅学疏，虽绞尽脑汁，极尽媚李排张之能事，仍是效果不佳。李林甫无奈，只好另寻良策。

欲知后事如何，且看下回分解。

第十回

武惠妃失算屈尊
唐明皇遮丑拜相

且说李林甫为了排斥张九龄，用尽千方百计无效，心想，并非自己才浅，只因为学疏，遂下决心读起书来。但诸子百家，浩如烟海，从何读起？他经仔细考虑，决定查考历代亡国末帝的史籍，以便从中找到自己可利用的因素。他翻阅了这方面的史籍，悟出自夏商周秦以来，国多丧权于女祸和昏庸无能的幼主。他想，当今皇上既荒淫不著，太子亦不甚昏庸。他苦思冥想，采取了双管齐下的办法，一边怂恿最受宠的武惠妃揽权，一边中伤太子，使明皇废长立幼，他好从中渔利。他贿赂宦官转告武惠妃，愿告发太子瑛、鄂王瑶和光王琚图谋不轨之事，然后尽力保奏武惠妃嫡出寿王瑁为太子。武惠妃恃宠，早欲为寿王谋立，正恨无人相助，闻此喜出望外，便请明皇授李林甫兼黄门侍郎。不久，武惠妃又言李林甫许多好处，请明皇擢他为礼部尚书，同中书平章事（宰相级官职）。

明皇将此事同中书令（右相）张九龄商议。张九龄正直不阿，素知李林甫奸诈，因道："宰相身系国家安危，若用李林甫为相，恐怕日后陛下的宗庙和社稷有危了。"

明皇心想，张九龄精通文学，看重文人，对于非进士出身者持有偏见。李林甫固然有其所短，但他如今谦恭赤诚，绝对不会背叛自己，所以便强行降敕擢李林甫为礼部尚书同中书平章事。

李林甫刚一上任，即启奏太子瑛等三人时常密聚，有私议父皇喜新厌旧等不满言论，若不早除，恐养疽为患，成其羽翼，为害莫测。

是晚武惠妃亦于枕席间哭诉于明皇道："太子三人阴结党羽，妾母子受害虽不足惜，但妾之得宠系陛下成就，他们对陛下岂能无怨乎？若使陛下为妾受累，妾实于心不安。如今事已燃眉，请陛下速赐吾母子自尽为好……”于是泣不成声。

这是明皇第一次见武惠妃的哭容，见她双颊泛红，泪珠晶莹，似同着雨的荷花，较平常愈显得娇嫩生色，不禁销魂，怜爱之情倍增，便紧搂着她温存地道：“朕如今有三十个儿子，废此三个不肖，只是个零头。而妃子的姿容，为后宫三千佳丽之冠，别无一个可比，你早已把我的灵魂勾去。且妃子愿意为朕捐躯，可见你贤德迈众，真可谓是恭容兼备了。朕就是为你丢掉半壁江山，也绝对不忍心把你赐死。”

明皇次日上朝，首先提出废立太子之事。李林甫立即表示赞成，并评述了太子瑛三人结党营私的细节。右丞相张九龄认为其间有诈，据理力争道：“陛下登基将近三十年了，太子和诸王都常居宫中，日日接受圣训，天下之人，皆谓陛下子孙繁昌，必享国久长。今太子等三人皆已成人，未曾闻有大过，陛下岂可以无稽之语、喜怒之际，一齐废之？且太子为天下嗣君，不可轻易。昔时晋献公听骊姬之谗言，杀申生，引起三世大乱；汉武帝信江充之诬，罪戾太子，造成京城流血；晋惠帝用贾后之谮废愍怀太子，中原涂炭；隋文帝纳孤独之言，黜太子勇，易立炀帝广，遂失天下。由此观之，废立太子不可不慎，陛下一定为之，臣不敢奉诏。”

明皇听罢张丞相之言，觉得也有些道理，但又想，太子瑛等三人，虽然未必会马上谋篡，但对自己不满却是肯定的，只是眼下尚未得知他们私会的详细内容，只好暂时作罢，俟进一步查出实据，再作道理。于是明皇佯为纳谏，以退为进，勉励他道：“贤卿犯颜直谏，精神可嘉，赐锦缎十匹。”

退朝之后，那足智多谋的李林甫三步并作两步，急忙奔逃后宫给武惠妃通风报信，并让她暂且忍耐，不但不能对明皇表示不满，还要倍加体贴。他向武惠妃保证，过不了两年，一定能让寿王当上太子。他恐怕被明皇碰见，说毕立即遁去。

明皇下朝回来，武惠妃按照李林甫的主意，佯为不知，笑脸相迎。

明皇坐定之后，便搭讪地道：“废太子事，眼下还难办呢！右相张九龄认为证据不足，强行为之，只怕惹起民怨。为之奈何？”

武惠妃佯笑道：“太子三人既已密谋很久，绝对不会中途罢休，证据会愈来愈多的。只望陛下多加提防，免遭其害就是了。至于妾母子二人的安危，乃区区小事，请万岁勿要分神，以免影响朝政。”

明皇听罢武惠妃所言，愈觉得她贤惠出众，自己更为抱歉不安，“待证据确凿之后，定教他们一齐归天！”

且说张九龄一天下朝较晚，刚到丹凤门口，就被一个名叫牛贵儿的宫奴唤住。牛贵儿四面看了一下无人，悄悄地低语道：“武惠妃深感张丞相德高望重，忠心可嘉，愿为内助，保丞相相位长在。但丞相身居宫外，对太子的恶迹不知其详。希丞相废暗立明，以保皇上和天下安全，是为万民之幸也！”

张九龄听罢，义愤填膺，真想打他几个耳光。但又冷静一想，责任不在于他，而且打他有失自己的身份，所以暂为隐忍，说了一句双关的话：“蒙惠妃盛情，臣不知如何报答才好。”便匆匆离去。

张九龄回到家中，琢磨了半夜，次日一上朝，即将牛贵儿原话奏毕，然后道：“臣还记得姚崇出相的十项条款，不知陛下遗忘否？其中第十条‘愿禁外戚预政’，虽为重要，但而今已是‘牝鸡司晨’了！武韦之祸不远，太平公主谋逆尚历历在目，陛下险遭毒手。即使陛下不吸取教训，臣还后怕呢。臣愿乞骸骨，退归田里。”说罢解开衣带，将官袍和牙笏一并呈上，扭头就走。

礼部尚书李林甫和他引荐的户部侍郎肖炅等一伙，心中十分高兴——张九龄退去，算他有自知之明，可省却我们许多麻烦。

左相裴耀卿等忠臣义士，心中十分不安——若张九龄退去，则李林甫奸党必将占去上风，前途不堪设想。

明皇对张九龄的举动颇为感动，急忙走出龙墩，紧步上前，拉住张九龄道：“贤卿忠言，朕定纳取，置于座右。并敕令武惠妃，给丞相赔礼何如？”

张九龄见明皇态度诚恳，只好转回身来，但心中是又恨、又怕、又抱歉、又委屈，于是哭泣道：“非臣不愿意侍奉陛下，实为心有后怕。常言说，‘保国如保虎，吉凶祸福在旦夕’。臣不希有功，但求无过，愿保全名节，早日归田，以娱晚年。让惠妃赔礼，臣实不敢受。”

明皇道：“常言说，‘宰相肚里撑舟船’，卿难道就得理不饶人么？你不欲惠妃赔礼，朕给你赔礼何如？”说罢就作了一个揖。

张九龄吓得连忙跪下，口呼：“万岁，臣愿留下！”

明皇急忙拿起紫袍玉带和牙笏，让张九龄穿戴上。一场风波，暂时平息。

明皇下朝之后，回到武惠妃房中，立即查问武惠妃使牛贵儿拉拢张九龄之事。

武惠妃因有人证无可隐瞒，但自恃专宠，便撕去伪善的假面具，一反常态，恼羞成怒道："陛下莫非被张九龄吓破胆了么？奴婢身居深宫，不懂得朝中的礼仪制度，是皇帝应该听宰相的，还是宰相应该听皇帝的？但奴婢可听说过，历来德高望重的宰相，篡起位来，易如反掌，王莽、司马懿、曹丕皆然。奴婢使牛贵儿拉拢他，一则是对他的试探，看他能否听从使唤；二则也是为陛下的儿子寿王瑁的前途着想——太子瑛等三人密谋已久，若不早除，莫说妾和寿王难保，只怕陛下的安危也很难预测呢！隋文帝因废太子杨广迟了一步，不但身受其害，还失掉了天下。殷鉴不远，岂可忘怀？妾母子早已坐到火山口上，朝不保夕，与其死在敌手，何如请陛下赐我们自尽，还可保个囫囵尸体。"说毕站起身来，拔出宝剑，奔向书房，去取寿王的头颅。

明皇对武惠妃爱之入迷，像是命根子一般，见状吓得飞也似的追赶上去，左手抓着武惠妃的衣领，右手把宝剑夺了过来，搀她回房。明皇这时心中慌乱已极：既觉得太子谋反不实，又觉得三人密会，居心叵测；既认为武惠妃手段恶劣，又认为她是爱子心切，情有可原。此时原来满腔欲责备训斥她的话一句也说不出来了，反换成了安慰和劝解，"妃子的用心是好的，只是方法不对。太子瑛等谋篡，必然行动，一有行动便会败露。待拿到真凭实据，莫说他三个，就是十个岂不是以卵击石么？"

武惠妃见明皇语言恳切，便逐渐缓和下来，止住了哭泣，于是佯称头晕恶心，爬上床去，拉起锦衾，蒙头便睡。

明皇一边吩咐宫娥永新快去煎熬参汤和琥珀等药物解救，一边也爬上床去，体贴安慰武妃。

欲知后事如何，且看下回分解。

第十一回

伏猎侍郎认错被贬
中书侍郎怜旧隐藏

次日上朝后，李林甫奏完例行公事，托言身体不适，提前退去。实际上他是溜进后宫，同武惠妃密谋下一步奸计去了。

武惠妃由于心情不佳，方才起床梳洗，见李林甫进来，似同失足落水者遇到了救星，欢快无比，急忙挽上发髻，对面而坐。

李林甫先递给武惠妃一个媚笑，随即道："胜败乃兵家常事，咱们虽然眼下失利，但新进学士多归我们，而张九龄党皆系迂腐老朽之辈，岂能长久？且人非圣贤，孰能无过？待机会一到，管保叫他霎时落花流水！"

武惠妃认为他言之有理，"多承尚书费心，我们母子感之肺腑，定有厚报！"

李林甫又说了些献媚取宠的套活，唯恐被张九龄的心腹发觉，便匆匆离去。他一路上感到心情无比爽快——昨夜思谋的计划，顺利完成了。

但李林甫却未料到，当他退朝之后，一个中书侍郎严挺之，对他引荐的户部侍郎肖炅奏了一本，"侍郎不学无术，靠钻营入仕，曾将'伏腊'读为'伏猎'，我们朝中若容'伏猎侍郎'存在，岂不贻笑大方么？"

肖炅一听是说自己，靠山李林甫又不在场，心中十分惊慌，一时不知所措，扑通跪在堂前哭泣道："臣确实才浅学疏，不堪侍郎之任，愿乞骸骨，归还乡里！"

明皇思忖，肖炅虽然学疏，但诚恳朴实，可以降级使用，因道："迁汝岐州刺史可也。"

肖炅感激涕零，“皇恩浩荡，臣愿效犬马之劳。”遂连叩三个响头，狼狈而下，急至李林甫家中。

李林甫回到家中，正感今日讨好武惠妃获宠，有所欣慰，忽见肖炅颓丧而至，听他陈述后，心情顿时蒙上一层阴影，不禁暗中恶狠狠地道：“张九龄呀张九龄，我管保叫你不出九个月，给我滚出朝廷！”说罢转向肖炅道：“事已至此，你先去岐州，咱正好对张九龄和裴耀卿一党来个上下齐攻。他们的徒子徒孙满天下，难道都是洁如秋水的么？只要抓住他一个赃证，咱就可顺藤摸瓜，将这两个罪魁置于死地。到那时，当朝宰相，除我李林甫外，还有何人？我定使你官复原职。”

肖炅对李林甫的授意心领神会。他对严挺之在当朝广众之下揭露己短，仇恨深如杀父，于是心生一计，“我拟托病，暂不赴任可好？”

李林甫犹豫不决，忽然工部侍郎牛仙客闯进门来。

寒暄之后，牛仙客便道：“今天对肖仁兄的贬谪，乃张党的进攻，不可等闲视之。”

李林甫连忙将他一军，“侍郎前来，必有良计，请速讲来！”

牛仙客道：“愚弟曾闻严挺之久欲入相，而张九龄嫉他才能出众，怕于己不利，故压抑不用。此人学识渊博，德才兼备，只要李尚书能助他一臂之力，定能为我等效力。”

李林甫奸笑了两声，“这有何难？请速转告他，只要肯为我用，不出半年，定使他飞黄腾达！”

肖炅亦兴奋地道：“他原为张九龄引荐，对张党内幕比较熟悉，若能叛张归我，则张党亡在旦夕矣！”

李林甫很以为是，但怕消息不确，因又追问道：“严挺之久欲入相，贤弟如何得知？”

牛仙客道：“监察御史周子谅，对《易经》很有研究。严挺之曾找他问卜，何时能够入相（宰相级官职）。周子谅言他早应入相，只因暂有嫉贤害能之人作梗，故还须迟延一个时期。”

李林甫贼人心虚，因又追问道：“他所说嫉贤害能的小人，怎见得是张九龄呀？”

牛仙客道：“那张九龄的‘龄’字上头岂不是有个小‘人’么？”

只说得李林甫如释重负，顿时心花怒放，哈哈大笑，拍了一下牛仙客的肩膀，“真乃天助我也。贤弟快去把严挺之叫来，我定扶他青云直上！”

牛仙客道：“他原为张九龄所荐，马上让他反戈，恐怕还不易办到呢！”

李林甫十分机灵，“你的意思是让我前去拜他么？”

牛仙客道：“正是。这样既可感动他为尚书尽瘁，尚书又能膺得谦恭下士的美名，一举两得，何乐而不为？”

李林甫很以为是，遂应允照办。

肖炅闻此，十分不悦：若严挺之入相，自己朝堂之辱，则永无报复之日矣！但李尚书和牛仙客皆位列己上，自己也无可奈何，便怏怏离去。

李林甫按计而行，当晚携同牛仙客诣临严挺之府中拜见。严挺之闻报，立即迎接款待。寒暄毕，牛仙客方道：“李尚书爱贤若渴，早闻侍郎德才兼备，欲荐汝入相，但不知侍郎的志趣擅长。今日侍郎在当朝之中，竟大义凛然，疾恶如仇，驱逐不肖，其直言敢谏之长已著，故拟引汝为谏议大夫，同平章事（宰相级官职），不知侍郎意下如何？”

严挺之入相之心确有，但他是忠直报国，非为私利，所以一向憎恨李林甫等媚上取宠的奸佞，而一心依附右丞相张九龄、左丞相裴耀卿，以共保社稷。他万万没有想到，今天剪除了一个奸佞营垒中的小卒，而罪魁祸首反来拉拢自己，所以实在感到突然。他沉思一阵，方婉言谢绝道：“吾才疏学浅，蒙尚书过誉，实不敢受。今日谏奏肖炅，一则是怕贻笑大方，有失国体；二则是吾一时糊涂，贸然出言，方式不当，宜诣贵府赔礼致歉。”

李林甫听罢十分不悦，便旁敲侧击道：“据说御史周子谅善于占相，曾扬言严侍郎早应入相，只是有小人作梗，因而延误。吾对侍郎深表同情，特来相请。何去何从，希汝三思！”说罢拂袖而出，显然是诱逼兼施。

严挺之处在痛苦与矛盾之中，感到进退维谷，连夜去找右相张九龄商量对策。张九龄近来觉得李林甫勾结武惠妃，青云直上，自己又拒绝同流合污，预感到前途十分不妙，整天忧心忡忡。他正躺在床上，忽闻严挺之夤夜而至，心想必为今日贬谪肖炅惹祸，马上起身，到客厅会见。

严挺之说明来意后，张九龄试探他道：“李尚书方承恩，你亦欲入相，趁机投其门下是了。吾已成强弩之末，日暮的残阳，不可久持了。”

严挺之气道：“丞相是激我耶？是试我耶？人生在世，名誉至重，宁为玉碎，不为瓦全！李林甫奸诈莫测，不露辞色。即使刀剑夹颈，我也不去为虎作伥。”

张九龄对严挺之所言深为钦佩，感到朝中尚有忠直之士，自己并不孤立，既欣慰，又胆壮，决心和李林甫较量下去。因道：“老弟可谓严冬知松柏呢！明日早朝时再奏他一本何如？”

严挺之道：“正合吾意。”遂起身回府。他走到自家门口，忽见一个妇女正在一边叫喊一边敲门，听着声音很熟，走到跟前一看，原来是他已解缡改嫁的爱妾王氏，携儿带女而来。

严挺之又喜又惊道：“这是你来的时候吗？”

王氏低泣道：“奴婢夫被陷害入狱。常言说，‘一日夫妻百日恩’，请念旧情，设法为我申冤是幸！”

严挺之对王氏本来是爱之入迷的，只因夫人奇嫉，欲置她于死地，不得已才解缡，使她改嫁好友——蔚州刺史王元琰。他听此情况，爱情友情双生，急忙摒除侍从，悄悄地带她到客厅中密谈。

王氏见严挺之不忘旧情，收敛愁容，从容地谈道：“奴婢夫到蔚州后，一贯廉洁奉公，除暴安良，因此惹起当地不法绅士的怨恨，他们寻衅报复。而获得申冤的百姓，出于感谢奴婢夫的心情，常有馈赠，但奴婢夫一概拒收，退不胜退。当地劣绅便捕风捉影，给奴婢夫栽赃贿赂巡按之罪，制成冤案，收入狱中。且将我家财产藉没，我们母子三人只得流落街头，无家可归……”她边说边哭，母子三人一起跪到严挺之跟前。

严挺之看在眼里，痛到心里，决意替她们申冤。双手把她们扶起坐到椅子上，方问道：“你所说的完全属实么？”

王氏道：“若不属实，岂非使你受累连坐么？咱虽解缡，乃非君本意。君受连坐，我岂能忍心？”

这几句话说到严挺之的心坎里，甜蜜的往事涌上他的心头。王氏当年的荷容艳色、媚态娇姿立刻呈现在眼前。当时他们日夕共处，如胶似漆，硬被夫人拆散，心痛如刀绞，差一点为她死去。如今时隔八年，王氏已至二十五岁，虽然容颜憔悴许多，但旧韵犹存。如能破镜重圆，亦所心愿。只是夫人嫉妒之火，似乎有增无减。他正在玄想非非，忽闻

“哐当”一声，夫人带了男女奴仆四名破门而入，大喝一声：“动手!”

两个女仆奔向王氏，一人手拽头发，向门外拖拉；一人朝王氏脸上“噼噼啪啪”地乱打，王氏被打得口鼻直淌鲜血。王氏的两个孩子从未见过如此场面，吓得号啕大哭，直打哆嗦。

两个男仆奔向严挺之道：“请老爷快回房休息!”

严挺之哀求道：“请夫人息怒，容我说两句话好吗?她们被奸臣陷害，无家可归，请夫人发发慈悲，待以粗茶淡饭，让她们暂住几日。待我给她们申冤后，一定重谢夫人!”

严夫人双手叉腰，挺胸鼓肚，两眼圆睁，气得龇牙咧嘴，“呼哧呼哧”地乱喘，许久方咆哮如雷地道：“我今天跟她势不两立，有她无我，有我无她!你和她既已解缡，又竟敢领到大客厅里私通，真是胆大包天，骑到老娘的头上拉屎，这还了得!”说罢猛跨上前，把严挺之的袍带扯下来，兜头就抽。严挺之一躲，她失手扑空，栽倒在地下，摔得鼻青脸肿，于是她恼羞成怒，撒起泼来，一边打滚，一边破口大骂：“臭婊子碰上个老骚狐，没鼻子的遇着个不要脸……”

严挺之继续哀求道：“不看僧面看佛面，看在那两个孩子的份上，也应帮她一把……”

严夫人似火上加油，更加愤怒，“那两个小杂种，关你哪个腿肚子筋痛啦?”

严挺之搭讪地蹲下去搀扶她。

严夫人朝严挺之脸上唾了一口，摆手拒绝道：“去去去，滚一旁去，我嫌你的手脏。老娘自己跌倒自己爬，不用你管。你是黄鼠狼给鸡拜年，没安好心。只盼我早点死，好把你小奶奶再接回来，当老祖宗敬着她!”

严挺之见状难以劝说，便伸手把两个孩子抱起，去找王氏。

严夫人也连忙改变手段，一骨碌爬起来去追赶，连身上的土也顾不上拍，披头散发，活像个母夜叉。

欲知后事，且看下回分解。

第十二回

争风吃醋闹客店
借题发挥吵朝堂

且说严挺之疯也似的抱起两个孩子找到王氏，向客店投奔而去。

严夫人爬起来，找到那两个男仆，边打边骂："没良心的奴才，吃里爬外。我让你们将臭婊子拴起来听候发落，为何把她放了？"

一男仆道："老爷是朝中的郎官，奴才怎敢违抗？"

另一男仆道："夫人若非老爷，岂能有如此尊贵么？"

严夫人怒道："你们这些忘本的男人，他们跑到哪里去了？快给我追去！"

男仆道："出门三条路，谁知走哪条？"

严夫人眨巴几下眼皮，想了想，"他们难道在大街上过夜不成？必定在附近的客店中。"

一男仆道："最近的客店是东市的永安店，莫非到那里去了？"

严夫人急不可耐，"快领我找去。"

于是主仆三人提上灯笼，颠颠簸簸，向东市走去。

严夫人边走边思虑，待找到他们之后，如何吵骂，如何动手，如何撒泼……

严挺之携带王氏母子三人，仓促奔逃，的确是到永安客店了。进店之后，立即让店家闭门，找了一个上等的房间，先让一双儿女入睡，然后他方与王氏谈起离别之情。

二人正在悲苦莫名之际，忽听敲门声"咚！咚！咚！"

门外传来男仆的声音，"开门，开门！"

店伙计应道："干什么的？"

一男仆道："找人的！"

店伙计道："时过三更，谢绝找人。"严挺之入店时就预料到夫人可能前来，事先已嘱咐他如此作答。

严夫人灵机一动，"我们是住店的。"

店伙计道："你俩说话前后矛盾，一男一女，半夜入门，必定不是好人！"

一男仆道："我们是三个人呢！"

店伙计道："你们三个人可能是狐朋狗党！"两个男仆已无辞可答，直望着严夫人。

严夫人眉头一皱，大声嚷道："我是严夫人！"

店伙计道："不管你是什么盐夫人、醋夫人，都不给开门。"

一男仆道："你莫打诨，她是当今朝中严侍郎的夫人。"

店伙计道："盐拾郎算老几，盐大郎的夫人也不给开，这是夜禁法令。"

严夫人无计可施了，垂下头来，暗打主意：是真有这个法令吗？如果有，到别处哪个旅店也照样不给开；如果没有，他为何说此谎言？这其间必定有鬼。严挺之等一定躲在里边。既来之，则安之，干脆在门外等一夜，看他们能插翅飞出去？于是她大声向两个仆人道："走，不找了，回家吧！"他们走了十余步，她就停下来，低声说："那个老不要脸的一定在里面，咱就在此等他一夜。"

两个男仆心想，这一夜不睡实在难熬，但也无可奈何，只好从命。

严挺之同王氏则久别胜新婚，无限缱绻，说不完的情，道不完的义，如漆似胶，只嫌夜短，日上三竿方起。盥洗毕，严挺之吩咐道："我先去了，你们母子暂且在此安身，我定设法营救王刺史。"他走到房门口，又扭转身回来，掏出五两白银，"给孩子买些零食用吧！"然后留恋难舍地离去。他刚出大门，就被两个男仆拦住。

严夫人兜头把他衣领抓住，破口大骂，之后照严挺之连打三个耳光。

严挺之被打得眼冒金星，但自知理亏，百口莫辩。这时看热闹的人围得里三层、外三层。严挺之恼羞成怒，欲待发作，她又带有两个男仆；欲待赔礼道歉，看看她的脸色，想她决不会罢休。良久，他方生一计，"今天这事，实王氏勾引所致，待我去把她勒死，然后我去投案自首，杀人偿命，来给夫人出气是了。"

严夫人听此，不禁一愣，还未考虑好如何应从，严挺之一个箭步窜进店里将门闩上。严夫人把门敲打得震天响，他也不开。严挺之掏出二两银子，请店伙计协助，携带王氏母子三人越墙而逃，他也跟随而去。

严夫人气得晕头转向，许久，方命两个男仆翻墙而入，然后把门打开。她进得门来，早已人去房空。

严夫人大失所望，于是一鼓怨气向店掌柜发泄。

严夫人气得面无血色，一时也想不出词来，恶狠狠地瞪店掌柜两眼，方才离去。

严挺之携王氏子女三人逃出永安客店后，将她们藏到西市的小巷里，安排就绪，他即去找丞相张九龄，为刺史王元琰申冤，并告了三日病假。

张九龄次日上朝，代严挺之告了病假，并启奏王元琰冤案。

李林甫与此案有关，立即质问道："丞相怎知其情？"

张九龄道："严挺之告知。"

李林甫又问："严挺之如何知之？"

张九龄道："王元琰妻乃严挺之解缡之妾。王元琰蒙冤，其母子飘零无依，找严挺之申诉。"

李林甫认为有了把柄，眉飞色舞起来，"他们既已解缡，就不应该再有交往，既有交往，就难免有私。常言说得好，'骚婆娘见不得旧姑老（姘夫）'。他们既然有私，严挺之就难免包庇徇情。"

张九龄道："恻隐之心，人皆有之。即使不相识之人，遇有危难者，也会相助，更何况他们有旧情。"

李林甫道："他们解缡之后，仍有私通，那还何必要解缡？他们如此这般，与通奸又有什么两样？"

张九龄道："他们是否私通，尚不得而知，李尚书下此定论，未免过早。"

李林甫道："丞相嫌我下定论太早，那么就请丞相下定论吧！"

明皇认为他们二人的证据皆嫌不足，便下旨停止争论，俟后详察。

李林甫下得朝来，暗自思忖：若能借此把严挺之除去，既可报仇雪恨，又可斩掉张九龄的一个爪牙。他想到此，当即就以探病为名，去到严府。

严夫人听说李尚书莅临，不知就里，受宠若惊，立即收敛愁容，慌忙迎接。

寒暄毕，李林甫问道：“严侍郎前日上朝尚精神抖擞，言词激昂，不知何故，就突然病了起来？”

严夫人只知丈夫携王氏隐藏，并不知他告了病假，一时心慌意乱。她没料到李林甫是试探自己，误信丈夫是真的病，因道：“奴婢尚不知他病在何处呀？”

李林甫听此，已预料到其中的奥妙，又追问道：“严侍郎昨天未归，家中就没派人去找寻他么？”

严夫人听他问得蹊跷，开始嘀咕起来，不知该如何回答是好，哼哧了一阵，方道：“是派人找过，只是没有找到。”

李林甫已猜知十之八九，便大胆地道：“严侍郎和已解缡之妾王氏隐藏在客店里，病得十分严重。他因惧怕夫人，不敢归家，我特为严侍郎求情来了，不知夫人能否赏脸？”

严夫人因知丈夫确是和王氏隐藏起来，故相信无疑，因道：“好夫妻打烂头打不烂心，只要他和王氏割断关系，我看在李尚书的面子上，叫他马上回来吧！”

李林甫佯笑道：“严侍郎回来后，夫人可不准罚跪呀！否则，他再跑了，我可不管你们的闲事了。”

严夫人道：“好，好，好……”

李林甫获得预期的效果，乐以忘形而去。他心中又不住地盘算：除去了严挺之，还得费一番周折！

李林甫次日提前上朝，先将严挺之与王氏通奸事启奏给明皇。

张九龄上朝后，明皇便质问他道：“卿可知严挺之患得什么病么？”

张九龄道：“他是受了风寒，头热脑涨。”明皇道：“他夜夜通奸，岂有不受风寒之理？”

张九龄听此话音，猜想必有缘故，但他丈二和尚摸不住头脑，两眼发愣，无从回答，悄悄望了一下李林甫，见李林甫喜形于色。

明皇又追问道：“卿可知他在何处养病么？”

张九龄听明皇如此问法，估计严挺之肯定不在家中，但在何处，又不得而知，只好如实相告，“臣不知他在何处。”

明皇道：“他已同解缡之妾私奔，至今下落不明。他既已解缡，就不该有私，更不该为王氏新夫徇私说情。而贤卿同他亲密无间，知无不言，言无不尽，难道不知其情么？既知其情，就不该替他告假，庇而护之。如今事已告发，卿尚言不知，岂不罪上又加过么？你和严挺之、王元琰等莫非欲结党营私么？”

张九龄对此事确实不知，心中十分委屈，于是辩解道：“臣日理万机，此等同僚小事，岂能皆知其详？王元琰为严挺之出妾之新夫，臣和他素不相识，包庇他又有何用呀？臣实为维护陛下圣德，免有冤案。臣若欲结党营私，武惠妃拉臣时节，臣何不攀而附之，岂非舍乎近而求乎远耶？”

正说之间，侍卫忽报严挺之八岁的儿子杀人后，前来自首。明皇感到蹊跷，急忙让带上殿来审问其详。

欲知端底，且看下回分解。

第十三回

幼儿杀妾母受赏
明皇弑三子遗憾

侍卫连忙将杀人的八岁儿童带上殿来，原来是严挺之之子严武。他的生母严夫人也跟随而上。此儿自幼爱玩弓耍剑，性情刚暴。他听说严挺之弃其母，携妾私奔，义愤填膺，便同仆人访得严挺之和妾王氏的住处，于凌晨时分破门而入。他从怀中掏出一把匕首，照王氏太阳穴刺去，刹那间鲜血四溅，王氏倒死于地。严挺之慌忙抢救，无效。严武回到家中，其母认为人命关天，急忙带他前来自首，希能免罪。

上得殿来，其母先道："吾儿年幼无知，戏杀王氏，请陛下开恩！"说罢连连叩头不绝。

严武不知下跪，立即更正道："大臣岂可厚妾而薄其妻，儿怜生母，故意杀之，非儿戏也。"

明皇听罢，对严武产生好感：八岁儿童竟能大义凛然，不畏罪、不怕死，将来必为武夫也！又仔细打量他，身高四尺，虎头虎脑，大眼，高鼻梁，挺胸肚，雄赳赳，气昂昂，仪容不凡。他思忖片刻，便宣敕道："杀人者本应偿命，既系童子，又为母尽孝，故情有可原。严挺之既已和妾解缡，又与其通奸徇私，实为罪魁祸首，贬为洛州刺史可也。王元琰赃污狼藉，流放岭南。右丞相张九龄、左丞相裴耀卿和严挺之日夕相处，尚不知其详，更何况天下事乎？皆罢知政事，听候发落。拜李林甫为相，擢牛仙客为工部尚书。"

李林甫升任宰相后，为了专权，次日即将谏官御史召集起来，进行威胁恫吓，"如今明主在上，群臣皆已顺之，请勿用多言。君等不见立仗马乎，食三品料，一鸣辄去之，悔之无及。"

监察御史周子谅，有些书呆子气，下朝的路上，对好友补阙杜琎道："唐太宗世称明君，然尚重用谏官魏征，虚心听谏。当今皇上恐未及太宗，却下令杜谏。莫非他把我们都变成哑巴不成？"

杜琎回头望了望，见无人，因道："今日李丞相言，是否为皇上旨意，尚未可知！"

周子谅道："我也怀疑是李丞相欲蔽塞人主，结党营私。牛仙客有何德能，只因趋炎李尚书门下，而竟青云直上。我昨晚做一个梦，牛仙客乃阴间狱卒牛头再世，李林甫系恶鬼马面重生。此二人拜相，则天下无宁日矣！"

杜琎又回头看了一下，见牛仙客紧步追来。

牛仙客赶至，伸手拉一下周子谅的袍袖，悄悄地道："牛头跟来矣！"

周子谅不禁一怔，遂和杜琎分手告别。

牛仙客对他俩的举动看得一清二楚，且认为他二人皆为张九龄引荐，推测必定是对今日李林甫杜谏不满。他当天晚上即捕杜琎审讯，问了个明白，并及时启奏给明皇。

次日上朝时，明皇首先鞫问周子谅，"牛仙客和李林甫是牛头马面，则朕为何？"

周子谅知事已泄露，无可隐瞒，便高声道："李林甫勾结后宫，嫉贤害能，口蜜腹剑，居心叵测，又与牛仙客狼狈为奸，蔽塞圣听，他们比牛头马面有过之而无不及，请陛下明察是幸，否则臣愿乞休归田。"说罢便将官袍脱下，连同牙笏一起抛在地上。

明皇不禁动怒道："大胆，重打一百大板，轰下殿去！"

李林甫正恨他入骨，闻旨后立即命侍卫重打。未及十棍，周子谅即已昏厥，后又复苏，又打。周子谅被敕令流放瀼州，至蓝田而死。

因周子谅系张九龄所荐，李林甫又趁机进谗，明皇贬张九龄为荆州刺史。

从此，朝中大权被李林甫独揽，他拜任右相，牛仙客为左相。李林甫为了抓紧谋篡，又对绊脚石太子瑛开刀。此时恰遇明皇第二十二女咸宜公主（武惠妃生）的驸马杨洄，欲趋炎附势投靠李林甫。

一天夜晚，杨洄去到李林甫宅第，馈赠珍珠一斛。

李林甫也想和皇亲靠近，以便了解内情，于是灵机一动道："大树下面好乘凉。如今明皇对你我皆不薄，但是太子瑛屡对皇上有不满言语。若其得逞，一朝天子一朝臣，我们的危亡则立至矣！你与其投我门下，何如去近太子为长久？”

杨洄听其用意，知是欲排除太子，因道：“皇上乃大唐中兴之主，威震天下，四夷竞归，群贤毕至，振鹭充庭，且春秋未高。而太子瑛不学无术，乳臭未干，一个跳梁小丑，蚍蜉撼树，谈何容易？”

李林甫又巧言相讥道：“隋文帝世称明君，岂不死在无道的太子杨广手下么？”

杨洄也很乖巧，未投奔李林甫前，已作过考虑和选择，所以胸有成竹地道：“皇上通今博古，隋文帝的殷鉴未远，岂能忘怀？据传他早有废瑛王立寿王之意，只因张九龄迂腐固执未遂。如今老朽已经罢去，太子瑛成为无根之木，岂能久持？”

李林甫又激他道：“太子无大过，岂可轻易废之？即使他有谋篡大逆，外人岂能知之？但若待其暴露，恐怕就噬脐莫及了！要除此隐患，只能靠你们皇亲贵戚，别人是无能为力的。”

杨洄听他话音，是唆使自己阴为内助，于是答道：“吾愿为丞相耳目。”

李林甫这才喜形于色，“只要驸马都尉肯为费心，则万事俱备矣！”于是设宴款待，至酩酊大醉方散。

是年秋天，咸宜公主得子，邀请三王去庆贺满月。太子瑛自然是上座，鄂王瑶、光王琚分坐左右，驸马都尉杨洄作陪，坐在下首。宴席开始，美酒佳肴上了一桌。

酒过三巡，鄂王瑶忽然想起曹操的诗句，念道：“对酒当歌，人生几何？譬如朝露，去日苦多。”

太子瑛接道：“去日苦多，已经过去了，也就罢了，若是来日苦多，那才可怕呢！”

鄂王瑶眼皮一翻，哼了一声，接道：“太子殿下，既是居长，又聪俊英勇，岂会有什么后怕么？”

太子瑛无限感慨，又喝了杯酒，方侃侃谈道：“易立太子历来不鲜，隋文帝易立太子杨广，太宗易立高宗，天后先后废过太子弘、贤、显亲生三子。他们被废后又往往惨死。看来倒还不如不当太子为好。”

鄂王又立即驳道：“殿下既然有如此想法，还有什么可怕呢？若有人欲争太子位，你马上让给他也就是了。”

太子瑛道："我现在就想让呢！"

鄂王道："恐怕离那步田地还远着哩！"

太子瑛道："人应有预见和自知之明，未雨绸缪才是，若到事情临头，就噬脐莫及了。"

驸马都尉杨洄听太子话音，想必定有所指。他抬头看看光王琚，木头人似的，一言不发，心中暗想：莫非是指他么？

鄂王瑶仍不以为然，又道："历代易立太子固然不鲜，但毕竟还是没易立的为多。而且太子权势日久，即有不测，也多能先发制人。据说曹植欲夺其兄曹丕的地位，曹丕逼他七步成诗，结果感动了曹丕，兄弟和好，还传为佳话。"

驸马杨洄也趁机插言道："伯夷和叔齐兄弟二人推让江山，都偷跑到首阳山成了和合二仙呢！"

光王琚用眼扫看了一遍三人，似乎欲言，张了几下嘴巴，最后还是合上了。

鄂王瑶不禁问道："光王今天是怎么了？莫非真成了'徐庶进曹营——一言不发'了？"

光王琚不得已，只好答道："我来时，母亲嘱咐我说，人一喝酒，说话很容易出错，让我千万不要说话的。"

鄂王道："人有什么想法，早晚总要流露出来的，你能总当哑巴么？何况你先时也说过呢。"

太子瑛急忙阻拦道："你胡说什么呢？莫非真的吃醉了？快用餐吧！"

鄂王道："我没醉，我再喝三升也醉不了！"说着说着，又连饮三杯。但他喝完后一阵头重脚轻，"扑通"一声摔倒在地下。宴会就此作罢，各自散去。

驸马都尉得此情况，如获至宝，当晚就告知武惠妃，武惠妃亦当夜诉于皇帝。明皇次日上朝，即询问左右丞相。

李林甫假惺惺地答道："此乃陛下家事，臣不敢与闻。"

明皇虽然从此对太子瑛和鄂王瑶、光王琚存有戒心，但迟迟难决。

武惠妃急不可耐，又传李林甫进宫密议。他们想了一条毒计出来。

中秋之夜，武惠妃同明皇赏月后，刚刚归寝，突然飞镝乱鸣，透窗而入。武惠妃为了表示赤诚，抱住明皇滚到床下，结果她被射伤了一条腿，她大嚷道：“侍卫们捉贼呀……”

刹那之间，满宫灯笼火把，照得通明，很快抓到一名刺客，押至明皇跟前。

明皇问道：“你为何要害朕?”

刺客道：“只因你迩来昏庸无道，贤愚不分，反复无常。”他傲然挺立，怒目相对。

明皇心想，他与我素不相识，怎会害我，他必然受人指使，因道：“朕素爱勇士，你既只身入宫，定置生死于度外，英武可嘉。只要你说出受何人指使，朕不但赦你无罪，还赏你五品官爵，永做朕的侍卫，可好吗?”

刺客仍为富贵不能淫的架势，“我受天下老百姓的指使。要杀要剐请便，勿用多说!”

武惠妃似无意似的，拣起一支箭，看了一会儿，忽然吃惊道：“此箭竿上刻有太子瑛的名字，陛下请看!”（此箭系李林甫先前任太子傅时所窃）

明皇连忙接过，拿到灯下细辨，果然笔迹逼真，因问刺客：“如今物证在手，你还有什么话说?”

刺客见无法抵赖，因问道：“陛下方才赦罪赏官的口谕真有效否?”

明皇道：“皇帝口中无戏言。”

刺客上前一步，跪将下去禀道：“小人实受太子瑛、鄂王瑶和光王琚的指使。只因其母失宠，皆怨恨陛下，故指使小人下此毒手。小人只为贪图富贵利禄，有目无珠，错投其主。若蒙陛下宏恩，当尽死节以报!”说罢泪流满面，连呼“万岁”不迭。

明皇听罢，义愤填膺，连夜将太子瑛三人一起捕来鞫问。三人皆捶胸连呼冤枉。

许久，太子瑛方喃喃奏道：“儿臣怨父皇之心虽然有，但只想趋机劝说父皇，从来没敢想过下此毒手。隋炀帝弑父，遗臭万年，儿深恶之，岂会步他后尘？此箭不知是何人偷窃去的。”但人证物证俱在，纵然他能口吐莲花，也无法剖白清楚。明皇和侍卫们却没有一个人相信他的辩冤。

武惠妃佯为仁慈，假惺惺地提示明皇，“莫非其间有诈？但除他们三人外，还会有何人呢?”

明皇又仔细想了一下，除他们三人之外，确实再无可疑之人，更不会是武惠妃的诡计，是她伏在自己的身上保护自己，她的腿还受了伤。明皇毅然宣谕道：“弑父谋篡，人之大逆，罪不可赦，太子、鄂王和光王着即废为庶人。”

鄂王瑶感到受此不白之冤，终生无法昭雪，他性情暴烈，于是破口大骂武惠妃：“贱妃狐媚惑主，勾结奸佞，嫉贤害能，死有余辜……”

武惠妃急忙借机调唆明皇，“他骂奴婢为狐狸，而陛下岂不也成了公狐狸了么？”

明皇这时已被搅得晕头转向，六神无主，皂白难辨了，听罢武惠妃调唆，心想：我有三十个儿子，少此三个不肖，也算不了什么，且在当众之下，岂能受儿子的侮辱？于是又宣谕道：“太子瑛等三人立即赐死，其舅家、妃家皆流放岭南。”

太子瑛和光王琚至此，都彻底绝望，也挣扎着破口大骂武惠妃，“贱妃子、骚狐狸，狼心狗肺，不得好死……”

侍卫们蜂拥上前，用汗巾将太子瑛等三人的嘴堵上，捆绑至东驿勒死了。

欲知寿王是否能立为太子，且看下回分解。

第十四回

杨母巧计玉环朝天
惠妃花语寿王聘妻

武惠妃为了掩人耳目，将谋立寿王为太子事暂为放下。

三年后，秦州发生地震，伤亡较重，明皇携群臣巡查宣慰，因恰至三月，顺便驾幸洛阳观赏牡丹。寿王瑁此时已经十七岁了，尚未纳妃。武惠妃为此很是着急，她素闻东南多美人，遂请求随驾为寿王选妃。

他们到洛阳后，武惠妃就传令为寿王瑁选妃。有个小太监得知，趋前道："洛阳府曹参军杨玄璬家有个侄女，一十六岁，不但十分聪俊，而且右臂上天生有一个环记，故取名杨玉环。传说是谪仙下凡，公子哥们皆垂涎三尺，吓得她整天藏在家里不敢出门。若撮合给寿王，她必定愿意。"武惠妃听后，甚是喜欢，次日即怂恿明皇驾临杨府。

杨家闻旨感到无限的宠幸，上上下下忙得不可开交。杨玉环早欲高攀皇家，遇此良机，岂肯放过。其母未征求叔父同意，便给她化装成仆女，去给皇上一行侑酒佐欢。其他仆女固然也不乏聪俊者，但皆系贫家出身，知识浅薄，相比之下，大有逊色。杨玉环此次又将其婆罗门舞蹈起来，柔若无骨，加之她身材窈窕，更是媚姿动人。寿王一见钟情，明皇亦有所倾心，不时地顾盼。

武惠妃十分机灵，从寿王和明皇的表情中看出隐情，唯恐明皇纳杨玉环为妃，便决心先下手为强，聘她为儿媳。宴罢，她急忙以谈家常的名义同杨夫人去到后宅。

杨夫人住在正房，屋内陈设极其豪华——当然和宫中还是无法相比的。这时杨玉环的母亲李氏正在拾掇擦拭摆饰，一见武惠妃进来，十分拘谨，站不是、坐不是，欲走不敢走、欲待不敢待。杨夫人把武惠妃让进上座，自己在下座相陪，急忙拉杨玉环的母亲坐于身旁。婢女立即捧来茶食。

武惠妃起初认为杨玉环的母亲一定是女仆，见杨夫人拉她坐于身旁，有些蹊跷，因问道：“此老妪是何人？”

杨夫人道：“系贱夫的寡嫂李氏，有四个女儿，已嫁出三个，如今只余个幼女，十分俊俏，想攀个高门。”

李氏听此，联想到自己中年失偶的不幸，泪珠扑簌簌地流个不住。

武惠妃听说李氏的幼女十分俊俏，心想，刚才看到的歌姬已够艳丽，莫非还有超过她的不成？一定要见上一见，遂问李氏道：“我也是孤儿出身，最是心软不过，怜惜孤女。快把你幼女唤来一见，我或可助她一臂之力，寻个乘龙快婿。”

李氏听罢，喜出望外，立即到西房唤杨玉环，由于心情紧张，往返间跌了三跤。

杨玉环在宴席上看到明皇和王子皆频频向她顾盼，心想自己很有腾达的可能，所以回房后，浮想联翩，尚未顾得卸妆。她只倾慕于王子，即使能给他当个侧室也心甘情愿，她嫌明皇苍老龙钟，唯恐被他点选了去，那样就是封为皇后，她也不能屈从。当她听说武惠妃唤她，心想，惠妃是不会给皇帝当撮合仙的，必定吉多凶少，所以拿起镜子略加整容，就随母前去。进得室中，她朝武惠妃道了个“万福”，便躬身立在母亲身边。

武惠妃见杨玉环原来是方才侑酒时舞姿最为优美的歌姬，心中有些纳罕，不禁询问道：“方才有个歌姬，怎么和她长得一样呀？”

杨玉环躬身前趋两步，爽朗地回道：“正是奴婢。因为奴婢很想觐见惠妃娘娘，怕是无得机会。我母心生一计，便让奴婢混在了歌姬里面。请惠妃娘娘多加包涵，莫怪奴婢的荒唐是幸！”

武惠妃听她如此一番莺啼婉转的回答，既口齿伶俐，又眉目传神，心想必然是聪明剔透的了，且又俊俏无比，能歌善舞，于是喜出望外，因道：“小姐叫什么名字，贵庚几许？”

杨玉环不待母亲回复，便抢言道：“奴婢名叫玉环，年方十六。”

武惠妃听罢，愈加欢喜。自己儿子名叫李瑁，亦带个“斜玉”偏旁，而她竟带了两个“玉”字，莫非真的天作之合么？所以情不自禁地道：“吾儿名叫李瑁，今年十七，和小姐真是年貌相当呀！”

杨玉环羞得低下头去，心中怦怦乱跳，意马心猿，悬想非非——莫非我真要成为王妃了？只怕是在做梦吧？

武惠妃看杨玉环的表情已是心许了，便立即告辞，同明皇回宫。她当晚便抽空询问寿王瑁，可否愿意纳杨玉环为妃。

寿王瑁自看罢杨玉环舞蹈之后，也倾爱入迷，她的影子时刻浮现在眼前。此时忽闻母亲征询意见，真是喜从天降，便脱口而答："能得杨玉环为妃，儿就真的不羡帝王和神仙了。"

武惠妃听罢亦喜亦嗔，因道："儿不羡神仙犹可，岂不羡帝王耶？吾就你一个娇儿，爱如心肝宝贝，实指望你能继大统。若为美色丧却前程，实违母愿，如此说来，只好作罢了。"

寿王瑁听此，不禁一惊，"扑通"一声跪在地下，手拉惠妃衣襟哀求道："孩儿方才未加细思，是失言，只不过是孩儿太喜爱杨玉环罢了，岂能真的不羡帝王耶？我若能继承皇位，可享三宫六院之欢，妙龄美女不绝，而杨玉环如今容貌非凡，但她并非真的神仙，三十岁后，必然色衰韵减。一个是长久之欢，一个是十年之好，孰优孰劣，孰长孰短，不很明白吗？古往今来，不知有多少人为了称王称霸，诛身破家。孩儿又不是傻子，岂能不羡帝王耶？可孩儿如今一十七岁了，连个太子位也未得到，日夜盼望母亲的佳音呢！"他说着说着，泪流满面，泣不成声，恨不能长出七八张嘴来。

武惠妃看他如此的表情，早已相信无疑了，便把他扶起来安慰道："历来荒淫失国的皇帝屡见不鲜，但好色的明主亦为不少。汉文帝不但妃嫔成群，而且还把男宠邓通捧到天上，赐座铜山，让他肆意铸钱。但为了确保汉室，避免太后专权，临终时他将宠妃杀掉，使得其子景帝继承遗志，史称'文景之治'，流芳百代。为母如今将杨玉环许配给孩儿，希你勿沉湎于儿女私情，互勉互励，吸取前人教训，共谋大业，是为至盼！"

寿王瑁又激动地跪下磕了三个响头道："孩儿记下了，多谢母亲！"

武惠妃把寿王瑁拉起，又安慰了一番让他离去，然后她便躺在床上思索启奏明皇恩准的计谋。她翻来覆去想了一夜，忽得一计，次日晨起就到御膳房里，洗手和面，亲自给明皇做了三张他最爱吃的春饼和新韭摊黄、什锦香椿以及两盘鲜菜。

明皇朝觐回来，见状十分高兴，搂着武惠妃亲了一口道："妃子今天有什么兴致啦，又给三郎我亲手做菜了！"

武惠妃撒娇地一笑，“人逢喜事精神爽嘛!”

明皇急忙坐下，拿起象牙筷，连尝数口直道：“不减当年，快拿酒来!”

时值暮春，正是洛阳牡丹盛开的季节，窗外万紫千红，杂禽飞鸣，室内香气袭人，紫燕栖并。明皇三杯两盏落肚才想起询问武惠妃有什么喜事。

武惠妃这才婉转奏道：“我给瑁儿寻到一个好妃子——杨玄璬的侄女，即昨天在宴会舞蹈最绝妙的那个歌姬。这岂不是咱们的大喜事么?”

明皇骤然不乐，原来他也正想寻机点选杨玉环入宫哩，不料却被武惠妃抢先釜底抽薪，于是措辞回绝道：“杨玉环虽然出身于名门，但混入歌姬里侑酒佐欢，实为轻浮，有失贵族体统。若作为一般妃嫔，勉强犹可，而瑁儿，朕拟立他为太子，第一个妃子，即未来的皇后，天下的母仪，岂能草率从事?”

武惠妃眉头一皱，婉转回道：“杨玉环幼年丧父，寄于叔父家，缺乏家教，情有可原。且面圣之心人人有之，她为了觐见陛下，一时荒唐，其心其举岂不也很可赞么?”

明皇一听说杨玉环是杨玄璬的侄女，又忽然计上心来，“我听说杨玄璬还有个亲生女儿呢，把她聘给瑁儿，岂不更好么?”

武惠妃嫣然一笑，“人的缘分，从来是天定，意志难移。瑁儿和杨玉环一见钟情，已经入迷呢！三郎当初恋上奴婢时节，不曾说过‘任是天仙下凡也不爱’么?”只说得明皇再无言答对，“扑哧”一笑，亲她一口，算是找个台阶默认了。

欲知下情，且看下回分解。

第十五回

寿王花烛恩爱无间
皇子闹房不欢而散

武惠妃逼得明皇答应了寿王瑁的亲事，又怕夜长梦多，便立即筹备成婚典礼，一月而就。典礼那日，各皇亲贵戚、文武百官竞先而至，隆重程度超过太子纳妃，可与武后的太平公主出嫁时媲美。来者所以如此踊跃，是因都看出了明皇有意立寿王为太子的苗头，为自己的前程打算而趋机捧场。

夜深众人散后，寿王同杨玉环入洞房，二人取来镜子对灯细看。寿王将右手搭在杨玉环的右肩上，脸儿紧挨。杨玉环眉目传神，娇羞可掬，酒窝双生，白里透红，真似方才出水的芙蓉。寿王愈看愈爱，问道："妃子怎么长得这样好?"

杨玉环道："也许你我有天缘。我去洛阳观光封禅泰山启跸时，头发里落进一颗珍珠，都猜说是你撒的。"

寿王道："那天我撒的珍珠最多，一定是我撒的。你我一定是天作之合。我在你家看了你的舞蹈之后，便害起病来，睡里梦里你的倩影都浮现眼前……"

次日晨，他们连忙吃些茶点，就去给父皇和母妃请安。

明皇为了寿王纳妃，接受皇亲贵戚的庆贺，坠朝三日。

寿王夫妇进得宫来，双双跪下叩头道："儿、媳给父皇、母妃请安，愿父皇万岁！母妃千岁!"

明皇和武惠妃看着仪表堂堂的儿子和花枝招展的儿媳，从心眼里感到乐滋滋的，愉快无比。武惠妃急忙上前，弯下腰去把他俩拉起来，分坐左右，随即又取出黄金百两、翡翠如意一对，作为赏礼。

杨玉环第一次拜见皇帝，心中且喜且惊，心里"扑通扑通"跳个不停，但为了讨好献媚，急步上前给尊贵的公婆各倒一杯香茶。当她回到座位时，竟出了一身冷汗。

武惠妃看出杨玉环的拘谨样儿，心中不安，连忙道："你们俩这两天都劳累了，快回去休息吧！"

杨玉环早巴不得婆母有如此话来，急忙给寿王递个眼色，寿王会意，立即起身，告辞双亲回府。

他们回到府上，来庆贺的亲友仍是络绎不绝。这样一直过了三日，方才清闲些。第四天，杨玉环就请寿王携她观赏了御苑的景色，黄昏时才归。

是晚，永王磷唆使颍王璬和嗣宁王琎前来取闹。他们到府之后，立即要新娘子烫酒做菜，随后又让新娘和新郎喝交杯酒。寿王和杨玉环自知难免，连饮了三杯。杨玉环双颊泛红，愈加娇嫩可爱，妩媚动人。颍王璬已不能自持，伸手在她的脸上摸了一把。

杨玉环发觉他用心不良，嗔道："岂有当哥哥的调戏弟媳之理？"

永王璘帮衬道："新娘三天无老少，兄哥和长辈皆可取笑的。"顺手在杨玉环的腰窝上抠了一下。

寿王嫉恨交加，立即把桌子掀了个底朝天，酒肴碟碗、杯觥匙箸"稀里哗啦"撒了一地。

颍王璬甚觉没趣，搭讪道："我们来闹新房，是看得起你，是给你捧场，若是别人，请我们还不去哩。狗咬吕洞宾——不识好人心。走，走，走，我们快走。不让人闹房，必招鬼闹！"三人遂尴尬离去。

宫娥们立即收拾桌子，寿王进入洞房躺在床上，仍气愤难平。

杨玉环趋向前去劝慰道："你做得也过分了些，使他们难以下台。你不怕他们恼羞成怒么？"

寿王道："为了你，我可以丢掉一切。他们那样动起手脚来，我当时愤怒到了极点。"

杨玉环趁机道："只怕到妾年老色衰时，郎君对妾的恩爱就要大减了……"

寿王立即发誓道："老天在上，我李瑁愿和杨玉环白头偕老，生愿日夜长相守，死愿同穴化成灰。"

杨玉环听后，十分感动，也立即发誓道："皇天后土和过路神灵，我杨玉环和寿王情投意合，生死与共。在天愿作比翼鸟，在地愿为连理枝。”

寿王听罢，喜不自禁。

杨玉环问道：“方才未说话的那个王子是谁?”

寿王道：“他是皇伯宁王之子名琎，人是挺好的。”

杨玉环下意识地道：“是长得挺好的。”

寿王道：“他和我相比如何?”

杨玉环道：“天地之别。”“扑哧”一笑撒起娇来。

欲知后事，且看下回分解。

第十六回

阴谋难成一气归阴
痴情未尽二入灵霄

且说明皇一天杀了三个儿子，心中怏怏不快，太监总管高力士看在眼里，猜想明皇必为日杀三子使然，于是上前劝慰道："人死如灯灭，不能复生，陛下尚有二十七子，宜速选贤者立之。所选若能远迈太子瑛之上，万民必称颂陛下圣明，大义灭亲。万代敬仰矣！"

明皇认为高力士言之有理，心情稍宽，因道："你事朕二十多年，对诸王子无不熟悉，你以为谁最为适宜呢？"

高力士明知武惠妃专宠后宫，且早和奸佞吏部侍郎李林甫暗中往来，太子受谗被诛，必为其谋，欲言立武惠妃子寿王瑁，但他觉得李林甫奸诈难治，如他得逞，于己不利，且寿王虽然聪俊，略有才华，却远不及忠王玙忠厚，于是小心翼翼地奏道："以奴婢看来，寿王瑁和忠王玙皆英俊超群，仁孝恭谨，勤奋好学，不差上下。只是忠王玙如今居长，而寿王排行十八。推长而立，谁敢复争？且合惯例，亦得民心。"

明皇经过仔细思考，觉得寿王瑁之才德远不如忠王玙，高力士所说"不差上下"实为献瑁媚违心之论。而自己对寿王的偏爱，乃为武惠妃专宠所致。自己杀三子，亦和武惠妃进谗有关。若立寿王，难免有流言蜚语；若立忠王玙，不但不会有流言，亦可挽回前嫌，遂毅然对高力士道："汝言是也，汝言是也……"

正说之间，武惠妃和李林甫密议寿王为太子事归来，高力士立即退去。武惠妃见明皇面容不悦，原来盘算的言辞不便轻奏，遂体贴地问道："陛下表情为何抑郁？"

明皇看她的神态，又爱又惧，只好违心地答道："是受了些风寒，头晕脑涨。"说着说着，佯为鼻塞，连打两个喷嚏。

武惠妃顺水推舟，一边让高力士去传御医，一边让宫娥煎熬参汤。

御医来后切了脉，又望了明皇的气色，觉得并无明显症状，也猜断可能是因杀子不快所致，但又不敢言明，也顺水推舟说是寒症，开了些发汗解表的药物，以应付差事。

是夜就寝，武惠妃倍加温情，婉转地道："太子三人死后，大快人心，老百姓争践其尸——原来他们三人生前作恶多端，蹂躏民女不计其数，民愤如山，死有余辜。"

明皇明知此不实，但因爱她，也只好称"是"，并猜知她的用意是为寿王瑁求立太子，自己虽已决定立忠王玙，但也不便马上说破，拟相机而行，所以亦婉转地劝说道："立寿王为太子之事，不可操之过急。先前妃子曾为此事收买过张九龄宰相，众人记忆犹新。若马上嗣立寿王，只怕众人对赐死太子瑛三人之事还会起疑呢！"

武惠妃心想明皇早已拜倒在自己的裙下，从来是言听计从，不曾欺骗过自己，所以对明皇的话全信为真，便应道："陛下所虑极是，不愧称为明皇。"又撒娇弄痴，讨取明皇的欢爱。

这样过了三年，武惠妃仍不见明皇嗣立东宫，心中有些起疑，接连催询和敦促也无济于事，竟急出病来，食不甘味，日益憔悴。

明皇看她那焦急如焚的样儿，怜爱之心油然而生，原来决议立忠王玙的打算开始动摇了。忠王玙虽然仁孝居长，但其母杨贵嫔早已谢世，且他是自己未即位前同杨贵嫔的私生子，众人皆知。现在他是一般的皇子还不被人注意，若传位给他，必惹人着目，引起议论，实为不雅。寿王瑁为武惠妃唯一的生子，聪俊仁孝和忠王玙亦相差无几，为了取悦宠妃，子因母贵，立他为嗣，也无不可。而且武惠妃万一急坏了身子，而今宫中再无可意的美人，于是明皇有立寿王瑁之意。他又和高力士、李林甫商议，结果，高力士仍认为不可，而李林甫也认为立忠王玙为宜。为何李林甫改变了主意？是他觉得寿王有母为恃，将来难治，而忠王仁弱，便于驾驭。

李林甫进言道："陛下赐死太子三人后，颇多流言蜚语，认为这和武惠妃欲立寿王瑁有关。若真立寿王为太子，既有损武惠妃的声誉，还将谓陛下惧内信谗，只怕有危社稷。而忠王玙仁孝远迈寿王，若立他为嗣，则流言自消，岂不一举两得？"

明皇觉得李林甫言之有理，但又怕对武惠妃不好交代，因又追问一句，“再过两年立寿王何如?”

李林甫胸有成竹，为了掩饰自己，又使明皇不疑，佯为皱皱眉头方道：“武惠妃前年收买宰相张九龄事，众人皆知，莫说再过两年，就是再过十年，只怕也不会被人遗忘。常言道：‘一失足成千古恨。’看来是永远无法挽回的事了。”

明皇回宫之后，武惠妃迫不及待地询问立嗣之事。明皇心想，一再推拖，措辞早已用尽，干脆把高力士和李林甫的意见如实相告，让她死心算了——这样虽然当时感到难过，但似乎比天天挂在心头、焦急如焚要好一些。可是万万没有想到，当他刚把李林甫的话说完，只听“扑通”一声，武惠妃一头栽倒地下，中风不语，呼吸渐微，脉搏低弱，经过一天一夜的抢救，也无济于事，最终离开了人世。

明皇对武惠妃的宠爱虽已二十一载，但仍丝毫未衰，此时见她突然死去，悲痛欲绝，一连三天不饮不食，终日老泪纵横。

寿王瑁亦哭得死去活来，一是母子深情；二是失掉母恃，渴望已久的太子位化为泡影；三是为表示自己仁孝，希望能博得父皇继续钟爱。杨玉环深知丈夫的苦衷，亦佯为悲涕，时刻陪悼左右。

因为武惠妃死得突然，坟陵事先尚未营就，遂星夜赶筑一个停灵亭，月余始成。

在此期间，寿王和杨玉环披麻戴孝，昼夜陪父皇守灵于宫中。明皇住东间，寿王夫妻住西间。

明皇由于悲痛欲绝，废寝忘食，身体逐渐憔悴，精神日益恍惚。一天明皇受了风寒，半夜里发起烧来，做了一个噩梦。

一个仙女告诉他“武惠妃已升入天宫去了”。明皇一听乐以忘形，立即跪下向她叩拜，“请仙姑领俺相见。”仙女道：“事关重大，没有玉皇的旨意，不可擅入。”明皇道：“我乃大唐明皇天子，玉皇岂不赏情么?”仙女道：“你是明皇还是昏王，我不得而知，可随我来，禀明玉皇是了。”

明皇闻此，喜不自禁，“请仙姑领路!”于是紧跟仙姑登上玉阶。约半个时辰，来到灵霄宝殿，单见翡翠为墙，碧玉为瓦，玛瑙为柱，五彩缤纷，璀璨夺目，不禁望而生畏。他小心翼翼地跨进殿门，只见玉皇大帝正襟而坐，十分肃穆庄严，急忙匍匐在地。

玉皇料知他是为寻找武惠妃而来，因道：“李隆基，你是来找贱婢武氏么？”

李隆基怯生生地道：“因她死得突然，未曾诀别，愿赐见一面，死而无憾！”仍匍匐在地不敢抬起头来。

玉皇怒道：“贱婢武氏，毒于蛇蝎，残害忠良张九龄和王皇后，罪大恶极，已打下十八层地狱。你快去阎王殿找吧！”说毕，李隆基便被小鬼架起，连踮带跑，来到地狱门口。

李隆基隔着栅栏，看得清清楚楚，里面惨刑怪状，无所不有。他忽听一声惨叫：“陛下，快来救奴婢！”分明是武惠妃的声音。他举目细看，她正受凌迟之刑，赤身露体，鲜血直流，脸色黑紫，汗珠成串。李隆基见状，又怜又爱，心如刀绞，欲替她说情赦免，想是万万不能，于是哀求道：“看在我的面上，请把她一刀两断是了！”狱鬼道：“因她罪恶严重，须长期受此惨刑。”李隆基无奈，又举目看武惠妃，见她忽然睁开眼来，大声惨叫：“李隆基救我……”李隆基再也忍耐不住了，疯也似的翻过栅栏，向武惠妃刑场跑去。猛不防上来个狱卒，手举狼牙大棒照头劈来，吓得他魂不附体，大喊一声：“哎呀！”

寿王和杨妃听此惨叫，连忙披衣起床，点起蜡烛，去东间看望。寿王问道：“父皇怎么了？”

明皇这时仍处于半昏迷状态，恍恍惚惚，不知是真是梦。忽见杨妃只穿内衣站立床前，窈窕的体形，妩媚的姿容，颇似武惠妃当年的模样，疑是她复活还阳，遂猛站起来，伸手欲抱道：“你想得我好苦呀……”

杨妃不禁吓了一跳，急向后躲。

寿王猜知父皇肯定是神经错乱，双手扶他上床，并安慰他道：“父皇醒醒，父皇醒醒……”

明皇这时略为清醒，心中怦怦乱跳，似乎意识到自己看见武妃下地狱是梦，方才欲搂杨妃是妄举，刹那又昏厥过去。

欲知明皇如何了此冤债，且看下回分解。

第十七回

泛舟御苑寻欢作乐
调戏儿媳伤伦败理

武惠妃薨后，明皇怀念不已，寻遍后宫无一个中意者，心中怏怏。一天中午，明皇躺在龙床上假寐，忽见寿王妃杨玉环翩翩而至，她跪下奏道："父皇如此不悦，只怕有损龙体，皇媳欲给陛下舞蹈一番，消愁解闷可好吗?"

明皇便乐以忘形，急忙下床伸手拉她道："玉环快起！似你这般，娇花嫩蕊，怎舍得让你双膝扎跪，有损玉体。"说罢忽然惊醒，原来是一场梦幻，但双手仍然伸着不动，似拉杨玉环的模样。他的太监总管高力士时刻不离左右，方才听到明皇呼喊杨玉环的名字，又见他如此的动作，已猜知十之八九，待明皇失望地又躺上龙床之后，他便趋前奏道："武惠妃早薨，是她命薄，思之何益？如今宫娥三千，宜速纳选为是！"

明皇欠起身子不禁歉然地道："怎奈朕寻遍后宫，无一个能比上武惠妃者，为之奈何?"

高力士佯为思索片刻道："奴仆想起一个美人儿，比武惠妃的聪俊有过之而无不及。此人还善于音律，堪称西施再世，昭君重生，不知陛下意下何如?"

明皇慌忙道："究系何人，快讲来！"

高力士故作害怕的样子，欲言又止道："请恕奴仆大胆……"

明皇道："恕你无罪，讲之无妨！"

高力士道："乃陛下爱子寿王瑁之妻杨玉环是也。"

明皇亦佯为作难的样子，躺倒在床，凝思片刻道："她乃朕之儿媳，伦理有关，为之奈何?"

高力士早有潜词，侃侃奏道："高宗皇帝纳父妃武太后，已有乱伦的先例，岂不可效之么？”

明皇心有灵犀一点通，“你是让杨玉环也先出家么？”

高力士猜知明皇已经允奏了，便兴奋地道：“然也。不过我认为应分两步，她很擅长歌舞，先令她入宫教习宫人，待她同陛下有了感情，再令她出家，这样方可避免意外。”

明皇认为有理，随宣谕道：“你不妨试试看。”

高力士立即到寿王府传旨，不料寿王夫妇一早便携带一双儿女到御苑游湖去了。他又随即赶去。

这时杨玉环正和寿王瑁泛舟游湖，寿王把桨，玉环吹笛，一双儿女在怀前戏耍。水平如镜，天朗气清，风荷烟柳，花香扑鼻，亭台楼榭，络绎不绝。更有那几朵祥云似动不动，一行白鹭掠空而过，倒影入水，水天一色，分不清人间天上，是仙是俗。

二人正在欢游，忽见一只画船划来，高力士站在船头，老远便招呼道：“杨玉环接旨！”

杨玉环一听接旨，急忙跪下。

寿王心中七上八下，吉凶莫辨，不知所措，神情紧张。

刹那间，高力士带两名侍卫跳过船来，琅琅宣旨：“命杨玉环立即进宫教习梨园戏子婆罗门舞。”

寿王慌张问道：“高公公，可让我随妃子前去么？”

高力士道：“这，我尚未得旨，待启奏后传告殿下是了。”说罢即强请玉环跳入另一只船中带领入宫。

明皇正和梨园女班头攀谈，见杨玉环到来，连忙笑脸相迎道：“朕早先在你们府中看过儿媳的婆罗门舞蹈，甚为绝妙。今有梨园女班头谢阿蛮向你求教，希勿吝教！”

杨玉环心中七上八下，犹豫了好大一阵，才腼腆地回奏，“只怕舞得不好，班门弄斧了！”

谢阿蛮先看了一下明皇，遂对杨玉环爽朗地道：“杨妃不必过谦。我们梨园戏子，虽是从各地挑选而来，但全国之大，岂无遗秀？婆罗门舞曲我也是练过的，只是皇上说不如杨妃的舞姿绝妙。今天就咱们三人，我来伴奏，就请杨妃起舞吧！”说毕拿起琵琶弹了起来。

杨玉环无奈，因舞曲已起，只得起舞。由于她心神不定，又第三次怀孕已是三个多月了，初时还能勉强合拍，到了高潮时，便手忙脚乱起来，恍恍惚惚，最后终于杂乱无章，步伐凌乱，晕倒在地。明皇和谢阿蛮慌忙把她搀到床上，命宫奴去煎熬参汤抢救。

明皇在扶她的时机，手握玉腕，感到柔软无比，舒畅莫名。

参汤端来，给杨妃慢慢灌进几口，她才渐渐苏醒过来。明皇又关切地安慰了她一番，遂送她回府。

杨妃回到府第，急忙把偻儿抱起来，亲了个遍，然后才对寿王详述经过。

次日一早，高力士又来传谕杨玉环入宫，仍是教习婆罗门歌舞。

这日杨玉环不像昨日那样拘谨，故舞蹈中未出现差错。谢阿蛮聪明异常，过目一遍，已把她的技巧全部学会。但明皇又让杨玉环表演一遍，接着便对她挑剔起来。而杨玉环早已觉察到明皇心有邪念，对他的龙钟丑态，恶心欲呕，只因他既是皇帝，又是公爹，只好暂且隐忍。时至傍晚，明皇才放杨玉环回府。

杨玉环回府之后，把经过向寿王述说了一遍，他们都预感到不幸即将来临。但父命难违，圣旨不可拗，无可奈何，只有听候命运的安排了。

次日辰时，高力士又来宣召，杨玉环夫妇盛情接待，并说杨妃已有孕三月以婉言谢绝，又说了许多感恩不尽的话。

高力士看着这一双少年夫妻泪流满面的样儿，也略起些恻隐之心。怎奈皇上已迷上杨妃，到了难以自拔的地步，他真是爱莫能助。但为了给他们点慰藉，临去时，他也说了几句宽心话，“皇上只不过很欣赏杨妃的舞技罢了，别无他意。既然真的病了，我想皇上是会谅情的。”

欲知后情，且看下回分解。

第十八回

棒打鸳鸯杨妃入道
移花接木韦妃进宫

且说明皇听罢高力士回奏，得知杨玉环第三次怀孕，想到她又会生育，心中愈加不安，彻夜失眠。次日晨起，便将高力士唤来，研究对策。

高力士素多智计，又善于揣度圣意，对此早有考虑，奏道："一要立即敕令杨玉环打胎出家；二要偷梁换柱，纳选杨玉环的从妹杨珠给寿王续弦，并给她改名字为杨钰环，音同字不同。她们一是杨玄璬的养女，一是他的生女，很容易使外人真假莫辨——即宣称陛下将要册封的贵妃是杨钰环，而寿王妃仍是原配杨玉环。"

明皇听罢甚悦，"真乃妙计，从速办理！"

不料高力士去杨家说合时，却遭到杨玄璬拒绝。原来杨玄璬笃信儒教，认为一女嫁二夫，又是父子，大为不雅。

高力士又向明皇献一计，"杨玉环还有个叔父杨玄珪，现任峡州刺史，求进心切，子女亦多，让他协理此事，定可如愿。"

明皇认为别无良策，便立即让高力士驰往宣旨。

杨玄珪闻旨喜不自禁，当时他的女儿已经出嫁，他决定将次子杨锜的未婚妻——左卫侍郎韦昭训的女儿，冒名顶替，遂把杨锜叫来商议。杨锜年将弱冠，对未婚妻十分满意，正打算成亲，闻此消息似同炸雷轰顶，立刻昏厥了过去，约半个时辰方慢慢苏醒过来。他巧为措辞拒绝道："我同韦氏山盟海誓，数度幽会。这样行事，一则有欺君之罪，再则又棒打鸳鸯，对圣上声誉有损。请另寻良策为幸！"说罢泪流满面，其情甚哀！

高力士机关算尽，才想出此招，岂肯罢休。他仔细端详杨锜，见他身高七尺，魁梧健壮，方额广颐，双目有神，且粉颜嫩色，文雅潇洒，既英武又妩媚，颇有美男子的风度，刹那间计上心来：如今寿王的胞妹太华公主已十八岁，也很俊俏，联姻配给他，既年貌相当，又两全其美。于是向杨锜道："我给你撮合个公主可好吗？"

杨锜未待遐思，便顺口而答："就是仙女俺也不要。"

高力士伸出拇指赞道："此公主系武惠妃所生，颇类其母，不但容貌似仙，你还可借此做官，何乐而不为呀？"

杨锜对武惠妃的艳丽受宠是早有所闻，听此略有所动，但一时还拐不过弯儿来。

高力士又费了不少口舌，杨锜愈加动摇起来。

杨玄珪便急忙帮衬道："儿子若成了驸马，咱全家就可显达了，列祖列宗都会含笑于九泉！"

高力士接道："此事我尚未同皇上启奏，他能否允奏，还在两可之间哩！"

杨玄珪附势心切，因道："老朽携犬子同公公一起赴京面奏可好？"

高力士心想，明皇对杨玉环爱恋入迷，只要他能将杨玉环得手，他是会不惜一切的。便带杨玄珪父子回京，先住进自己的私邸。

高力士把杨玄珪用儿媳顶替女儿的意愿和他们父子已经进京的情由启奏给明皇，明皇无奈，只好让杨玄珪父子到后宫觐见。

经过一番言语，明皇见其父子都愿成此事，遂令他们退下。

这几日来，杨玉环因托病，未被宣召，但她没听到任何佳音，心中仍时时不安。她为了争取时间多享受些天伦之乐，每天携带一双儿女去御苑游玩——实为苦中作乐。这天刚刚用罢早膳，他们三人正沉浸在甜蜜天伦之乐中，忽听"扑通"一声，高力士闯入门来宣旨："寿王妃杨氏，兰心蕙质，孝心尤著，屡求修行，为太后追福。雅志难违，特辟太真宫为观，以偿夙愿。"

宣旨罢，杨玉环即被强行架走。

寿王瑁被此突如其来的圣旨吓得丢魂落魄，颓于地上。一双儿女号啕大哭。宫娥跑来将寿王抬扶到床上，良久方才苏醒，他痛定思痛，倍加悲苦，如揪心，若断肠，不可名状。

一连三天三夜，寿王不食不饮。他一会儿哭，一会儿笑，一会儿坐，一会儿躺，一会儿跪下叩头，嘴里不住地祷告。宫娥给他送饭，他双目圆睁，破口大骂，拿起碗碟就打，有时他好像一头发怒的雄狮，见人就扑，乱撕乱咬。

明皇闻知寿王如此情状，即令将韦昭训之女充为杨玄珪养女进宫，用原来杨妃的衣物将她打扮起来，命高力士于晚间送去，并拟了一道圣旨，“天王母扶乩，谪仙杨玉环罪孽深重，仍打入凡间与寿王瑁为妻，以观后效。”

寿王这时是半昏迷状态，一见韦女，不能细辨，误认为是杨玉环，立即上前抱着亲热若狂。韦妃怕他认出真假，立即把灯吹灭，同他上床谈心寻欢。

寿王神情略微冷静之后，急忙问道：“你这几天到何处去了？都干了些什么事？为何又放你回来？”

韦妃道：“让我到太真观里当女道士去了，皇帝本来欲待三个月后纳妾为贵妃，只因听说你身体欠安，就连忙把妾送回了。”

寿王喜不自禁，立即跪在床上叩头，“皇恩浩荡，愿父皇万岁，万岁，万万岁！”说罢又仔细地摸了摸韦妃的脸庞，“贤妃也瘦多了……”

韦妃温存地道：“妾这几日来也是茶食未进，岂有不瘦之理？”

寿王满腹的情话，滔滔不绝，说个不止。

旭日渐渐放出光芒，从窗隙里映到韦妃的脸上，寿王看出眼前的不似玉环，他正在起疑，又想起杨玉环被强迫出家时，是把头发剪掉一圈的，而这人的一头乌丝，却仍如堆鸦。

寿王已确认她是冒名顶替，因道：“妃子出家时，我亲眼看见你头发被人剪掉一圈，为何如今完美无缺呀？”

韦妃无言对答。

寿王忽然又想起杨玉环右臂上有一个绿色环记，急忙捧过她右臂细看——不但有，而且一模一样——是事先装饰好了的。

寿王疑心仍未全消，最后想出一个绝招盘问她道：“咱洞房花烛夜，都说些什么话来？”

这一下可问绝了，韦妃再无计可施。

寿王确信她不是玉环，一脚踹她下地，并恶狠狠地道：“你是哪里的骚狐狸，欺骗我来了！”

韦妃见事已至此，再也隐瞒不下去了，只得以实相告。她边啼边道："我是左卫郎将良家女子，只为挽救寿王的生命，忍气吞声而来。杨妃已被皇帝陛下封为贵妃，似覆水难收，寿王再无成就之机了。你如此痴情下去，只怕生命有危，徒死何益？奴婢虽不及杨妃丽质艳色，但也却非一般宫娥可比，我还比杨妃年幼三岁。即使奴婢与寿王无缘，奴婢也愿慰你寂寞，或许能使寿王精神好转，恢复健康，以后寿王还有机会再同杨妃重结旧好。奴婢年方二八，寻个门当户对的郎君何难？奴婢对寿王的好心，反被寿王误为歹意，恩将仇报，可真伤心死奴婢了……"说到此处，她号啕大哭起来。

寿王对韦妃所言感到句句有理，字字打动心弦。他又仔细窥视了她的容貌，觉得虽不及杨妃，但也确实出众，遂顿起怜香惜玉之念，只是一时找不着台阶下。

韦妃也十分机灵，对寿王此时的心情已猜知十之八九，于是主动对寿王温存起来，寿王亦顺势亲昵韦妃。

欲知后事如何，且看下回分解。

第十九回

宫娥千言自杀未遂
母亲一语装疯已就

杨玉环被囚禁太真观时，即有一老宫娥永新和一小宫娥念奴服侍她。此二宫娥皆能歌善舞，姿容俊秀，受过明皇宠幸。老宫娥永新忙上前报喜道："娘娘来此出家，只不过暂时委屈几天。皇上即将封娘娘为贵妃，娘娘马上就是一人之下，万人之上，后宫三千粉黛都要失去宠爱，这可是天大的喜事呀！"

对此，杨玉环早有所料，如今听老宫娥讲述，她想到果然同寿王再无团聚之日了，于是又号啕大哭起来。

永新饱经沧桑，善于察言观色，见杨玉环听她报喜之后，非但不喜，反而大哭起来，猜知她必定是不愿承恩，便趋到床前，似同母亲疼爱亲生女儿的样子，谆谆诱导道："唉，天下的人真是千差万别，有的爱财，有的爱色。爱财的，二八少女寻个八十老翁，照样生男育女，饱享天伦之乐；爱色的，任愿找个穷汉，吃糠咽菜，也不回头。以老身看来，这里面似乎是有缘分。常言说姻缘没有错配的，都是月下老人用红线绳拴就的。可也有的初时夫妻很好，到后来生分的；也有初时不好，到后来反而感情甚笃的。如今明皇后宫有三千粉黛，都不过十几岁、二十几岁，似同娇花嫩蕊，他却视如粪土，偏偏爱上你杨娘娘，这大概是天命如此吧！常言说，'人的命天注定'，这是没有法子的事情。事到如今，米已成饭，难以更改。我看娘娘就顺水推舟吧！"

永新说到此处，喘口气，仔细观察杨玉环的表情，然后再作打算。

杨玉环因正同寿王热恋入迷，时时想着寿王。永新的话，她连一半也未听进去。

永新观察了好久，未发现她任何感动的迹象，只好暂时作罢，怏怏退去。

当天晚上，永新给送去许多佳肴美味，杨玉环皆闭口不尝，只是饮了茶水，不料水里事先放有打胎药物。她喝下不久，即肚痛难忍，至半夜光景胎随血下。杨玉环见状又悲又痛。她千思万想，身入牢笼，插翅难逃，无可奈何，只有自缢殉情一条路，这样既可保全名节，亦可不负同寿王的山盟海誓。她主意拿定，在当晚半夜时分，便悄悄起来将裙带解开，挽了一个活结，系到梁上。正欲向脖颈悬挂，又忽然想起应给寿王写个遗嘱，以免死得不明不白，被人胡猜乱想，于是燃起银灯，找一条白色汗巾，铺在桌上，把右手食指咬破，也顾不得推敲琢磨，便信手写了一首诗：

生为寿王妾，
富贵不能淫。
死作痴情鬼，
九泉待郎君。

写毕，大笑两声，奔到梁下，猛将汗巾套在脖颈上。但因她当时求死心切，忘记了熄灯，又大笑两声，所以把睡在隔壁的宫娥们惊醒。宫娥们慌忙起床，从窗缝往里看，只见她双腿乱弹，悬在梁上，不禁愕然。老宫娥永新机警，大声嚷道："快砸门窗！"同时叫人去请太监来，大家七手八脚乱作一团，忙了好大一阵，方把窗户打开，进屋把杨玉环卸下，放在床上。

永新急忙上前观察摸试，鼻息虽无，脉搏尚存，忙一边揉搓，一边命人灌参汤抢救，直到天亮时杨玉环方恢复知觉，众人才松了一口气，忙去奏给明皇。

明皇听罢，将宫娥太监们痛骂一场。他自己有心前去探望，但怕外人私议，踌躇再三，只得命高力士前去查看。

那高力士看杨玉环生命无危，便立即回奏道："宫娥太监们皆轮流值承看守，十分尽心，杨娘娘刚一上吊，即被发觉抢救，如今除脖颈略有痕迹外，别无丝毫损伤，面色红润未减，神志清醒如常。臣已布置停当，让宫娥寸步不离其左右，太医院用上等药物治疗。"说至此，他故意停顿了一下，然后加重语气，"为了不再发生意外，臣谏请从速诏幸，使其无可奈何，只好顺水推舟了。并另寻个宫女，冒充杨娘娘在观中，以掩人耳目，不知陛下以为如何?”

明皇听罢，连连点头称赞道：“好计，好计，贤卿立即筹措为好。”

三天过后，杨玉环方才恢复正常。

永新根据高力士的嘱托，便趁机劝说道：“皇帝听说娘娘几乎发生不幸，心中非常抱歉呢！他若早知娘娘和寿王有如此的深情，决不会这样办理，此都是高力士的主意，皇帝狠狠呵斥了他一顿呢！如今船已开至江心，欲待再成全娘娘和寿王，一时又无得良策，须相机而行。”说到此处，她故意喘了一口气，借机观察杨玉环的表情。

这时杨玉环心里烦乱如麻，心想，一下死去倒也好，而今又被救了过来，欲待再寻机自缢，又被看管得愈加严紧；若苟安活下去，又给人落一个取笑的把柄。想来想去，还是唯有寻死一条路，只好暂且忍耐，徐徐寻找时机。对于永新的话，她似乎皆没听见，只是斜躺着身子，两眼发愣。

永新丝毫也没窥探出杨玉环的隐情，又继续絮叨起来。

杨玉环仍然像一块顽石，无动于衷。

永新又继续道：“娘娘既然爱寿王，就应该替寿王的前程着想，帮助他谋立太子才是！可寿王如今是第十八王子，若无特殊的手段，立太子是万万办不到的。老身说句冒失的话，若要寿王立为太子，除非娘娘册封为贵妃，在皇帝枕边多进些甜言蜜语，否则别无良策。如今皇帝已经五十七岁，还能活多少年呢？待他驾崩后，寿王登了基，必定感谢娘娘的宏恩厚德，立娘娘为皇后的。到那时你是一人之下，万人之上，该是多么的尊荣富贵呀！”永新说着说着，馋涎顺着衣襟流了下来。

杨玉环仍呆若木鸡，毫无反应。

永新心想：铁杵磨绣针，功到自然成。我已往曾劝说十几个宫娥与明皇成就，难道劝不转你杨玉环？只是不可性急，需再等些时日。她又安慰杨玉环一些注意身体的言语，便搭讪地离去了。

又过了三天，永新一早就来给杨玉环梳头，挽成一个女道士的发髻，搭讪地道：“皇帝听说娘娘不欢，心中十分不安，早欲前来探望娘娘。今日娘娘精神似转好，皇帝一定十分高兴。他一会儿就要驾临，快打扮打扮迎驾吧。”

杨玉环神经早已麻木，事至如今，只好听从命运的安排，任凭永新怎样装扮。

待至辰时，明皇带了四名小宫娥、两名侍卫来到。永新扶着杨玉环跪下迎驾，然后她随同宫娥和侍卫一起离去。

明皇看着杨玉环那种呆若木鸡的神情，知她仍是勉强迎驾的，心里对她是又怨、又怜、又爱，双手把她扶起，坐在床沿上，右手搭在她的肩上，左手拉着她的左手，无限温存地道：“朕后宫有美女三千，有比妃子娇憨年少的，也有比妃子妩媚动人的；有比妃子机灵的，也有比妃子温柔艳丽的。但不知何故，朕偏偏迷恋上你了！日里在想你，梦里在唤你，你的倩影时刻浮现在我的眼前，所以我才置伦理于不顾，选你入宫。朕的年龄是比寿王大一些，但我的痴情、体贴、富贵、尊荣却较他高出百倍。难道我这么多好处，就抵消不了年老这一个缺陷吗？”说着说着，他老泪纵横地跪了下去。

但他跪了许久，杨玉环仍无动于衷。

明皇一直端详着她的表情，她竟好像个泥人儿。但她这样儿也使他着了魔，她的呆痴好像撒娇；她的愁容，如同眯眯佛；她的昏沉欲坠，仿佛醉西施；她合起眼来，酷似睡美人。明皇愈看愈爱，竟然难支，发了轻狂，站起来抱住杨玉环温存起来。怎奈杨玉环仍是木然。明皇索然乏味，只好仍令永新细心护理，悻悻离去了。

老于世故的高力士见明皇回来，表情抑郁，推知是杨玉环仍未就范，便小心翼翼地献上了一壶葡萄酒，两碟佳肴，一则借酒压愁，二则趁机献策：“大凡人在遇到烦闷踌躇之事时，最盼和知己或亲属谈心求计。奴婢拟请其亲属入宫劝解杨太真，不知圣意如何?”

明皇这时已费尽心机，把解数用尽，对于任何人的计谋，即使是最拙劣的下策，也是慨然答应的，遂道：“不妨一试。”

高力士获旨，星夜赶赴东都，传请杨太真的生母李氏，因怕其二叔杨玄璬从中作梗，佯称杨玉环妊娠病重，请求探亲。李氏信以为真，乘轿而往。入宫之后，高力士方言明真情，请她劝说女儿。这李氏知书达理，又受杨玄璬的影响，得知其意满心的不快，佯应遵旨，去见女儿。这时杨玉环精神稍微好转，时而清醒，时而迷糊。一见母亲，痛哭失声，昏厥数次。

李氏趁她清醒时劝道：“常言道：‘好女不嫁二夫。’更何况是父子？与其苟安偷生，何如殉情自尽？既可保节，又能流芳后世。”

杨玉环泣道："女儿先曾悬梁自尽未遂。如今看管严紧，无得机会，且有些挂念母亲和一双儿女，还有许多话儿想对寿王谈吐，因而偷生至今。"

李氏寻思片刻，又道："你可曾知赵高逼女儿嫁秦二世胡亥的事么？赵女经丫环指点，扯衣毁容，佯为疯癫，在金銮殿上嬉笑怒骂，胡亥信以为真，把她赶下殿去，她才得幸免。为母年将花甲，女儿皆嫁，已无牵挂。"说毕搂起衣襟蒙上眼睛，照石柱上猛撞，刹那间血溅三尺，脑浆迸裂，倒地而亡。

杨玉环本来神志尚未完全清醒，受此一激似火上加油，于是又昏厥了过去。

办事老练的高力士从未遇到过如此尴尬的情况，被吓得面如黄表，汗珠似泉，手足失措，嘴唇打颤，话也说不囫囵了。老宫娥小宫娥们七手八脚，乱作一团，有的拉李氏，有的抢救杨玉环，揉的揉，掐的掐，杨玉环良久方始还阳。她这时又恍惚做了一个梦，母亲的话不时地响在耳旁，她灵机一动，便装起疯来——确切地说，是半疯半装。她朝着老宫娥永新连声叫"母亲"，拉住高力士唤做"儿郎"，又将自已浑身乱撕乱扯，弄得衣不蔽体。

高力士吓得无奈，急忙去请奏明皇。明皇闻此，急忙赶来。

杨玉环一见明皇，拥抱上去，痛哭流涕地喊道："寿王，你想得我好苦呀……"

高力士忙做解释，"这是皇帝，不是寿王。"

杨玉环愣视片刻，摇了摇头，"不是，不是……"于是朝向高力士，"你才是寿王哩！儿女可好？"说着做欲搂状。高力士急忙闪躲。

明皇见状，认为杨玉环确实疯了，但看着她疯痴的神情，愈觉意想不到的妩媚，似同淘气的女儿撒娇，又如俏皮的女人弄痴。这真是情人眼中出西施——病西施、疯西施，无所不美。他愈看愈怜爱，愈看愈出神，竟忘乎了所以。

高力士站在一旁发愣，猜不出明皇的心意，既不敢劝解，也无法提示，而宫娥们更是摸不着头脑，肃立无声。

良久，明皇方冷静下来，反复考虑，所以这才宣旨，一方面让高力士善后杨母李氏，一方面让宫娥永新请太医为杨玉环诊断治疗。

欲知后事如何，且看下回分解。

第二十回

杨钊入宫劝从妹
寿王翻墙会爱妃

明皇对杨玉环病疯是真是假，一时难定，既难耐心灵的寂寞，也略有些后悔，早知她如此坚贞，怎如此逼她？于是又生一计，把高力士叫来，吩咐道："人常说东南多美人，吴越是西施的故乡，难道物色不到类似杨玉环者么？"

高力士灵机一动，立即回奏："臣愿效劳一往。"次日即率护从十人登程，舟车兼行，不日来到吴越。他敕令郡县各预选美女百名，不论士庶贵贱，隐藏者死罪。因系皇帝选妃，躲避者固然不少，主动应征者亦大有人在。高力士先从各郡县一百人中选定下了一个乳名叫江采苹者送回宫来。这江采苹年方十五，成长于世儒之家，九岁能诗，聪俊非凡，既有杨玉环的艳容，又比之色嫩；既有杨玉环的敏慧，又比之精通诗书；既有杨玉环的雅致，又比之贤淑。由于她情窦初开，对于唐明皇的龙钟老态，不但没有厌意，还产生了父爱。明皇一见，爱如活宝，置于上阳宫东楼，日夕言欢，逾月不朝。因江采苹酷爱梅花，明皇赐名为梅妃。但半年过后，梅妃怀胎小产，落下残疾，经脉失常，形容憔悴，色韵顿减。明皇也对她逐渐厌倦，宠爱杨玉环的欲念又萌动起来。

这时杨玉环也逐渐冷静下来。她思前想后，矛盾重重，上天无路，入地无门，死不成，活受罪，既思寿王，又想儿女，仍只好暂且偷生。

一天早晨，宫娥们刚给她梳洗完毕，忽报杨玉环的二姐和从祖兄杨钊前来拜见。

杨玉环的二姐于前年勾结杨钊将其夫暗害，遗下一子裴徽。如今她和杨钊竟似公开的夫妻。

杨钊此次来京主要是受剑南节度使章仇兼琼委托。行前，章仇兼琼对他道："吾虽为皇上所厚，但无内援，必为李林甫所害。闻汝从妹杨妃新宠，请携蜀货珠宝两车，入宫馈赠，以保你我前程。"杨钊日夜兼程至京，住杨妃二姐府中，将珠宝分赏诸妹。杨钊听说杨玉环曾轻生，颇为惊异，急忙奏请入宫劝慰，皇上应允，故前来探视。

杨钊听了杨玉环的诉说，知她主要是割舍不了对寿王的情意，又厌恶明皇的老态龙钟。他想：我既博得她姐的欢心，也许我的话她能听得进去。于是便对杨玉环和婉体贴地劝道："常言道：'旁观者清，当局者迷。'妹妹本是极为聪慧之人，但我听说前些时你曾有轻生之举，愚兄实为不解。妹妹同寿王既恩深义厚，就应该为他而生、为他而死才是。妹妹轻生，只不过是保住了妹妹的名节，对寿王毫无裨益，图虚名而受实害。何如自己偷生下去，时常在皇帝枕边软语，替寿王美言谋权——那才是真爱寿王呢！女皇武则天入宫为妃时只有十四岁，比妹妹还小八岁，而太宗当时已近四旬，她却为了雄心壮志，忍辱苟安。太宗五十岁驾崩后，她不但结欢太宗嫡子高宗，还当了二十二年皇帝，纳了好些年轻美貌的男宠。如今明皇年近花甲，余年无几，到得那时，寿王登基，你既有功，还可破镜重圆，岂不一举两得？只怕别的王子都想用妻子做此美人计呢！这真可以说是天假其便，求之不得的良机呀！何去何从，请妹妹从速选择为好！"

杨钊这席话比老宫娥永新的话有效，终于使杨玉环心里松动了。她想着这其中的枝节，又犹豫起来，心里苦辣酸甜，不可名状，不禁躺上床去放声痛哭。

杨姐急忙上前劝慰。

杨钊却阻拦道："哭也许是她想通了，让她痛哭一场，把心中的闷气都哭出来，才能轻松愉快呢！人到这个时刻，都是要哭的，这和猛见到亲人，高兴得掉下眼泪是一样的道理。"

杨姐认为有理，把送来的一包珍珠、玛瑙、翡翠等摆到桌上，拍了一下杨玉环的肩膀，"妹妹再莫犹豫了，赶快养好身子当紧。我们明天再来看你。"

杨钊给杨姐使了个眼色，二人便蹑手蹑脚地离去。

杨玉环躺在床上，反复地考虑杨钊的话，虽然觉得不尽完善，但是别无良策，只好先如此行事，试试看。

当天晚上她仍是辗转反侧，直至二更过后，方才入睡。

却说寿王思念杨玉环心切，这晚摸黑前来幽会，翻窗而入。杨玉环由于疲乏，仍在沉沉入睡，对他的到来全然不知。

寿王道："玉环！你醒醒，我李瑁来了……"一边喊，一边推摇其身。

杨玉环半昏半醒，既疑是梦，又疑是明皇冒充李瑁前来，心想：宫禁森严，寿王怎么能进来呢？

寿王又用力搂抱住她摇晃道："玉环，你醒醒！是我李瑁来了……"他这时悲喜交集，满腹的知心话儿不知从何说起，只是单调地叫着："玉环！你醒醒，是我李瑁来了……"

杨玉环终于被唤醒了。她又惊又喜，又怜又爱，"你……你……你……怎么进来了？"

许久，寿王方答道："我翻墙跳窗，向护卫磕头，下跪，求情，也不知说了多少好话，才来到你的身边。"

杨玉环怕被人发觉，于寿王大为不利，忙道："恐已为时不早，有什么话儿请赶快说吧。待到天明之后，你怎能出去？"

寿王答非所问，"我听说你上吊一次。要是你去了，我也得跟随你去——可咱那一双儿女，由谁抚养呀？"

杨玉环泣道："你的意思……"

寿王道："我的意思是你千万不能轻生，你不为我，也得为咱那一双儿女想想。"

杨玉环道："你是想割舍我，让我给皇上当妃子吗？"

寿王道："我不是想，而是别无办法。你暂且苟安几年，待父皇驾崩后，咱们还可以破镜重圆的。你若是轻生谢世，咱永无好合之期了！"

杨玉环道："咱们不可以一起逃走吗？"

寿王道："除非逃往吐蕃，但能逃得脱吗？若被追回，岂不要我的命吗？我不是怕死，只是可怜咱的一双儿女。你又爱儿女，又怜我，是决不能轻生的……"说着，他又泣不成声了。

杨玉环仔细回味寿王的劝告，认为那的确是绝路中的一条羊肠小道，尤其觉得他说的"待父皇驾崩后"等话，和杨钊所谈"皇帝年近花甲，余年无几"最尽情理——人活七十古来稀，按此计算，皇上还有十三年的光景。这十三年我若是愉快地过活，光阴似箭，也如一瞬之间。而且过了这十三年，我还不过三十五岁，正逢中年，夕阳美景，还在后头……想着想着，她似乎看到美满的前程在向她招手。于是她便搂住寿王，痛享起于飞之乐来，缱绻再三。直待金鸡三唱，寿王方泣别道："泣别太真观，何时再相逢？"杨玉环亦泣道："保重十三年，苦乐一梦中！"

寿王去后，杨玉环又哭了一个时辰，痛定思痛，决心朝着苦难的历程迈步，精神渐渐振作起来。

欲知后事，且看下回分解。

第二十一回

明皇屈尊思倾国
奸相弃义施诡计

明皇迷恋上杨玉环之后，再无心于朝政，对贴身太监高力士道："如今天下太平，朕欲高居无为，政事悉委宰相李林甫何如？"

高力士自武则天圣历初入宫已四十五年，既目睹了奸佞误国的教训，也听说过历代宰相篡位的故事，而且他想如今的太平，只是李林甫排除异己后，暂时稳定的假象，便奏道："天下大柄，不可委人，若委人，待彼威势既成，收之极难！"

明皇听后，虽觉得高力士之言不无道理，怎奈被情丝所扰，难以自拔，且自认为才智过人，既中兴大唐三十余载，又快到"随心所欲"之年，还有什么大事不能预防呢？于是愠形于色，诘责道："你难道将朕和历代的昏君相提并论么？"

高力士见明皇不悦，立即跪下叩头，"臣发狂疾，大胆妄言，罪该万死！"

明皇渐息怒气，"卿可代朕拟一办法来！"

高力士既才智聪慧，又识多见广，眉头一皱，计上心来，"太子玙既仁孝著称，又逾而立之年，使李林甫辅佐监国，岂不两全其美么？"

明皇道："正合吾意，卿速传太子来见！"

太子玙听说让他监国，既喜且惧。喜的是历代太子废立无常，及早监国可提前培植羽翼，巩固地位；惧的是李林甫城府深密，狡狯难治，且父皇对他深信无疑，只怕是凶多吉少。所以婉言固辞道："父皇春秋未高，皇儿功威不显，既无治国良策，又难服众臣，而今实不宜监国。"

明皇道："除却圣贤，皆学而知之，趁吾健在，教汝治国策略，今后方可无虑。吾意已决，勿再多言。"

太子玙见父皇意决，只好勉强顺从，欲相机而行，遂悻悻离去。

太子玙去后，明皇立即到太真观去探望杨玉环。他一进门就对杨玉环许愿道："我听说妃子病情渐愈，我高兴得很，便空手而来。妃子有什么要求，请大胆提吧！就是要朕的江山，联也可以答应给你一半！"

杨玉环知道这是他一时冲动的话，是难实现的，所以只提出已考虑好的想法，"请立寿王为太子，别无他念！"

明皇深感这一条件的厉害：父纳子妃，名声攸关。寿王为第十八子尚不太被人所知，若立为太子，则天下着目。而且立为太子后，他同自己往来密切，他同杨玉环私会之机必多，防不胜防。但如今杨玉环精神刚刚恢复，不从她可能犯病，不妨先答应了她，作为权宜之计，待她精神恢复正常，同自己有了情感之后，再做打算。于是哄她道："如今太子（玙）嬉戏终日，不学无术，朕早想废他，改立寿王，只是驸马都尉张垍等作梗，须相机而行。"说毕，欲搂杨玉环。

杨玉环拒不承恩，嚷道："立寿王为太子后，任凭陛下，否则，奴婢就撞死在君前！"

明皇见她仍意坚如此，怜惜之情油然而生，只好暂且隐忍。他想，虽然自己乘兴而来，败兴而去，但毕竟有获——她已开始提出条件，即可证明她再不会自缢了。她提的条件虽然苛刻，但还可以讨价还价呢！想到此处不禁会心一笑离去。

明皇拟了一道假圣旨，于次日携着四个宫娥和侍卫到太真观。

杨玉环的表情依旧。

明皇摒去左右，搭讪地偎依到杨玉环的跟前，"立寿王为太子，朕意已决。只是怕群臣有异议，刚把妃子接进宫来就立寿王，既会责备寡人惧内，也会说妃子狡黠。故朕拟逐步行事，今日先将太子玙废掉。"边说边把圣旨从袍袖里取出念道："太子玙嬉戏终日，不仁不孝，不堪继承，着即废为忠王。"他心想，杨玉环一定喜形于色了，但抬头细看，她仍然无动于衷，阴沉满面，因问道："妃子还有何等要求呀？"

杨玉环这才淡淡地道："先废后立，已为不妥，且玙仍封为忠王，他岂能心服口服，就不会东山再起么？"

明皇佯为狠狠心，哄骗她道："废玙为庶人可好？"

杨玉环未置可否，明皇揣摩着是她默认了，于是立即草诏废太子玙为庶人。

杨玉环这时方感到，既废掉太子玙，立寿王为太子肯定无疑了；又想到，西施为报国耻，屈辱侍奉年迈的吴王夫差，曾传为佳话，而自己为答谢恩深义厚的寿王，苟安偷生何罪之有？于是她又提出三条：

“一、我是你的儿媳，你纳我为妃，伦理攸关，且陛下为大唐天子，万国敬仰，一言一行，天下着目，此事传将出去，实为不雅。你既应给奴婢留点脸面，也该考虑你的尊严。

“奴婢应许了你，你得注意行迹，掩人耳目，不可恣意纠缠不休。

“二、一年之内立寿王为太子，一个月让僾儿和小芳来太真观见我一次。

“三、我父早死，我依叔父抚养，希陛下施与恩宠于叔父。”

明皇听罢，认为第三条可行，前两条是根本办不到的，但不妨都先答应她，使她就范，后再做理会。于是，佯装果断激动地答道：“莫说此三条，就是三十条我李三郎也能答应。”说罢就伸出双臂欲上前搂抱。

杨玉环急忙躲闪，“奴婢还得补充一条，请不要遂了你的心愿，今后又宠别人去了，到得那时，可别怪我……”此条实是杨玉环施放的烟幕。

明皇激动地“扑通”一声跪在地下发誓道：“我李三郎已五十七岁，选妃八十有五，今纳杨玉环为最后一个爱妃，若违誓言，死无葬身之地！”

那李林甫早存野心，听说让他辅佐太子玙监国，真乃喜出望外。太子玙既忠厚易治，且他的妃子韦氏之嫂，是自己舅父姜皎之女。

李林甫为了表示谦恭下士，当天晚上便携表妹姜氏和其夫韦坚（太子妃兄，任长安令）诣东宫去会见太子。

太子妃韦氏见兄嫂和李丞相驾临，急忙迎入内室款待。太子玙则认为来者不善，必有蹊跷，但也不得不敷衍应付。

李林甫很善于察言观色，看太子玙冷淡，知已难以说项，但他早已有预料，在未动身前就策划了许多诡计。他想：号称中兴之主的唐明皇尚对俺言听计从，你个羽毛未丰的窝囊废，岂能逃出我手心去？于是不卑不亢地笑道：“常言道：‘一朝天子一朝臣。’愚兄保侍皇上和殿下，将沐两朝皇恩，感到荣幸无比！且殿下同愚兄又是联姻，真乃是天时、地利、人和俱备，天下幸甚！”

太子玙道：“小弟才浅学疏，又乏阅历，请仁兄多为关照是幸！”

李林甫自然地道："此乃愚兄义不容辞之事。"又用和蔼的目光巡视一遍众人，接着道："'一朝天子一朝臣'之论，有其对处，也有其不对处。对者，人的寿限大致相同，既无百岁的天子，也无百岁的朝臣，一臣能保二主者实难，故新君受禅多暂用旧臣，而积极培植后进；不对者，有的新君嫉妒旧臣，不论愚贤老壮一概罢去，而拔擢狎邪不肖，内乱外祸遂生于肘腋。"

众人皆觉得他言之有理，诺诺连声。

李林甫兴奋起来，侃侃而言："当今有一奇才名叫李泌者，才学兼优。他曾十岁朝天子，明皇大悦，即赐锦帛，并敕其家对他'善为视养'。如今他尚隐于草野。"

太子玙当时年幼，且仁孝好学，不闻此事，于是问道："愿知其详!"

李林甫眉飞色舞起来，"开元中兴，明皇曾召佛、道、儒三教名流入宫答难，有个名叫员俶者，九岁升座，词辩如注，座人叹服！明皇亦惊异，问道：'你是哪里人氏，何人之后?'童子曰：'吾祖籍齐州，现居京兆，吾乃员半千（武则天良臣）之孙。'明皇赞曰：'有其父无其子，却有其孙，奇哉!'于是又问道：'还有类汝者乎?'员俶不待遐思，立即上前跪奏：'吾少舅李泌，年仅长吾一岁，才学却超吾十倍!'明皇似信不信，立即传旨召之。李泌至，明皇正和大学士张说对弈，命张说试之。张说打量了一下李泌，见他眉清目秀，装束潇洒，神采奕奕，似有仙风道骨，不胜喜爱，但唯恐他难留，先想用'七情六欲'、'三昧四戒'等易为人知者试他，但又一想，这样他即能对答，也显不出他的才华，于是想出个难题，'请赋方圆动静四字'。不料李泌却反问道：'请宰相先为示范可好?'张说以棋子自题自答曰：'方若棋局，圆若棋子，动若棋生，静若棋死。'答后心想，我先他后，他一定难了。不料李泌两眼一眨，立即对曰：'方若行义，圆若用智，动若骋材，静若得意。'张说惊异。明皇亦拍案叫绝，'童子精神，大于身材!'于是厚给赏赐。"

太子听罢，既感新奇有趣，又有点怀疑，于是问道："后来还有什么事迹呢?"

李林甫得意地道："后来张九龄为相，对他亦十分垂爱，常引至家中测验和款待。一天张九龄的挚友严挺之入府，李泌在侧，严挺之劝张九龄疏远肖诚，‘其为人既不肖，又不诚，乃无行文人。’严挺之去后，张九龄道：‘严挺之太刚劲，不若肖诚软美。’李泌惊讶道：‘张公起于布衣，以刚直至宰相，岂宜喜软美者乎？’张九龄惭而谢之曰：‘小友他日定出吾上！’”

太子玙未待李林甫说毕，便急问道：“李泌现在何处？”

李林甫欣然道：“李泌博学，精通《易经》和《老子》，尤慕神仙不死术，游于嵩、华、终南山间。殿下如有意礼贤，不出十天，臣定可寻他入京！”

太子玙允之。

第九天，李林甫果然携李泌至东宫会见太子。李泌身穿布衣麻鞋，俨然自若，就席而坐。寒暄毕，太子请李泌示治国之道。

李泌不卑不亢，侃侃而谈：

“天下莫柔弱于水，而攻坚者，莫之能胜。”

“贵以贱为本，高以下为基。”

“不自以为大者，终能成其大。”

“合抱之木，生于毫末；九层之台，起于累土；千里之行，始于足下。”

太子玙生性仁柔，李泌所言正中下怀，喜不自禁，遂奏请父皇，授李泌待诏翰林，供奉东宫。其时李泌年方十五岁。

李林甫由于荐贤，遂获太子好感。

那李林甫为了驾驭太子，对李泌倡导的仁柔之道也非常高兴。他为进一步讨取太子的欢心，又荐举太子友——陇右节度使皇甫惟明，兼河西节度使。太子玙正感缺乏军权，李林甫之荐似是雪中送炭，巴之不得，遂允诺。

那皇甫惟明英俊非凡，才智过人，被升职加权固然高兴，但他素知李林甫狡狯，唯恐中计，便借故回朝谢恩，于晚间去会见太子。

欲知后事，且看下回分解。

第二十二回

节度使苦谏太子
李献忠屈从奸相

且说皇甫惟明借故回朝谢恩，当晚就去私会太子，逢遇李泌在场，有些尴尬。李泌急欲回避，太子玙阻之，对皇甫惟明道："李泌乃吾莫逆之交，无妨。"

皇甫惟明亦早闻李泌乃清高雅士，学识渊博，寒暄毕，便开门见山道："蒙殿下垂青重用，不胜感激之至，但不知是殿下提议，抑或李林甫举荐？"

太子玙爽朗回道："既是李林甫举荐，又正合吾意。"

皇甫惟明道："殿下可知李林甫城府深密，口蜜腹剑么？"

太子玙知其所虑，坦然道："眼见为实，耳闻为虚。他任宰相数年，出一言即使对九人有益，而于一人不利，则天下仇者亦上万矣！李泌与汝皆他保举，可见他是忠心于吾的。"

皇甫惟明道："谁能断定这不是他欲擒故纵的手段呢？"

李泌这才插言道：

"柔弱胜刚强。"

"强大处下，柔弱处上。"

"将欲夺之，必固与之。"

"受国之垢（辱），是谓社稷主；受国不祥，是为天下王。"

"侯王若能守之，万物将自化。"

太子玙的领会是：自己虽然柔弱，但终能胜过刚强的李林甫，概为满招损、谦受益的道理。欲待削夺李林甫的权势，宜先给他些利益，使其麻痹。接受帝位时，若是国家多难，就须奋发图强，则可能磨砺出有作为的君主——此正符合自己的处世哲学，所以十分赞赏，喜形于色。

皇甫惟明认为李泌之言有一定道理，但其意可双关，于是道："李林甫荐吾和李泌，岂不正是采用的'将欲夺之，必固与之'之法么?"

太子玙不禁一愣，随即以目示意李泌。

李泌坦然作答，"先发制人则理易短，后发制人则理常长。"

太子玙不禁失声称赞李泌"妙"。

皇甫惟明无言以对，凝思良久，无可奈何地道了一声："等待时间的考验是了！"就此告辞。次日赴朝谢恩，休假月余，悻悻返任。

常言道："有其父必有其子。"一点不假。太子玙见父皇年近花甲，尚荒淫如是，又自认为有李泌运筹帷幄于内，皇甫惟明镇边于外，天下太平，于是也起了淫欲之念。一天早晨他到御苑散步，无意中望见一对喜鹊在枝头合欢，还有两个蝴蝶在花间交尾，不禁春兴乍起，遂向掖庭走去。那里都是选进宫来准备给皇帝挑选的秀女。

掖庭的秀女们当时刚用罢早餐，有的洒扫庭院，有的汲水浇花，有的描云刺绣，有的剪贴闺房。她们都是十五岁左右的少女，既思家念亲，又萌动春情，所以个个心事重重，没精打采，忽见太子莅临，皆惊惶万状，不知所措。独有个叫张春风者，系没落世家之后，自请入宫，图复祖业。其性格开朗，举止大方，机灵敢言，见太子玙走来，忙跪上前去，口呼"千岁"不迭。

太子玙把她扶起，让她与自己并坐在桌前，仔细打量她的容颜，觉得她虽也称得上娇艳，但和其他秀女相比，也无特别秀丽之处，只是她形态自若，无拘无束，颇有些美男子的气度，而想到自己比较懦怯，若能有如此一个有胆识的内助，岂不美哉？于是对她有倾心之念，遂握着她的一只手，亲昵地问她的身世。

张春风颦了颦眉头，坦然道："吾祖母乃睿宗昭成皇后之妹，家道中落，吾自请入宫，待诏年余，今遇太子千岁，实为三生有幸！"说毕嫣然一笑，缓缓低下头去。

太子玙见她锦心绣口，机智伶俐，雅态自若，美目流盼，既爽朗又妩媚，喜不自禁，"纳你为良娣（三等妃子）可好?"

张春风从容地跪下谢恩，"愿殿下千岁，千千岁！"

太子玙得张良娣，如获珍禽，唯恐飞掉，立即携带回宫，安排于东苑龙首阁中，朝夕作乐，一连三日不朝。

一天晚上，夜朗风清，太子玙同张良娣到万花榭赏月，只带一小宫娥喜儿和一小太监李静忠（后易名李辅国），带些水果酒肴。安排停当之后，小宫娥和小太监即回避。太子玙在月光下仔细端详张良娣的容貌，似雾中观花，影影绰绰，倍觉妩媚，忙喝对杯酒儿，甜情若醉，蜜意沁心，竟忘乎今夕是何夕了。

那张良娣入宫是为谋复祖业，对太子玙并无真情痴爱，只是逢场作戏而已。当她看见小太监静忠和小宫娥退去之后，先后偷偷摸摸溜进花丛，心想，必是幽会贪欢去了，不禁悬想非非，双目发直。

太子玙不知就里，心想她可能是触景生情——望月思乡，于是问道："妃子莫非想家了不成？"

张良娣猛一惊醒，便顺水推舟道："奴婢忽然想起李白那首'举头望明月，低头思故乡'来。去年的今晚，奴婢正和寡母在院里乘凉，现在她可能独坐那里想奴婢呢！"真个扑簌簌流下泪来，把她的隐情掩饰得滴水不漏。

太子全信以为真，遂安慰她道："我明日即传旨接你母亲来京如何？"

张良娣又随机应变道："殿下已三日不朝，若为奴婢荒了朝政，实为奴婢的罪过，希殿下明日早朝去吧！你我皆在少年，来日方长，何必缱绻如此呢？至于接奴婢母亲入京，也不可操之过急，庶免别人讥笑殿下重色私亲。"

太子听毕张良娣这番话，对她愈加疼爱，不禁搂着温存一番。

张良娣又道："殿下明天早朝，今晚宜提前安寝。"

太子很以为是，遂即携手回宫。

太子玙日逐声色的情事，明皇很快就知道了，但他不仅不加干涉，而且还有意怂恿，以便借机罢他监国之职和太子位，讨好杨贵妃。

李林甫见太子玙渐上其圈套，又生一计。一天早起入寝宫启奏明皇道："如今虽云天下太平，但应居安思危。陇右和河西地方有太子友皇甫惟明任节度使，可以勿虑；但朔方回纥和九姓突厥阿布恩等历代为患，宜择一良将镇守，庶免万一。"

明皇直截问道："贤卿以为谁能胜任呢？"

李林甫颦颦眉头，佯为作难的样子，停顿片刻方道："臣想出三个办法，一让太子兼管；二擢迁陇右节度副使王忠嗣麾下大将哥舒翰赴任；三由臣遥领，以朔方行军总管李献忠为副节度使。"

明皇道：“卿以为何者为宜?”

李林甫道：“太子既已监国，日理万机，不胜烦劳。哥舒翰虽知书达理通大义，但其父为突厥贵族，其母为于阗王女，皆胡人，亦不可全信。若由臣遥领，又恐顾此失彼，有疏朝政。”

明皇权衡以上利弊，认为由李林甫遥领较妥，他所云“恐顾此失彼”盖为自谦，于是毅然道：“贤卿遥领为好，勿再多言!”遂拂袖进入内室。

明皇此决定正中李林甫下怀，于是他乘兴而返，次日即传旨朔方行军总管李献忠任朔方节度副使，并召他进京——名义是让他谢恩，实际是秘议不轨之事。

这李献忠系寒门出身，闻旨擢升朔方节度副使，不胜高兴，知是李林甫保他，进京当晚就诣李府致谢。

李林甫把他迎至密室，盛情款待，山珍海味霎时而至，还有十名美女侑酒。

李献忠从未见过如此场面，形态拘促，心中纳闷：自己既无边功，又缺奉献馈赠，而受此重用厚待，是梦耶?抑或坠入圈套?

李林甫也不理会他的神情，只是纵情让酒，以便他醉时方可畅言。

李献忠酒量较大，痛饮一个时辰，方醉之八九。

李林甫见是火候了，遂屏退左右，一边低斟，一边漫谈：“愚兄遥领朔方，难得抽身，全赖贤弟鼎力相助呢!”

李献忠急忙谦虚道：“北疆突厥九姓，历代难治，而小弟又才疏学浅，只怕有失众望，难以胜任，甚为惶恐!”

李林甫又给他斟一杯酒，笑道：“谋事在人，成事在天。从来是不以成败论英雄的。只要贤弟尽力而为，何惧之有?”

李献忠不以为然，“立功者赏，失职则罚，历来如是。薛仁贵曾三箭定天山，传为佳话，然而青海一败，削职为民，几乎丧命，岂不可畏哉?”

李林甫又婉转答道：“诚然保国如保虎，祸福无常，但事在人为……”他故意中止，以观察李献忠的表情。

李献忠似丈二和尚，摸不着头脑，沉思起来。

李林甫又给他浅斟一杯，双关地问道：“此酒味浓，须仔细品尝。”

李献忠仍揣摩不出李林甫的用意，连眨几下眼皮，转了话题，“突厥悍勇，地广人稀，出没无常，吾进彼退，退则难追。吾退彼扰，防不胜防。使小弟任朔方节度副使，必定凶多吉少。”

李林甫拍了一下李献忠的肩膀，笑道：“贤弟只知其一，不知其二。唐太宗说过，‘君者舟也，人者不也。水可载舟，亦可覆舟’。愚兄认为突厥亦好比是水，我们治之有方，岂不也为我所用么？”

李献忠渐有所悟，遂追问道：“请宰相明讲，愿知其详！”

李林甫听他“愿知其详”，即认为他已经上船，便坦然道：“唐高祖起兵，岂不是借助于突厥兵力么？”

李献忠这才全然明白，不禁失声道：“万一不成，家有九族之灾呀！”

李林甫为了给他鼓劲，提高了嗓门，“成者为王，败者贼，历来如是。唐高祖起兵时仅是一个太原留守，如今我身为宰相兼朔方节度使，握兵十万。只要贤弟肯于相助，以突厥为援，里应外合，则大唐江山唾手可得。到时拜汝为相，位列三公之上。是为玉碎，或为瓦全，请贤弟细思！”说毕，他板起了严肃的面孔。

李献忠处于骑虎难下、进退维谷的境地，欲待拒绝，必定被杀灭口，大祸立至；若随他同流合污，亦凶多吉少——开元盛世以来，五谷丰登，唐威满天下。西陲北疆虽时有骚扰，但无关大局。李林甫挺身走险，只怕是痴心妄想。他思之良久，果断地道：“蒙宰相垂青，恩重如山，小弟赴汤蹈火，在所不辞！”实际上他是为免眼前大祸，而抱着且走且瞧的心态用的缓兵之计。

李林甫十分狡猾，岂会轻信，立即在堂上摆起香案，供起刘关张的画像，与他结拜为兄弟。焚香斗表之后，他们跪下磕了三个响头，发誓道：“异姓结拜，情胜骨肉，有福同享，遇祸共担，若中途反悔，天打雷轰，死无葬身之地！”

发誓本是迷信之举，但也有偶尔碰巧应验的，所以当时对人也有一定的约束作用。于是也有人想出一个“破法”——如不是出于本心，而被迫跪下发誓时，则悄悄用脚尖在地上左右摩擦一下，即表示此誓言无效。李献忠当时就使用了这个破法。

而李林甫见多识广，岂有不知此破法之理？他对李献忠早有防范，当李献忠用脚尖摩擦地下时，他立即发现，于是捣毁香案，大发雷霆，“狼心狗肺的小人，你欺吾也！给我捆起来！”

刹那间上来三个强壮高大的家仆，把李献忠捆成“王婆看瓜”的模样——头夹在腿间，双膝和脖子系在一起。

李献忠杀猪似的乱吼，边吼边喊，其声隐约可辨，“我诚恳发誓，效忠宰相，不知何罪？如若不信，请把刀来，可破腹掏心，死而无憾！”

李林甫为了试验他的真伪，立即给他松绑，把刀给他。

李献忠眼下只有剖腹表明心迹一条路可走，于是紧咬牙关，闭起双眼，左手按腹，右手把刀，向下猛刺，刹那间血溅一尺，昏厥于地。

李林甫见他果真剖腹，心中犹豫起来：他方才发誓时脚尖摇动，也许是不知此种破法，出于无意——他万一死去，而今朔方尚无合用的人选——于是连忙命家人抬他到密室中抢救。

李献忠因非真心明志，所以用刀时猛而不深，只伤肌肤，未及内脏，医治七天而愈。

李林甫安慰他一番，又带他去向明皇和太子谢恩。

李献忠对明皇谢恩毕，明皇突然问道：“卿早已至京，为何今日方来朝觐？”

李林甫唯恐李献忠回复不当，连忙代奏，“只因他路染风寒，昨日方愈。”

明皇仔细端详一下李献忠，见他身材瘦削，双目乏神，于是问道：“若突厥犯边何如？”

李献忠有气无力地道：“吾击败之！”

明皇道：“若回纥叛乱何如？”

李献忠壮壮胆道：“吾平定之！”

明皇道：“若突厥联合回纥入侵何如？”

李献忠强打精神，提高嗓门道：“吾亦能胜之！”

明皇因心绪不佳，急欲去太真观会杨玉环，再无心思细问如何破法，立即挥手让他们离去。

欲知后事，且看下回分解。

第二十三回

杨玉环忍辱封妃就范
唐明皇乞巧设盟惬欢

明皇把李林甫支走之后，立即溜进太真观去。原来这时他还遵守着杨玉环的“约法”——为了掩人耳目，每夜三更前来，五更离去。但他今日情丝萦绕，坐卧不宁，决心要冲破杨玉环的约法，提前相会。

杨玉环十分困乏，睡得正酣。她侧身而卧，面向窗前，阳光透过粉红的锦帐照在脸上，脸上似涂上一层淡淡的色彩，倍加艳丽可爱。她双手搭在胸上有搂抱之状，嘴唇翕动，似欲吻欲止之态。身上只盖一幅薄薄的绿绫春被，苗条的躯体朦胧可见。明皇从未见过她如此的睡姿，不禁魂销，正欲扑上床去，又怕她据理拒绝，只得悄悄揭开被角蹭了进去。恰好杨玉环此时正在梦中和寿王亲热，朦朦胧胧，误把明皇当寿王。明皇还从未领受过杨玉环如此恩爱，乐得忘乎所以。

约莫一个时辰过后，杨玉环方醒，她睁眼一看，寿王变成了明皇，尴尬、羞愧、悔恨，苦辣酸甜齐涌心头，泪珠扑簌簌地流个不住。

明皇看在眼里，对她的隐衷也猜知十之八九，为了打破僵局，寻找台阶，安慰她道：“朕是当今大唐天子，后宫有三千佳丽，朕皆视如黄土，偏偏迷恋上了妃子，此莫非是天意？为了妃子，我身心憔悴，任愿提前禅位寿王，即使倾城倾国亦在所不惜——朕方才冒昧违约，前来打扰妃子，实出于无奈！妃子愿打愿骂，我既不开口，也不还手。”他“扑通”跪倒床上，竟抽泣起来。

杨玉环既已决心苟安，又被明皇这番言语和其凄楚的表情所动，且方才自己于梦中对他恩爱失态，也不便于解说，本欲责备他违约，又不禁产生了恻隐之情，只好顺水推舟，不了了之，挥手让明皇离去。

明皇见杨玉环对他第一次违约原谅了，于是得寸进尺，又接二连三地白天前去，其情愈来愈炽，竟然整天赖在观中。

杨玉环心想反正自己已经失身坏了名声，也就无可奈何了。她起初还十分痛苦，但以后就无所谓了，好像整日品饮苦酒，口舌逐渐麻木，愈来愈感不到苦味了。

明皇见时机成熟，一日，便告诉杨玉环，要正式册封她为贵妃，并擢她叔父玄璬为光禄卿，叔父玄璬为国子监祭酒，从兄铦为殿中少监，从兄锜入赘为驸马都尉，杨从祖兄杨钊为侍御使，封长姐为韩国夫人，次姐为虢国夫人，三姐为秦国夫人。杨玉环听后，心有所动。

按旧制，册封贵妃的仪式是十分隆重的，只因这次是父纳子妻——虽然扬言是杨玉环的从妹，而实际上是掩耳盗铃，朝内皆知，所以选择了一个隐秘的处所——骊山汤泉宫中草草行了事。当时广大的百姓对此不得而知，甚至，不但正史《旧唐书》把此事给隐瞒了，而且杨贵妃死亡四十年后，白居易所写的《长恨歌》仍为其避讳着，“杨家有女初长成，养在深闺人未识”。

唐明皇册封杨贵妃之后，虽认为她已经就范，但怕她以后反悔，为了固宠，于是于七夕晚上在华清官长生殿摆起香案，他同杨贵妃乞巧盟誓。

斯时新月如镰，斜挂西天，星河闪烁，万籁俱寂。明皇遣退侍从，携杨贵妃来到案前。

杨贵妃只知道当时乞巧，是无子的求子，有子的祈福。求子的办法是妇女用蜡捏做婴儿放在铜盆中过夜；祈福的办法是捉蜘蛛盛于盒中，次日晨起验看蛛网多少，多者则祈来的福多。她对明皇设香案乞巧尚不知何意，面有疑色。

明皇见状，婉转相告：“妃子看那牛郎和织女二星，每年七夕相会，虽然一年一见，却天长地久。愿妃子同朕的恩情能和此星一样，白头偕老，永不分离。今设此案，拈香盟誓，请双星鉴之。不知妃子意下如何？”

杨贵妃虽说还不太甘心，但一则难以拒绝，二则誓盟未必应验，所以违心地应道：“臣妾愿奉陪陛下，但不知如何说法。”

明皇道：“妃子只要情愿，我说一句，你跟随重念一遍就是了。”

于是拈香斗表，双双跪在案前。

明皇对着香案边叩边道：“我李隆基和杨玉环情深义重，愿生死不渝。有违此盟，请双星鉴之。”念毕，向杨贵妃使一眼色。

杨贵妃随之重复一遍，“我杨玉环和李隆基情深义重……”

明皇又向着香案三叩道：“在天愿作比翼鸟，在地愿为连理枝。天长地久有时尽，此誓绵绵无绝期！”

杨贵妃又跟着重复一遍。

明皇扶贵妃而起，又嘱咐一遍，“此盟你我当生死守之，违者有双星为鉴，必遭雷轰！”

杨贵妃道：“妃子记下了。”

明皇为了趁热打铁，试验杨贵妃盟誓后的心情，立即回宫就寝作乐。

明皇既有雄才大略，又多才多艺，尤善音律文辞，回寝后，急忙取出笛子吹了几首欢乐、活泼、轻快、撩情的曲子。

杨贵妃见明皇甜词艳语，体贴温柔，对他产生了一些好感。她问明皇道：“陛下中兴大唐，都使用的什么雄才大略呢？”

这下可问到明皇的心坎里，他好似关公想起过五关斩六将，口若悬河，滔滔不绝起来，“第一是有卓识，审时度势，顺天应人；第二是有胆量，勇于进取，胆大而心细；第三是机智有谋，随机应变，左右逢源，得心应手；第四是有毅力，不屈不挠；第五是知人善任，礼贤下士……”

杨贵妃插言道：“历来常有将相不和，忠奸倾轧之事，难道当朝就没有么？”

明皇道：“怎能没有，只是朕采取武太后的策略，把他们比作手中的两把刀子，使其互相钳制。这从表面上看是坏事，实际上还有很大的好处呢！若是他们紧密勾结起来谋篡，那才难治呢！”

杨贵妃感到耳目一新，不禁一怔，接着又是一笑。

明皇感到很得意，愈来愈兴奋，又紧接着道：“第六是虚心纳谏，兼听则明，偏听则暗；第七是去奢从俭，以身作则；第八是轻徭薄赋，收买民心；第九是刑赏适中，使人畏威怀惠；第十是禁止皇亲贵戚干政，不任宰相；第十一……”

杨贵妃觉得此条既和自己杨家有关，又和寿王有关——寿王一人力薄，必须由娘家人辅佐，于是插言道：“行了，行了，臣妾记不住那么多了。请问我们杨家能否任台、省大官？”

明皇略思片刻，哄骗她道："贵妃的娘家当然是例外了，'英雄难过美人关'嘛！我不是早就说过，'为了妃子可以倾城倾国'么!"说完"扑哧"一笑，随后温存而眠。

是晚，缱绻无限，俩人日上三竿方起。

欲知后事，且看下回分解。

第二十四回

拙策幽会入东楼
巧计佯妒出牢笼

杨玉环封为贵妃之后，在骊山华清宫住到九月，气候渐凉，回銮长安，迁入兴庆宫内。此宫系由原五王宅改建而成，地处东城墙根，偏静幽雅，且系后建，取太极和大明二宫之长，补其不足，兼有宫殿和御苑珠联璧合的风光——即宫殿式的御苑，御苑式的宫殿。听政大殿在西南角，谓之花萼楼。寝宫在东北隅，沉香亭在其中，雕栏玉砌，风荷烟柳，花簇水绕，逶逶迤迤，幽邃宜人。

寝宫内的陈设，集天下名器之大成，有八宝帐、象牙床、檀香椅、八仙桌、金盆、玉碗、翡翠壶，还有西施浣过的轻纱，王昭君弹过的琵琶，赵飞燕舞过的石榴裙，以及波斯湾进贡的宝珠，天竺的释迦牟尼金佛，暹罗的鲛蛸帐等等，琳琅满目，珠光晶莹，宝气扑鼻，既富丽又雅致。杨贵妃住进去，真可谓名副其实的金屋藏娇了。

杨贵妃初迁进来，感到舒畅、开怀、幸福、愉快。明皇又千方百计讨好她，使她又有所感动，由开始视他如癞蛤蟆，渐渐像似红鲤鱼了。但时经两年，宫中的景物春花、秋月、夏雨、冬雪的重复变化，她的新奇感逐渐消退，寂寞感遂与日俱增，尤其是逢上秋风落叶，或者望见楼下过路的顽童时，思儿念夫的旧情即油然而生，所以又由视明皇如红鲤鱼渐渐像似青蛙了，冷淡于心，并表情于面了。

明皇发觉时，就携她去赏月观花。

在一个月上柳梢之夜，清风徐徐，花香袭人，明皇又携杨贵妃去沉香亭畔散步。

杨贵妃触景伤情，不禁想起先前和寿王赏月的情景，甜蜜的回忆涌上心头，便道："你看那牛郎织女，每年相会，都携儿带女，天伦之乐堪教人羡！”

明皇道：“妃子若能给朕生个一男半女该多好啊！”

杨贵妃佯为悲痛，珠泪双倾，“妾因打胎，再不能生育了！”

明皇自知理亏，歉然道：“不过这也是好事，人常说，‘好婆娘，孬婆娘，生了孩子变了样’。妃子所以芳容不衰，是和你生育少有关系的。”忙掏出汗巾给她擦泪。

杨贵妃愈为悲痛，“到得老时，陛下万岁后，为妾孤独无依，该是何等的凄惨啊！”不禁又流下泪来。

明皇抓耳挠腮，忽然计上心来，“给妃子抱个干儿子可好？”

杨贵妃趁机道：“听说陛下原先最爱寿王不过，何不早日立他为嗣呢？常言道：‘一日夫妻百日恩。’若是寿王得继大统，念妾昔日恩情，必定不会亏待为妾。陛下万岁之后，在九泉也可瞑目了。”

明皇早已料到杨贵妃同寿王的恩情未断，同时也感到她对自己有了情感，再无失爱之忧，方赤诚相告，“妃子先前曾同寿王瑁成婚五年，世人皆知。如今瑁为藩王，尚有流言蜚语，朕又宠爱妃子若是，嫉恨者大有人在，若立寿王为太子，只怕流言愈演愈炽。妃子有任何要求，朕都可从，只此事，是万万不能的！”

杨贵妃责问道：“皇帝口中无戏言，此事乃陛下先前应允过多次的！”

明皇羞愧满面，致歉道：“只是那时妃子悲痛欲绝，我为了挽救妃子的性命，才想出此权宜之计。”

杨贵妃嗔怒道：“如今陛下已认为妾不会自杀了么？你以为用富贵把妾征服了么？但是痴情的人用威武富贵是不能收买的。古今为情而死的人不知凡几，要使一个人去爱一个不愿爱的人，其痛苦远比自杀超出百倍！陛下不妨设想一下，若让你去爱一个比你大三十五岁的老妪，你的痛苦将是如何？将心比心，其情自知。妾所以偷生，全是为了寿王的前程，并非为了贪图陛下的富贵。我为了寿王，可以抛弃一切，为他而死，其乐无穷！”

明皇目瞪口呆，一时难以答对，欲待发怒，她已置生死于度外，是不会收到任何效果的，于是哀求道：“妃子言之有理，但后宫三千佳丽，和妃子年幼貌美者不计其数。可是老天偏偏让我爱上妃子，你我不是有天缘么。所以我才不顾伦理与非议，做出如此荒唐的事来。固然古往今来，年貌相当相爱而生死与共者不少，但为了恩义，老少相和者亦大有人在——赵飞燕姐妹痴于成帝，绿珠为石崇殉情坠楼……难道我为了妃子，用尽千方百计，竟然丝毫也感动不了妃子的心么？是我的命薄耶？是妃子心硬耶？”说着说着老泪纵横，又跪在了杨贵妃面前。

杨贵妃看了看明皇的模样，难免有些恻隐，但又想，他要换取自己对他的爱情，是根本不可能的；而要他立寿王为太子，也是不可能的；要他不爱自己，更是不可能的。于是她想出了另一番心计，哄他道：“妾如今已控制不住自己，也同陛下控制不住自己一样；你要想使我爱你，正同妾想使陛下不爱我一样。但常言道：‘铁杵磨成针，功到自然成。’也许终有一天，我这颗冰冷之心是会被陛下的温暖所融化的。”说毕将明皇扶起。

明皇自认为又取得了她一些欢心，哪知杨贵妃是在随机应变。

明皇见杨贵妃对自己忽冷忽热，不久又生一计。他在一个傍晚悄悄溜进旧宠梅妃的上阳宫东楼去，扬言谁也不许告诉杨贵妃。实际上他明知杨贵妃的耳目很多，是故意想让她知道，借以试探她对自己的真情。

明皇来到上阳宫东楼，见梅妃正跪在壁龛里的一个小佛像前，闭着眼睛，捧着双手，默默地祷告。梅妃自从失宠之后，悲痛莫名，五年来每晚皆烧香拜佛，以慰寂寞。明皇见状，猜知她的隐情，蹑手蹑脚地坐在一旁，并以手示意随从不要惊动她。

约过了一个时辰，梅妃祷告完毕，一睁双眼，误认为坐着的是菩萨显灵了，“啊呀”一声，吓倒在地。

明皇不禁出了一身冷汗，慌忙弯下腰去呼叫。

宫娥们七手八脚忙作一团，有的去煎参汤，有的去拿针灸。

明皇亲手抬梅妃到床上，约半个时辰，她方苏醒过来。

梅妃睁开双眼，仔细看了多时，才知是明皇驾到，因问道：“已多年不见陛下，今日突然前来，实出妃子意外。”而后，她泪似泉涌。

明皇见状甚哀，亦随之泪下，应变胡诌道：“是朕对不起妃子，可我一刻也未把妃子忘记，只是那杨妃甚是嫉妒，监督很严，朕勿得机会前来探望。今日她回娘家，朕方趁机前来，请妃子多加原谅。”

梅妃悲不可禁，边哭边诉道：“妾有许多话想对陛下诉说，今天一见，就死而无憾了，还哪里敢埋怨陛下呀！”

明皇道：“朕今晚就住在你这里，有什么话，请痛痛快快地讲吧！”

于是屏退左右。

梅妃猜想自己被弃的原因不外有二：一是色衰润减，旧爱难敌新宠；一是杨贵妃奇妒，明皇不敢冒犯——岂知杨贵妃是巴不得能够失宠，被轰出宫去，她才好再和寿王破镜重圆呢。

杨贵妃得知明皇去私会梅妃，便将计就计，佯为奇妒，闹他个天翻地覆，想把明皇激怒，驱逐自己出宫。时至三更，她把永新和念奴两个宫娥唤来故意盘问道："已至三更，皇上还未回宫，可知他去何处？"

永新道："奴婢不知，待我打听去来。"

杨贵妃装作着急的样儿，"快去快回！"又转向念奴道："快去准备些酒肴来！"

永新探察回来道："皇上已宿到上阳宫东楼了。"

杨贵妃故意吃惊道："啊，有这等事，这怎了得！"倒在椅上，似气昏了的样儿。

永新一边喊念奴，一边扶杨贵妃，"娘娘醒来，娘娘醒来……"

念奴手持酒壶跑上，见状莫名其妙，发起呆来。

永新道："你愣啥？快去端参汤来！"

念奴慌张失措，猛一转身，把手提的酒壶撞在桌子角上，摔了个粉碎，又被吓傻了。

永新道："快去煎参汤，回来再收拾酒壶。"

念奴又一转身，脚被拌在门槛上，跌了个马趴，连滚带爬，踮踮跛跛而下。

永新一边呼唤，一边揉搓，许久，杨贵妃方为苏醒的模样。

杨贵妃为了佯妒，借酒压愁，要来酒肴，狂吃烂饮，又哭闹了一阵。时至五更鸡叫，急忙唤永新、念奴和高力士随自己前往上阳宫东楼。一路上鸦雀无声，四个人蹑手蹑脚来至东楼，楼门紧闭，杨妃命高力士猛唤猛砸。

明皇和梅妃很久未见，别愁离哀满怀，直谈至四更方才就寝。正在酣睡，忽听砸门高喊声，明皇想到肯定是杨妃赶来，心中是又喜又惧。但她既然来了，只好听天由命，遂让梅妃点灯，自己披衣起床。

梅妃也想到是杨妃找来了，心想，她必将刁钻撒泼，但她是来到我家，我岂能给她示弱，遂把宫娥全都唤起，命提棍执杖，然后叫人去开门。

杨贵妃进门一看，森严壁垒，心想，自己只带来三个随从，寡难敌众，就佯怒扑向明皇，上前拽着他领子，破口骂道："说什么赐妾的金钗永不分？说什么钿合似金坚？说什么在天愿作比翼鸟？说什么在地愿为连理枝？说什么天长地久有时尽？说什么此誓绵绵无绝期？长生殿密誓方一年，你……你一下子就将这些撕毁抛弃在一边……"

明皇连连作揖求饶，"请妃子息怒，请妃子息怒，朕有一句忠心话对你说。喜新厌旧惹人恨，喜新不厌旧是美德。我若只爱你丢梅妃，再遇新人，岂不使你有被丢之虞么？"

杨贵妃觉得明皇所言似乎有些道理，但她的目的是希求闹翻，被遣出宫，所以佯为不懂，愈闹愈凶，"早知如今，何必当初？奴婢本是你的儿媳，你生拆鸳鸯，乱伦败理。我当时几欲殉情，是你说专宠于奴婢，奴婢才偷安下来。不料想，奴婢如今年未满三十，你就毁盟见弃！待得奴婢白头时节，还能设想么？与其晚年受苦，何如早日死去？奴婢今天已经活够了，你如果真能够遵守山盟海誓，来来来，咱一块儿触柱而亡！"说毕即硬拉着明皇往石柱上碰。

这时明皇已年近古稀，怎能经得起她的拉扯，一头倒在地下。

杨贵妃仍不罢休，边骂边哭，上气不接下气。

高力士把明皇扶起。

明皇看看自己的狼狈样儿，又羞又气，心想，如果她是在寝宫之内撒泼，再厉害十倍，也有情可原，而今是在当众之下，自己实在难以下台，若不给她点颜色看看，今后如何得了？于是大发雷霆道："高力士，快把她轰出宫去！"

高力士观望了一阵，上前劝说道："娘娘是吃醉酒了，是一时之气，不妨先遣轿抬她回寝宫，待明日裁夺，可好吗？"

明皇怒不可遏，"马上把她辇回杨家，一刻也不能停留！"

高力士见明皇真的怒了，忙道："是是是，陛下，奴婢立即去办！"急忙去传辇车。

梅妃也认为明皇真的下了决心抛弃杨贵妃，不禁暗自高兴。

轿夫来后，杨贵妃心想，今日即可同寿王相会了，不禁暗中欢喜不尽，但仍佯装撒泼，躺倒地下，拒绝上轿，"我还要遵守誓盟，和陛下永不相离……死也要死在陛下跟前，决不出宫！"

明皇怒道："快把她抬上辇去！"

众人强行将杨贵妃抬上辇车而去。

明皇气急败坏地道："摆驾回宫！"众人跟随而下。

杨贵妃被遣送回杨府，全家震惊，杨钊最为不安。大家围上来七嘴八舌，问个不停。

杨贵妃佯为悲痛，似有难言之隐。

杨钊即令众人散去只留杨贵妃一人，欲待她平静之后，他再来问其中缘由。

哪知杨贵妃现时的心情却是急欲会见寿王，但又不知寿王是否变心，遂立即写了几句，遣仆女送去。其为：

玉环苟安为汝，
多情梦魂常牵。
许汝为嗣千遍，
字字句句空言。
蓄意忤旨得遣还，
可否破镜重圆？

寿王看罢，心中烦乱——父皇对杨贵妃宠爱入迷，决不肯轻弃，虽然遣还，恐系他一时之怒。自己同杨贵妃分离已过五年，生别之苦已趋淡薄，再一相会，旧情复燃，若能重圆犹可，否则昙花一现，倍受熬煎。想到此，他意欲不见，但又觉得机会难逢，不忍错过，思虑良久，方想出一个折中的主意——先借故拖延几日，再做打算。遂他也回书几句：

往事如春梦，
花无百日红。
了却相见债，
吾心方平静。
疮疤不宜揭，
缘孽皆成空。

欲知后事，且看下回分解。

第二十五回

唐明皇遣妃悲无限
杨贵妃复召泼愈增

只因明皇早已对杨贵妃迷恋至极，不能自拔，所以杨贵妃故意借机撒泼，他毫无发觉，上其圈套，将她遣回杨家。杨妃去后，楼空无人，他触目伤情，百无聊赖，心似油煎，坐卧不安。

高力士看到眼中，想在心里，知明皇是因思念杨贵妃，但一时也不好直谏。一日上午便试探搭讪地道："内苑里月季盛开，陛下不妨游幸一番，消遣烦闷如何？"

明皇一腔愁闷，正无处发泄，勃然怒道："朕何曾烦闷？你怎么知道？你胡说八道，该打嘴巴！"

高力士见明皇大怒，立即跪下，自打嘴巴，连打十几下，然后怏怏离去。

直至未时，明皇尚未传膳。高力士有心讨好，便唆使一个小内监前去催请，"请万岁爷进膳！"

明皇嗔道："朕岂不知用膳？何用你请！"

御厨道："万岁爷自晨至午，尚未曾进膳，后宫已排膳侍候！"

明皇一听"后宫"二字，倍加伤情——杨妃去后，后宫若空，因而怒道："内侍进来！"

两个内侍立即上前，"请万岁爷吩咐！"

明皇指着御厨道："这厮无礼，重打一百，发净所扫除去！"

内侍道："领旨！"拉御厨行刑而去。

高力士为了给明皇排忧，又命梨园戏子在沉香亭上奏乐，选派一个最为聪俊的小宫娥去请明皇驾往。

此小宫娥年方十五岁，颇有杨贵妃的神韵，亦稍读诗书，略通音律，情窦未开，还不辨美丑。她对明皇只感到尊严华贵，尚无厌意，此时让她去请明皇，她为了邀宠，用尽心机，梳妆服饰、神情举止，皆极力模仿杨贵妃。她袅袅娜娜、小心翼翼地走到明皇跟前，腼腆地跪拜道："梨园戏子在沉香亭上演奏新声，请万岁爷前去饮宴！"

明皇乍见小宫娥，便误认为是杨妃，猛地搂抱住她道："你想得朕好苦呀！"

小宫娥再不敢作声，任其爱抚。

良久，明皇道："是谁接妃子回来的?"

小宫娥不知如何回答，只是俯在明皇怀中，不敢动弹。

明皇见她不语，以为她不是余怒未消就是羞惭难言，又道："妃子愈嫉妒梅妃，愈是对朕的情笃，朕愈是爱你，只是你不该在当众之下使朕失掉威严——妃子也受如此大的委屈，朕心中十分抱愧。请妃子原谅朕，莫再生气了。"

小宫娥想，若不赶快讲明，岂不犯了欺君之罪？于是连忙道："陛下，奴婢是小宫娥，并非杨贵妃。"

明皇定睛一看，又羞又气，又恼又怒，大声喝道："内侍进来！"

那两个内侍又慌忙而上。

明皇怒道："此婢犯欺君之罪，重打三百，发入司薪房烧火去！"

内侍齐道："领旨！"拉小宫娥行刑而去。

明皇余怒难息，又传两个内侍进来，"着你二人好生看管门户，任何人不许擅入，违者重打！"

内侍道："领旨！"去到门口。

且说太子玙因有急事奏报，忽然入宫。内侍道："皇上有旨，任何人不许擅入！"

太子玙道："北方有军情，……"

侍卫一听"军情"二字，感到事关重大，未待听完便立即回奏明皇。

明皇此时心烦意乱，恶狠狠地道："朕什么也不愿听，快轰他走。"

太子玙闻言，只好怏怏离去。

明皇一个人在室内烦闷已极，他看着台架上的古玩、摆饰、盆景，都似眼中钉，一连摔了十几件。

高力士从窗缝里看了多时，踌躇再三，只怕明皇再继续这样下去，有伤龙体，于是灵机一动，闯进室中跪奏道："娘娘已悔过矣，她请求陛下宽恩赦罪。”

明皇一惊，“这可当真?”

高力士道：“娘娘已打发其兄杨钊三次进宫谢罪，只因陛下不准外人擅入，他才请奴婢奏告。”

明皇为难道：“寡人言一出口，怎可轻易收回?”

高力士体会出明皇已经默许杨贵妃回宫，只是要个台阶下，于是站起来，眉飞色舞地道：“有罪遣出，悔过召还，正见陛下的气度如天，刑赏适中。且杨贵妃是今晨黎明时悄悄送出的，无人晓得，待至深夜，再从安庆坊侧门入，亦不让人知，岂不好吗?”

明皇一喜，又为难道：“妃子回来时，教我如何见耶?”

高力士笑道：“相见一笑，怨自解。”

明皇道：“你去迎贵妃回宫便了!”

高力士高兴而去。明皇命内侍去传酒肴，让念奴把打碎的古玩玉器之类收拾停当。

杨钊确实曾三次入宫，但因当时侍卫不敢禀报，故都未见到明皇，此时在家正一筹莫展，忽闻圣旨到来，乃复召贵妃进宫，他和全家都喜出望外。

且说杨贵妃是否真的愿意返宫，原来她经杨钊反复劝说，不愿返宫的想法已有了些动摇，特别是她接到寿王的回诗后，有些失望了。她想：人生在世，不外“名利酒色”四个字。自恨没有武则天之才，难以取得“皇帝”之名，而“利”和“酒”皆已尝过，只有“色”字自己享受未几。男人为何可以任意蹂躏女人?难道女人就不可以玩弄他们么?如今自己已经置生死于度外，何如谋求时机也进行些报复。于是她愿意顺水推舟，当高力士宣她返宫时，她应从了。其实此前杨钊三次进宫奏禀明皇，多半都是杨钊的意愿，他是谎报杨贵妃意愿，诳得明皇旨意，再来进一步劝说杨贵妃。如此两头加热，恰值寿王又使杨贵妃失望，居然弄假（半假）成真了。

高力士把杨贵妃接回宫时，恰值三更。

杨贵妃阴沉满面，似同木头人儿。

明皇思之再三，只有赔礼一条路，低首道：“妃子嫉妒梅妃，即对朕情深，只是在当众之下，使朕太难堪了。朕遣妃子出宫，实因一时之气，过后即已悔之。常言道：‘得饶人处且饶人。’难道妃子就得理不饶人吗?”

杨贵妃心中是七上八下，对明皇之言似乎没听到，仍是阴沉着脸色。

明皇继续赔礼道：“妃子还生朕的气么?”

杨贵妃道：“我不生陛下的气，我只气我自己，为何生得如此艳丽，若是生得丑一些，也不会使陛下伤伦败理；也不会让我抛儿舍女，痛断肝肠了……”说着便呜咽起来。

明皇听她语言十分乖巧，分明是怨恨自己，而偏偏说怨她长得艳丽，于是既感到自责，又觉得她聪慧异常，倍觉可爱，便也老泪纵横地搭讪道：“难道还让朕给妃子下跪么?”

杨妃趁机郑重地道：“你如果是真的爱我，我不希望你给我下跪，我只要求多给我点自由！请看那蝶儿、燕儿，在空中飞舞，多么畅快。你把臣妾禁锢在宫中，似同笼中鹦鹉，好不闷煞我也!”于是泪似泉涌。

明皇道：“我定然应准。不知妃子还有何请求?”

杨贵妃趁机道：“妾有个请求，要么让寿王带领儿女每月来会见妾一次，要么让妾也寻个年貌相当的郎君，时常幽会，不然就请陛下赐奴婢自尽，奴婢实在受不了这苦了……”仍呜咽不止。

明皇想，第一条舆论难容，第二条虽很难堪，但也无他法，于是无可奈何地道：“就依妃子第二条是了，但不知妃子恋上何人？是嗣宁王么?”

杨贵妃答道：“嗣宁王比陛下只不过是年轻些罢了，可他比寿王还相差甚远呢。”

明皇有些纳闷，又追问道：“那么，是何人呀?”

杨贵妃道：“只怕在宫内很难寻到呢，我必须找到一个才貌超过寿王者方可。陛下既然答应臣妾这一条，今后臣妾的行动，请陛下莫再干涉。”

明皇心想，要找到一个才貌超过寿王者，在宫内的确是没有，永远也不会找到。于是追问道：“是要到宫外去找吗?”

杨贵妃道：“在宫外，臣妾可给陛下留些脸面，不会太越规的。臣妾明日想到东市逛逛，然后到华清宫去。那里空旷辽阔，可仰观宇宙之浩瀚，能俯视京师之繁华。否则臣妾满怀的闷气是无从散发的。”

明皇无奈，只得应允。

杨贵妃见明皇答应了她的请求，心情略为舒畅。

欲知后事，且看下回分解。

第二十六回

奸相临危金蝉脱壳
贵妃寻迹龙潭失魂

明皇接杨贵妃回宫后，心情爽快，才想起太子奏报北方有军情的大事，次日一早就上朝。

李林甫一见明皇上朝，就猜知是为朔方节度副使李献忠叛逃突厥阿布思事发。但他早已打好了金蝉脱壳的计谋，不待明皇启问，便躬腰趋前奏道："臣遥领朔方节度使，而副使叛逃，实有用人不当失职之罪，理应严惩。但臣日理万机，顾此失彼，李献忠任职不到三年突然叛逃，使人难料，请陛下格外原情，解去臣遥领节度使职务，臣谏请陇右节度副使哥舒翰自代。"

明皇听李林甫所奏有理，对他宽恕不究，想到他荐的哥舒翰为将门之后，忠勇迈众，他父系突厥人，母为于阗氏，他对朔方情况较熟，又三立战功，使吐蕃闻名丧胆，不敢犯边。于是，立即允奏。

明皇为了讨好杨贵妃，欲罢去太子玙监国之职，一直寻不得缘由，而今便借机向太子玙发泄道："朕让你监国，你即一国之主，应明察善断，岂可将天下大柄尽委丞相？李献忠叛逃，丞相有责，而你岂无罪乎？你既不自责，又不请罪，乃错上加错！"

太子玙感到十分委屈，分辩道："儿臣昨日就入宫请罪，怎奈被侍卫阻拦。"

明皇听此，更恼羞成怒，"自你监国以来，荒淫无度，不务朝政，名为监国，实为监色，岂可轻饶！"

太子玙心想必有小人进谗，百口莫辩，只好隐忍认罪，"儿臣罪该万死！"

明皇喘口气道："暂免你死，罢你监国，退居东宫，思过自新，以观后效!”

太子玙忙叩头谢恩，“皇恩浩荡，愿父皇万岁！万岁！万万岁!”遂退了下去。

明皇亦宣布退朝，并立即回寝宫将此事报给杨贵妃。

杨贵妃听此当然高兴，又提出要到东市游玩，明皇执意要一同前往。杨贵妃无奈只得应允，但怕市人讥笑他们年纪相差太大，要求化装成父女身份而行。明皇只得答应。

次日，他们换装之后，明皇似同一个老商人，杨贵妃装饰素雅，愈加美丽。明皇命十名侍卫也穿上便衣跟随。

东市热闹非凡，杨贵妃边走边看，不知不觉把明皇远远落在后面。说来也巧，当她走到十字路口，恰遇上寿王带着韦妃和一双儿女姗姗而来。

寿王见杨贵妃不禁一怔，十分纳罕。

杨贵妃将她亲生的偻儿和芳芳搂在怀里，哭道：“想得为娘好苦呀!”一双儿女也放声大哭。

寿王见状，也悲戚起来，良久方道：“妃子今日如何这般打扮?”

杨贵妃感慨万千，一时不知从何谈起，只是悲啼。

寿王心乱如麻，不知所措。韦妃呆若木鸡，愣在一旁。围观的人愈来愈多。

猛然间寿王看见明皇和侍卫的身影，急忙告诉杨贵妃道：“父皇赶来了……”

杨贵妃这时被母爱激狂了，不顾一切地大吼道：“皇帝欲壑难平，丧伦败理，凶残狠毒。什么圣君、明皇，都是欺哄世人的招牌。我任愿当村妇、当尼姑，我任愿和儿女死在一块儿，也决不再回宫了!”

寿王捏着一把汗，浑身战栗，“你怎么说出这等疯狂的话来，你我都是活了半辈子的人了，死了皆不足惜，但儿女尚幼，岂能都让他们夭折了不成?”说罢不待杨贵妃回话，给韦妃使了个眼色，拉上一双儿女向西街奔逃。

杨贵妃对寿王突然奔逃无备，愣了一会儿神儿，方急起直追。但行人稠密，哪里能够追上？她感到绝望，既失子女又失爱，痛苦莫名，便拐向一个砖墙角，欲撞壁自尽。但不料墙跟前躺卧着一个双腿残废的乞丐，衣衫褴褛，污垢满面，骨瘦如柴，正呼饥号寒，“大爷大奶奶，请积福积善，可怜可怜我这个残废人吧……”声声嘶哑，面前只有两文钱。杨贵妃见状，悬想非非——此等残废贫贱的老翁，为何还留恋人世？想升官么？——绝不可能！想发财么？——根本无望！是什么支持着他忍饥耐寒，低三下四，忍辱偷生呢？她又不禁用自己和他进行对比：论富贵，一个天上，一个地下；论天伦，自己有子有女，他乃孤独无依；论荣辱，自己只受一人之辱，且是当朝天子，而他则被众人视如粪土。于是她打消了撞壁自尽的念头——好死不如赖活着。

当唐明皇看见杨贵妃追赶寿王之际，他也紧跟在后面猛跑，用尽了平生之力。当他追上杨贵妃时，杨贵妃已经冷静下来，呆若木鸡似的望着那个乞丐出神。

明皇命护从备轿把杨贵妃和他接了回去。

杨贵妃经过明皇一夜的安慰体贴，神志趋于清醒，次日便请求去骊山华清宫游幸。

明皇觉得那里既清静宜人，又可远离寿王，所以欣然应允。他只带永新、念奴、高力士和一些贴身的侍卫前往。

到得华清宫，杨贵妃为了登高散闷，虽然已至晚秋，仍执意落榻于半山间的长生殿。

半夜时分，明皇由于路途的疲劳，入了梦乡，杨贵妃仍未合眼。她披衣而起，悄悄地向老母（女娲）殿攀缘。起初唯恐被明皇和念奴发觉，急步紧走。当她经过百僚厅来到望京楼时，才缓步慢行。也不知经过多少时辰，才爬到老母殿上。此乃正中峰顶，山高风大，她举目遥望，山水林木，历历可见，残月西移，普照长安，星辰寥寥，万籁俱寂。俯视山下，深渊无底，悬崖峭壁，令人悚然，她连打几个寒噤。忽有一群乌鸦自北向南，接连几声哀鸣，她不禁声泪俱下叹道：

月明星稀，乌鹊南飞。
绕树三匝，何枝可依？
悲莫悲兮，子散夫离。
红颜薄命，命不如鸡！
皇权似天，败理伤伦，
悬若祖孙，恶心难忍。

她愈叹愈悲，终于难支，不觉昏倒在廊下。

夜幕渐退，一片霞光射进老母殿来。又过了许久，她渐渐清醒过来，扶地而起，也顾不得拍打尘土，便去瞻仰老母的神龛。她见老母慈祥可掬、栩栩如生，于是又向老母哭诉："老母老母显显灵，救俺玉环出火坑……"

且说唐明皇一觉醒来，伸手一摸，人去床空，大吃一惊，连忙唤高力士传侍卫、宫娥手持灯笼火把寻找。他想，她可能去到先前同寿王住过的逍遥殿寻迹怀旧，或者跳入御带河自尽了，忙命到这两处寻找。找遍逍遥殿，没有。又到御带河，沿河找了十余里，亦渺无踪迹。他又令返回搜宫，由下而上，堂殿楼阁、膳房柴屋、洞穴阴沟、汤泉水池、苑圃林荫，都搜寻个遍，仍没有。直至巳时，方在峰顶老母殿前寻到杨贵妃。

高力士为了掩饰家丑，巧言是老母下凡把贵妃接上殿去的。他奏道："杨贵妃本来就是天上的谪仙，老母娘娘的幼女，因谪期未到，只能在此一见。杨贵妃白日游山，不是乘辇，就是坐轿，若不是老母娘娘接她，晚间她岂会到这里？"只说得明皇和侍卫、宫娥都半信半疑。

杨贵妃被抬到床上。由于她一夜未睡，很快入了梦乡，直至傍晚才醒。

唐明皇为了给杨贵妃找个台阶，急忙上前搭讪道："妃子夜里莫非着魔了么？"

杨贵妃毫不买账，含嗔道："要说着魔，自从我入宫以来，就着魔了。"

唐明皇碰了个钉子，又搭讪道："妃子半夜三更跑到山上，岂不怕豺狼虎豹么？"

杨贵妃道："我是早已死过多次的人，难道还怕死么？若被豺狼吃掉，倒比如此活着还要痛快！"

唐明皇又搭讪道："妃子说骊山气爽，来此可以散心，你如此说来，岂不是越散越闷了么？"

杨贵妃道："我若不是夜里到山上吹吹凉风，恐怕已经闷死了。"

明皇道："九龙汤前有个池塘，垂柳犹绿，荷叶尚存，又有鸳鸯，又有金鱼，去那里赏月，岂不可心旷神怡？"

这时的杨贵妃精神恍惚，拿不定主意，便半依半就随明皇和众人信步向九龙汤走去。

当杨贵妃行至九龙汤时，因那是太子和寿王等沐浴之处，她思念寿王之情油然而生，遂蹲在石凳上抱头痛哭起来。

明皇屏退随从，极尽劝导求情道："朕知道妃子的苦衷，是朕负了卿。但木已成舟，难以更改，你有怨，你有恨，朕晚上回到宫去，是打是骂都依。眼下众目睽睽，你给朕留点脸面好吗？"说着说着便老泪纵横地跪将下去。

杨贵妃看着明皇那副尴尬样儿，渐起怜惜之情，不禁埋怨起老天来："既然明皇对我有缘，何不让我早生三十年，或者他晚生三十载，使俺们年貌相当，白头偕老？或者奴婢长得丑恶愚拙，也不会教他迷恋于我。如今，只弄得我夫离子散，团圆不能，割舍不得，进退维谷；明皇也落得伤伦败理，心如刀割，左右为难。"她将明皇扶了起来。

明皇见有转机，遂破颜道："现在已是'骊山晚照'，九龙汤外潭中水天一色，泛金溢彩，甚为美观，请妃子起步！"

杨贵妃边走边看，边看边想，边想边叹。她看到潭里倒映的垂柳和残荷，联想到灞桥摘柳送别者的愁肠；她看到潭中的鸳鸯和鱼儿，联想到自己的孤单凄凉；她听到孤雁哀鸣，一阵心酸，泪如雨下。她走到一副石凳和石桌旁，联想到十年前同寿王在此言欢的情景……直至黄昏时分，她方拖着沉重的双脚回到长生殿安歇。夜深，她想起当天的见闻，不禁哀而歌之曰：

九龙潭水是奴泪，
骊山晚照血染成。
孤雁长鸣虽云哀，
棒打鸳鸯更伤情。
痴心动天古常有，
孟姜哭倒万里城。
若非吾心诚未足，
定是苍天已无灵。
都道灞柳送别苦，
可怜孤影伴我行。
老天若有成人意，

赐我玉环享天伦。

明皇见杨玘甚哀，心中怅然，本是让她来此散心解闷，但她却旧地怀故，悲从中来。次日就急忙返跸回宫。

但杨贵妃仍寻机出游，不久又发生了一场风波。

欲知后事如何，且看下回分解。

第二十七回

吹笛品泽忆寿王
遣妃伤己怕魔障

且说明皇的长兄宁王仁柔忠厚，去世后追封为让皇帝。因其长子琳懦弱无能，由次子李琎袭爵嗣宁王。这李琎聪俊风流，嗜酒好色，后来杜甫所咏《酒中八仙歌》里面有“汝阳三斗始朝天，道逢麴车口流涎”。李琎即汝阳王是也。他不但好酒色，养歌伎三十多名，还极奢侈豪华。其父去世不久，他就翻修扩建胜业坊的旧宅，五年竣工。是宅落成之日，他为了邀宠，请明皇和杨贵妃驾临，当时恰好明皇与杨妃从骊山而返。

明皇得宁王邀请，顾虑重重，既怕遇见寿王，又恐杨贵妃对其他年轻美貌的王孙生情，但也无可奈何，只好让高力士告知寿王回避，其他王孙去与不去就听之任之了，随即启驾而往。

这时明皇已同杨贵妃迁居兴庆宫。嗣宁王宅在胜业坊东南角，相距很近，他们乘坐凤辇，带了贴身奴仆，霎时而至。

嗣宁王夫妇见明皇、杨贵妃莅临，感到荣幸之至，搀扶他们入华宇阁。

明皇杨妃浏览了华宇阁一周，即入座宴饮，众宾客亦陪同落座。三十名歌伎在场献技佐欢。

这些歌伎个个妙龄嫩色，技艺超群，嗣宁王常以此感到欢悦，但今日她们和杨贵妃在一起，嗣宁王就觉得是小巫见大巫了，顿时心灰意冷，而对杨贵妃则悬想非非，发起呆来。

杨贵妃先前也曾见过嗣宁王，只因当时她痴心于寿王，所以未予注意，今日对他仔细一看，觉得既风流年少，又有寿王的神韵，不禁魂飞天外，收不住意马心猿。

永新对他们的神情早已察觉，灵机一动帮衬道：“嗣宁王歌伎不谓不艳，技艺不谓不精，只是还缺乏名师指点——常言道：‘名师出高徒。’今日贵妃光临，何不一教？”

嗣宁王立即拜跪到明皇面前哀求道：“请叔皇允贵妃赐教。”

杨贵妃满心乐意，以目示意明皇。

明皇未暇细想，即点头应允。

杨贵妃随即舞了起来，以作示范。

嗣宁王见贵妃赏情，受宠若惊，亲自吹笛伴奏。

哪知贵妃舞蹈时神不守舍，不断斜视嗣宁王的姿容，又倾耳品听他的笛音，技艺既不同自己的往日，亦远远不如嗣宁王的歌伎。众宾客既不知端底，又没有几个内行，只是盲目推崇，喝彩叫好不绝。

嗣宁王见杨贵妃频频美目流盼，即心领神会，但明皇在场，岂敢造次。他如同怀揣小兔，慌乱不知所措，吹着吹着，就吹出调外，杂乱无章了。

杨贵妃听玉笛走调，心想何不借此使明皇吃醋，激他发怒，再遣我出宫？于是急忙走到嗣宁王跟前道：“你吹错了！”伸手要过玉笛，放到自己唇边细品了一番。

明皇看在眼里，气在心头，欲待立即发作，又觉得这样显得既无气度，又使家丑外扬，于是借故说饮酒过量，头晕难支，宣谕摆驾回宫。

明皇刚入寝宫，未待杨贵妃落座，便发作道：“你竟在当众之下使朕受辱，何欺朕之甚？莫非你活够了么？莫非你认为朕离了你，就再找不到美人了么？”

杨贵妃理直气壮地道：“我是早已活够了，难道你今天才知么？你只当我是贪图你的荣华富贵才活着么？你想错了。你的祖母武则天，其功过是非暂且不去说，但她给我们女人出了一口气。男人玩弄女子，她也玩弄了一些男子。男女都是血肉长成，食色爱恶应无二致。难道就许你们老翁纳娶成十上百的娇妻美妾，而不许我们女子找个年貌相当的配偶么？”

明皇从她的表情和话头，看出她已经近于狂痴，很难奈何她。赐死么——她早已置生死于度外；再遣出宫么——似是放鸟出笼，驱龙入海；与她辩论么——似乎她言之有理，自己理短；就此罢休么——她今后必定得寸进尺，愈演愈炽；再给她下跪求情么——既失身份，又增加她的厌恶……思之再三，觉得还是将她遣回杨家较妥，这样进可舍、退可收，以赢得时间，再思良策。于是把高力士唤来道："快把贱妃再遣回杨家去！"

高力士有心求情，又怕激怒明皇，只好照办。

杨贵妃这次被遣回杨家，其缘由不似上次昭著，家人皆觉得蹊跷，但又不敢细问。她自己也不便说出，一到家就闭门上床，思虑自己的前途：皇帝真的把自己割舍了吗？还会复召吗？寿王知道我品嗣宁王玉笛吗……直至三更，仍未合眼。

嗣宁王极谙风月情场，对杨贵妃的情态心领神会，又见明皇含怒回宫，预知必有一场风波，于是立即施金舍贿探听底细，并很快得知杨妃被遣。他急不可耐，四更时分就赶到了杨家，请求杨钊，允他私谒贵妃。

杨钊觉得事关重大，拒、受皆有不妥，来了个圆滑的办法，"若是被皇帝知道，我只说不知，是你越墙私会如何？"

嗣宁王作揖谢道："杨御史大恩，当生死相报！一切后果，由我全部承担。"

嗣宁王遂按所指路线，急步前去。说来也巧，杨贵妃忘记关门，此时灯还未灭，正斜依牙床假寐。

嗣宁王见状，喜不自禁，蹑手蹑脚走到跟前，边喘边呼道："娘娘醒醒，嗣宁王我来了……"

杨贵妃闻言，待理不理，慢慢睁开眼，佯怒道："你可知'半夜入人家门，非奸则盗么'？"

嗣宁王原想贵妃已对他那样的眉来眼去，必定有意，现自己突然而至，她定认为喜从天降，会有无限的温存和恩爱，哪知给他兜头一棍，于是不知所措了，嗫嚅良久，方道："娘娘莫非捉弄我么？"

杨贵妃欠起身子，板着脸道："我何曾约你前来？'捉弄'二字，从何谈起？"

嗣宁王哆哆嗦嗦，又壮壮胆子，断断续续地道："今天宴上，娘娘频……频送秋波，是……是……是为何来？"

杨贵妃道："是你看花了眼。"

嗣宁王道："娘娘吹我玉笛的光景，似有无限的温情……皇帝今天把贵妃遣出不是为此么？"

杨贵妃见无可隐瞒，便应变道："是我当时吃醉了酒，眼花缭乱，把你误作寿王了。"

嗣宁王无言答对，似同木鸡，站立很久，但又不忍离去。此时，忽闻圣旨到，又召贵妃入宫，吓得嗣宁王不知所措，抱头鼠窜而逃。

为何此次复召这么快呢？一是明皇实在割舍不下杨贵妃，恐怕她发生意外；二是高力士善于猜揣圣意，见明皇坐卧不宁，使搜肠刮肚，编了些既使明皇能顾体面，又能召回杨贵妃的理由劝说明皇，明皇也就顺势采纳了。

贵妃回宫后，仍愠色于面，毫无歉意。

明皇是又爱又恨，又怜又气，难以下台，因道："你知罪么？"

杨贵妃道："不知罪！男子三妻四妾天然合理，而女子守一个痴情的尚不可得，何罪之有？"

明皇被堵到绝处，大发雷霆道："你该死！"气得浑身哆嗦。

杨贵妃毫不示弱，"皇帝口中无戏言，我马上就死。"说罢，急步至箱前，取出一条白绫，踩着凳子甩到梁上，系了一个活结，引颈就套。

明皇猛跑上前，用肩把她扛起，忙喊："高力士快来……"

那高力士早预料到杨贵妃回来后会有一场风波，一直侍立在门外，听到明皇的喊声，破门而入，踩上凳子，把白绫解开。

这一下可把明皇彻底治服了，他连忙抱杨贵妃到床上，极尽献媚之能事，赔情求饶道："今后任凭妃子是了……"

那以后，明皇对杨贵妃百依百顺，再也不敢有所违拗了。杨贵妃见明皇处处依顺自己，也舒心许多，对他也不太反感了。

明皇整天沉浸在同杨贵妃的欢爱中，不理朝政，正好给李林甫以可乘之机。

欲知后事，且看下回分解。

第二十八回

李林甫嫉贤害能
节度使忧国伤民

且说自朔方节度副使李献忠叛往突厥以后，奸相李林甫唯恐他泄露自己的阴谋，一方面唆使回纥对突厥开战，坐收渔利，并希图捉拿李献忠斩草除根；一方面在朝中招降纳叛，抓紧谋篡，凡皇帝爱而位逼己者，便设法害之。

这时左丞相牛仙客已经病故，改由原刑部尚书李适之代之。李适之聪敏过人，富有才干，且同明皇宗支较近——乃太宗的废太子承乾之孙。李林甫视为心腹之患，便用计除之。

一日，李林甫貌似无意，实为暗示地对李适之道：“昨日有亲友自乡间来，言华山南麓有金矿甚厚，采之可以富国。”

李适之因兼工部事务，遂入宫奏给明皇。

明皇召李林甫商议此事。

李林甫佯为不知，卖乖似的道：“臣久闻之，但华山有王气，为陛下本命所在，凿之非宜，故不敢言。”

明皇召李适之诘责道：“汝不谙事理。今后奏事，宜先同李林甫议之，不可轻率。”

李适之明知受了李林甫的捉弄，但畏其奸险，只好忍气吞声。

明皇感到朝臣不足，欲起用贬往洺州的刺史——原中书侍郎严挺之。

李林甫闻之，急忙召其弟严损之曰：“皇上对汝兄甚厚，可让他称疾回朝就医，当有重用。”

严损之转告严挺之，严挺之不知是计，遂称疾回朝。

李林甫连忙向明皇奏道：“严挺之衰老患得风疾，不宜重用，可授散秩员外同正，于东京养疾。”明皇叹而允之。

河西节度使皇甫惟明与太子友善，亦为李林甫心腹之患。时吐蕃寇安西，安西节度使惨败而亡，剑南节度使代之御寇，因畏敌拒战，被贬岭南而死。李林甫遂奏请明皇敕令皇甫惟明任安西节度使。

明皇准奏。

李林甫暗自高兴，心想，此任凶多吉少，正好借刀杀人。

岂料皇甫惟明先前曾议和出使过吐蕃，同蕃将熟识。他上任后对吐蕃招讨并举，收复失地八百余里。

明皇闻之甚喜，敕皇甫惟明回京领赏，并赐假半年。

皇甫惟明到京后，当晚就去探望太子玙。

太子玙正和韦妃对弈，见故友突至，高兴无比，急忙起身让座敬茶。

寒暄毕，皇甫惟明便开门见山诘问道：“李林甫专权，一手遮天，上蒙圣聪，下欺群臣，太子难道无动于衷么?”

太子玙叹了一声道：“李林甫的权势皆父皇赐予，而父皇曾一天杀害三子。我所怕者，不是李林甫，而是父皇。”

皇甫惟明道：“皇上年老体衰，委权李林甫无可厚非，但李林甫蒙上欺下，皇上未必洞察。作为嗣君太子，理当扶正抑邪、清除君侧才是!”

太子玙沉默片刻，似有难言之隐，“谈何容易！如今朝中皆李林甫党羽，无一直臣可依。学士府里一批学士，如贺知章、王维等有些真才实学，但皆是闲官，无权无势。”

皇甫惟明道：“还有些奇才，连学士府也难进，而流落草泽呢!”

太子玙道：“可是李林甫早说野无逸贤了呢!”

皇甫惟明道：“只因李林甫嫉贤害能，唯恐有俊才出世，所以他用此话欺骗皇上!”

太子玙沉默了一会儿，问道：“皇甫兄可有良策么?”

皇甫惟明壮壮胆道：“我愿助太子一臂之力，联合太子韦妃兄弟，以及杨钊、杨贵妃、贺知章、王维等，铲除李党，以清君侧。”

太子玙连连摇头，“那太可怕了，太冒险了!”

皇甫惟明道：“可如今祸在眉睫，李林甫野心勃勃，皇上已年近古稀，被贼子蒙在鼓里执迷不悟，只怕你苟且偷安亦难免此难呢！我想只除去李党，仍保皇上，即使万一失败，亦是为了正义，可流芳千古，总比束手待毙强之百倍吧！”

太子沉思良久，又望望韦妃，韦妃以目示意，表示赞成，他便嗫嚅地道：“不妨皇甫兄径直为之，只莫牵连小弟就是了。”

皇甫惟明回府后，仍觉得自己力量太薄，想到，如今能同李林甫抗衡者只有杨钊，便当即又找了杨钊。

杨钊这时也正欲排挤李林甫，所以他们一拍即合。

明皇这时已不早朝，一般朝政全委托李林甫代处，重大事件他在寝宫垂询处理。杨钊次日便引皇甫惟明进寝宫启奏。

明皇听罢皇甫惟明所奏，认为李林甫虽有蒙上欺下之情事，但无那么严重，并觉得杨钊同李林甫有隙，互为嫉妒，皇甫惟明所奏，盖受杨钊调唆使然，遂淡淡地道：“嫉妒乃人之常情。李林甫虽有排斥贤良之嫌，但对朕甚忠，必不会有野心。且如今除他之外，还有谁能代朕分忧呢？二卿行吗？二卿说他图谋不轨，可有确凿证据么？他已将就木之年，儿子亦不肖，岂还会有如此奢望么？”

皇甫惟明立即回奏道：“武太后素多智计，广涉经史，然亦屡被奸佞蒙蔽，迭起大狱。且那般小人，胡元礼、周兴、来俊臣、傅有艺等无不图谋不轨。小人皆口蜜腹剑，十分难防，故天下大柄，不可委人。若委人，则使彼威势羽翼成就，谁还敢议之？”

明皇略有所悟，但一时还下不了决心，未能应允，暂为沉默，无意识地抬头望望杨贵妃。

杨贵妃一见皇甫惟明入宫，就被他的仪表英姿吸引。听完他的表奏，更对他流畅的口才和机智的风度起敬。她入宫以来，还从未见过如此英俊的人物，在他们议政之时，就遐想非非：如今寿王瑁胆小如鼠，不但承嗣无望，而且破镜重圆也成泡影，且明皇年近古稀，又被李林甫蒙蔽执迷不悟，自己后半生该如何归宿？若能结识皇甫惟明，里应外合，或能成就大事和好事呢！欲扶立寿王，也须皇甫惟明相助呢……

当明皇抬头望她时，她就点头，表示同意。

明皇因考虑到事关重大，当时未能表态，于是命皇甫惟明等退去。

他们去后，明皇问杨贵妃道：“妃子的意思是同意皇甫惟明吗？”

“我同意皇甫惟明所说。”杨贵妃毫不掩饰自己的意见。

明皇道：“可皇甫惟明少年时就同太子玙交好，谁能保定他不是私结太子呢？历来太子勾结边将谋篡者不鲜呀！”

杨贵妃心想，皇甫惟明私结太子的可能是有的，但太子尚无实权，比李林甫易治多了，于是道：“太子是储君，陛下早晚要传位给太子的，即便太子提前夺位，总比李林甫篡权强之百倍！”

明皇道：“武太后享年八十二岁，尚不肯禅位，她被篡不足一年，即含辛悲惨地死去，那凄凉的滋味是可想而知的。朕如今未至古稀，尤其是妃子的到来，使我感到无比振奋，似乎又年轻了许多，真想和妃子合好百年，我岂肯轻易禅位？我原有三十个儿子，因为他们谋篡，杀掉了三个，现还有二十七个呢！我宁肯再杀掉几个儿子，也不愿失掉妃子和我的权势。”

他们争论不已，最后不了了之。

且说李林甫耳目众多，皇甫惟明私谒太子事，次日他便获悉，随即入宫启奏，说皇甫惟明私结太子，图谋不轨。

明皇这时尚举棋未定，听罢批驳道：“皇甫惟明与太子有故，难道因立太子，太子就须和旧友都绝交么？卿勿捕风捉影为好。”

李林甫碰壁后尴尬而退，偷鸡不成反蚀一把米，他岂能甘心？遂布置罗织之徒，严察皇甫惟明的行径。

皇甫惟明急于和太子韦妃之兄韦坚联系，因发觉有人跟踪，很久未能如愿。他之所以要联络韦坚，除因韦坚是太子妃之兄外，还因韦坚很有才干，又曾受过李林甫排挤。韦坚先时为陕郡太守（刺史），见宇文融由于理财敛赋超升，便积极效之，曾役夫十万通漕渠，引浐水，东经渭河至江淮，西抵皇宫东苑，两年而成，使江淮运船五百艘，满载稻米、丝帛、珍货至京，又使美妇百人，盛装居前船唱《得宝歌》，请明皇于望春楼检阅。观者倾城而出，日夕方罢。当时明皇日益奢侈，正感费用不济，见韦坚如此，甚悦，遂擢他为刑部尚书，兼江淮租庸转运使。韦坚本是李林甫舅父姜皎之婿。李林甫见他恩宠日重，唯恐超越自己入相，便进谗，不久明皇就罢去他江淮租庸转运使职权，由杨慎矜代之。杨慎矜乃隋炀帝堂玄孙，太府卿杨崇礼之子，袭爵为监察御史知太府出纳，曾巧立名目苛剥百姓，增租巨万获宠，擢御史中丞。因他害怕李林甫专权，起初不敢受江淮租庸转运使职，李林甫慰之再三，方领受。

且说转眼间新年来到，皇甫惟明的休假已过去一半，他因李林甫监视日严，拜年时节也未敢去谒见太子和韦坚。

到了元宵节，只见满城灯火，而朱雀门大街和东西两市尤为热闹，杂戏百陈，锣鼓喧天，车水马龙，水泄不通，上自帝王将相，下至庶民百姓，几乎都倾室而至。皇甫惟明心想，是晚人山人海，李林甫再难进行监视了，便也到东西两市观灯，伺机和韦坚相会。约至三更时节，果然在景龙观门前遇上了韦坚，遂拉他入观，在道士室中密谈。

寒暄过后，皇甫惟明便开门见山道："如今李林甫一手遮天。他尤嫉贤才，如张九龄、严挺之、原户部尚书裴宽等先后被他除掉，贤兄岂无后怕么?"

韦坚一听就知皇甫惟明的用意，遂激动地道："吾早恨身无兵权，孤掌难鸣呀!"

皇甫惟明道："如今两大宠臣李林甫和杨钊，皆居心叵测，朝野皆寄希望于太子玙，彼乃汝之妹夫，你若能说得他转，使他不束手待毙，有奋起之意，吾可助兄一臂之力。"

韦坚高兴得拍案而起，"得逢知己，死而无憾！但是太子既忠孝，又懦弱，只怕他成事不足，败事有余！不如你我先斩后奏，把朝野对二贼不满的文武百官、学士侠客联络起来，将二贼除掉，然后拥立太子如何?"

皇甫惟明道："如今天下被二贼把持，要将他们一起除掉，谈何容易。卑意可先联络杨钊，搬倒李林甫，然后再除杨钊，不知老兄意下如何?"

韦坚听毕，喜形于色，拍了一下皇甫惟明的肩膀，伸起拇指，"此计甚妙!"

皇甫惟明道："既然老兄赞成，就请你劝说太子，同时多搜集李林甫的罪状，待条件成熟，咱们同时启奏，方能使皇上相信无疑。"于是二人分头行动。

欲知后事，且看下回分解。

第二十九回

奸相反扑大兴冤狱
酷吏杀贬威震岭南

皇甫惟明和韦坚经过十天的奔波，就察访到李林甫二十条罪状，于是会同杨钊入寝宫启奏。

怎奈景龙观的道士也是李林甫的耳目，他早把皇甫惟明和韦坚的私会告诉了李林甫，李林甫又抢先奏给了明皇，说他们杜撰了自己的过失，将要启奏。未待皇甫惟明奏完，明皇便不耐烦地诘责道："卿奏这些罪状，是察访而得呢？抑或是在景龙观中同韦坚杜撰的呢？"

皇甫惟明不禁一怔，又立即神态自若地奏道："臣在景龙观同韦坚系邂逅，因皆有伤国之叹，愿效稷契皋陶，犯颜直谏，为陛下分忧，而不忍蹈虞世基顺旨炀帝的覆辙。故臣不辞辛苦艰险，察访出李林甫二十条罪状，奏请陛下裁处。若其属实，宜速措施；若其不实，可为他辩诬。难道臣知而不言、袖手旁观、幸灾乐祸才好么？难道天下人对于奸佞皆敢怒而不敢言才好么？今日陛下未待臣奏毕就责臣，实为陛下负臣，而非臣负陛下也！"于是泣不成声了。

明皇对皇甫惟明忠烈之言略有所动，但一时拿不得主意，低头沉思起来。

在场的杨贵妃早已对皇甫惟明钟情若迷，今日看着他的神情举止无不优雅潇洒，尤其是他那激烈慷慨之词，抑扬顿挫之声，他那疾恶如仇之心，忘己报国之志，使她感动不已，于是猛然插言道："卿勿悲伤，陛下世称明皇圣君，定能抑邪扶正，使人尽其才，英雄有用武之地的！"

明皇毕竟是衰老了，脑子比较迟钝，良久方道："贤卿可把此奏章留下，待朕详察而后处。"遂举杯让茶。

皇甫惟明知道这是逐客的表示，立即同杨钊退去。

明皇看罢皇甫惟明的奏章，觉得李林甫嫉贤害能似乎属实，而谋反的根据尚且不足，又半信半疑，次日晚间即召李林甫入宫诘责道：“卿同朔方节度使阿布思，先时来往何其密耶？”

李林甫确实同阿布思有所勾结，但他想阿布思现已叛往漠北，难以对证，故面不改色道：“陛下对臣推心置腹，臣位处一人之下，万人之上，恨不得把生命捐献给陛下，使陛下延年益寿，江山永固！臣身为宰相，同各节度使都有来往，只因阿布思叛离，故仇人才借机陷臣，使臣百口莫辩。”于是跪下发誓道：“青天在上，我李林甫若有丝毫不忠，死无葬身之地！”遂老泪纵横，泣不成声。他见明皇不语，知他已为己所动，又道：“请明皇陛下速为臣洗刷此不白之冤，否则臣还有何面目临朝代政呢？”

明皇听了李林甫的申辩，又看了他的神情，打消了对他谋反的怀疑，于是退一步问道：“卿嫉贤害能之事可有么？”

李林甫对此问早有准备，从容地道：“嫉贤虽有，但无害能。且嫉妒之心无人不有。臣也是肉体之身，七情六欲在所难免。但知恩报德亦人之常情，而恩将仇报者，毕竟为数不多。我李林甫行将就木之年，子孙也中庸无能，岂能不保晚节？”喘息片刻又道：“臣居相位十三年来，以身作则，克己奉公，使奸佞小人无隙可乘。他们切齿于臣久矣！臣敢断定奏臣本章者，必与太子有联系！他们名为除臣，实乃欲孤立陛下也！”

明皇本来对皇甫惟明的奏章就半信半疑，经李林甫如此花言巧语一说，就全不相信了，于是安慰他道：“贤卿站起，今后注意形迹，不要给外人提供口实。”

李林甫从来是无理狡三分，有理不饶人的，于是站起开始反攻道：“奏臣本章者，臣尚不知是何人，但臣又获悉皇甫惟明于元宵之夜，不但同韦坚密会于景龙观，而且韦坚当晚还在西市拜见了太子呢。”

明皇不禁一怔，本想让李林甫详察，但觉得方诘责了他，又立刻让他察访，似乎不妥，便镇静一会儿道：“卿且退，容朕细思。”

李林甫去后，明皇立即把太子玙招来诘责。

太子玙接受明皇一天连杀三子的教训，十分胆小谨慎，立即跪下如实回奏道：“皇甫惟明和韦坚确实先后联络过皇儿，有除李林甫之意，但皇儿立即回绝了他们。此事皇儿本应早奏，只因怕引火烧身，未能及时启奏，罪该万死！”说罢声泪俱下。

明皇素知太子仁孝，对所奏全信以为真，遂命李林甫按问。

李林甫立即使苛剥百姓起家的御史中丞王铁、杨慎矜和法曹吉温拘捕皇甫惟明和韦坚审问。皇甫惟明和韦坚皆知此三酷吏残忍，一入狱立即招供。明皇遂降敕贬皇甫惟明为播州太守，韦坚为缙云太守。

左相李适之亦同李林甫有隙，见皇甫惟明和韦坚被贬，心有后怕，乞休散地。李林甫以大学士陈希烈柔佞易制，引为左相，罢李适之为太子少保。

韦坚有两个弟弟，一为将作匠韦兰，一为兵部员外郎韦芝，两人年幼，初生牛犊不怕虎，上书为韦坚诉冤，并请太子作证。太子恐惧莫名，表请同韦妃解缡。明皇深感太子仁孝，谨小慎微，拒绝其解缡，又迁怒于韦家，贬韦兰和韦芝于岭南，长流韦坚于江夏。

李林甫仍不罢休，便趁机严惩不服己者，诬陷左相李适之、太常少卿韦斌、雎阳太守裴宽、嗣薛王琄等数十人和韦坚同党，皆贬出朝廷。

次年，太子妾杜良娣的姐丈兵曹柳勣，因向岳父杜有邻借钱未遂，便诬告杜有邻妄称图谶，私结太子。

李林甫心想，女婿告岳父，岂能不实，便借机大显威风，将不服己者一网打尽。

吉温最善于领会主子意图，于是对柳勣道：“只要你能把北海太守李邕、淄川太守裴敏复、著作郎王曾等十五人连引入案，可擢你为侍御史。”

柳勣信以为真，遂依其意诬之。

吉温又怕柳勣泄密，便将他同他所连引的十五人，一起用棍杖死，于是惨叫连天，血肉横飞，尸积法堂。他们的妻子皆流放岭南。

李林甫犹恐韦坚和李适之死灰复燃，时时寻机杀之。恰在这时，被贬往江夏的原中书侍郎王琚，对李林甫心怀不满，遇人通信抒发积愤曰：“贬谪流落知多少，何日明皇又增辉？”被人告发，李林甫便趁机奏称贬官皆怨，欲勾结谋反。明皇遂效法武太后时万国俊杀流人的手法，遣监察御史罗希奭至岭南巡按，凡遇贬官皆杀之。一时群县惊惶，里巷恟恟，皇甫惟明和韦坚兄弟皆被杖死，李适之忧惧，吞药自杀，其子收尸，归至东都时亦被杖死。免死者只有原户部尚书裴宽。他听说罗希奭至，跪在三里之外迎接叩头祈生。罗希奭在马上砍他一刀，未砍中，急于赶路不复砍，使他幸免。

死得最惨的是王琚。他听说罗希奭已至，自知难免，便饮药自杀。只因药力不足，肠如刀绞，疼痛万般，欲死不能，求活不得，惨叫连天，约一个时辰，他才声息渐消，含恨死去。

李林甫仍未解恨，又追查韦坚的余党，将他任江淮转运使的船夫、杂役等数百人，囚死狱中。从此阴云密布，朝野恐慌，人人自危，称吉温和罗希奭为“罗钳吉网”。连杨钊也不寒而栗，收敛了形迹。

且说杨贵妃入宫以来，见到的官员不计其数，她认为只有皇甫惟明才是才貌兼优的英俊人物。他虽比寿王大几岁，但风流未减，且智勇双全，屡立战功，远超寿王之上，连太子　和从兄杨钊也望尘莫及。因此她产生过幻想——明皇下世后，若和寿王破镜重圆，则又从“父夺儿妻”的苦海跳入“子纳父妃”的泥坑，何如联合皇甫惟明废唐，这样既报了私恨，也许还可享受女皇帝的尊荣。且有武则天的经验教训可鉴，定可缩短成功的路程。岂料李林甫老谋深算，似迅雷不及掩耳之势，致皇甫惟明于死地。

她感叹莫名，自怨自艾，作诗抒怀曰：

自古佳人常薄命，
玉环生来运多舛。
割却俊夫伴翁公，
抛子弃女有谁怜。
乍逢英才魂魄散，
可叹昙花又一现。
男尊女卑缘底事，
玩世不恭奈何天？

且说李林甫铲除异己一年之后，其内部发生了分裂。因杨慎矜受明皇厚待，擢为刑部尚书，将有入相之势，李林甫怕他逼己，遂使御史中丞王鉷伺机图之，王鉷也正与杨慎矜有隙，乐意为之。

杨慎矜本为王鉷的表叔，王鉷的超升多为杨慎矜引荐。当王鉷擢御史中丞后，杨慎矜以恩人自居，仍呼他的姓名，不唤中丞。王鉷心中不悦，自恃同李林甫善，处处对杨慎矜不恭。而杨慎矜位在他上，岂能低首下心，还向他人宣扬王铁母出身贫贱等事。王铁受李林甫指使后，遂向明皇告发杨慎矜与术士史敬忠来往密切，“史敬忠曾言天下将乱，劝杨慎矜于临汝山中买庄田，为避乱之所。杨慎矜有侍婢名叫明珠者色美，敬忠屡目之，慎矜便遣赠史敬忠。”恰好次日史敬忠载明珠从杨贵妃姐柳氏楼经过，柳氏请史敬忠上楼，见此美人标致异常，便要求留下。敬忠不敢拒绝，遂赠送柳氏。柳氏次日入宫，让明珠跟随。明皇见而异之，问所由来，明珠实言相告，和王铁所奏完全相符。明皇便怒道：“杨慎矜这厮实在可恶，朕待他不薄，竟敢同术士讲妖弄法，居心叵测！”

柳氏将此事告诉杨钊，杨钊正盼李林甫党内讧，立即转告给王铁。王铁为了讨好李林甫，又添枝加叶，向明皇奏杨慎矜一本，“慎矜乃隋炀帝玄孙，家藏谶书，与术士往来，以谋复祖业……”明皇大怒，将杨慎矜下狱，命殿中侍御史卢铉和杨钊按问。因卢铉同杨慎矜引荐的太府少卿张瑄有隙，遂诬告张瑄曾和杨慎矜谈论图谶，将他收入狱中拷打百端。但张瑄拒不自诬，并破口痛骂。卢铉恼羞成怒，跨上前去，脱其袜塞入他口中，又以木棍缀其足，使人牵引枷柄，向前猛拉，其身加长半尺，腰细欲断，鼻眼出血。又向他讨供，他仍摇头侧目。

杨钊又命吉温去汝州捕术士史敬忠。

吉温的父亲和史敬忠是好友，吉温幼时，史敬忠时常抱抚之。吉温捕获史敬忠后，有些打不开情面，让狱卒锁其颈，以布蒙头，驱之马前，不与交言。

史敬忠心中有些纳闷，于是问狱卒道：“我犯了何罪？为何要蒙上头脸？”

狱卒道：“这是京兆府法曹吉温的命令，任人不知。”

史敬忠一听是吉温捕他，于是连喊吉温的乳名，“七郎你何无襁褓时之情耶？”

吉温无奈，使狱吏诱供道：“杨慎矜已招供请你论谶，谋复祖业。你只一证，即可获释，否则必同死矣！”

史敬忠心想：吉温办案从来残酷，所捕者无一幸免，而杨慎矜亦是酷吏，为虎作伥，害人无数，死有余辜，我岂能为他而死？便毅然道：“七郎，请赐纸笔！”于是依马劲书，连答三纸，颇合吉温心意。

吉温连忙拜谢道：“此乃公事，请大人勿怪。”

当把史敬忠带至法堂作证时，杨慎矜却道：“史敬忠言在我家论谶，可谶书在何处耶？只有人证，缺物证，其间能无诈乎？”

李林甫和杨钊皆不禁一怔，互相看了一眼。吉温心想：张瑄也没招供，唯恐败露，一时无言可对，低下头去。

侍御史卢铉灵机一动，“必定藏在你家，待吾去搜！”急忙找来一本谶书，藏于袖中，带狱卒十余人到杨慎矜府中查抄。卢铉趁众人不注意之际，将谶书从袖中取出，招摇着大嚷道：“已获矣！”旋回至法堂示之。

杨慎矜见从他家搜出谶书，连喊冤枉，“吾家从无谶书，此何以在吾家耶？”

吉温以为如今人证和物证俱在，便先斩后奏，不待他把话说完，便拔出宝剑，照头猛劈。刹那间杨慎矜脑浆迸裂，惨死法堂。

接着杨慎矜兄少府少监慎余、洛阳令慎名皆被赐死于家中，其妻子流放岭南。太府少卿张瑄杖六十，流放临封。史敬忠仗一百，流放岭南，其亲友皆罢官去职。

李林甫诛灭翼下劲敌后，只剩下爪牙王鉷和“罗钳吉网”。那狡猾的吉温自杨慎矜死后，顿起兔死狐悲之念，觉得李林甫阴险毒辣，不可久持，欲做他图。

欲知后事如何，且看下回分解。

第三十回

唐明皇屈尊讨欢
安禄山卑膝取宠

御史中丞杨慎矜被诛，明皇遂以杨钊为兵部侍郎兼御史中丞。李林甫为钳制杨钊，荐引王铁为户部侍郎兼御史大夫。那狡猾的吉温权衡李杨二党，觉得虽然如今李林甫势大，但杨钊为后起之霸，他又有杨贵妃为恃，其前程可畏。于是毅然改投到杨钊的门下。吉温投靠杨钊，于是赴势者纷纷趋之，一时杨钊门庭若市。杨钊急于揽权，不论贤愚忠奸，来者不拒。

且说有个戴罪立功的白衣将军安禄山，闻听此信，也星夜投奔而来。

安禄山本为营州胡人，自幼丧父。其母是个巫婆，行游四方，后来改嫁给突厥安延偃，故冒姓安氏。他体魄高大健壮，虎背熊腰，骁勇异常，投军平卢节度使张守珪帐下，因屡立战功，俘获无数，深获张守珪喜爱，收为义子，称他为“捉生将”。但胜败乃兵家之常事，从无常胜将军。有天夜晚，安禄山恃勇轻敌，贪功冒进，中契丹埋伏，丧失三千人马，狼狈而归。节度使张守珪依法问斩。安禄山临刑大呼曰：“元帅不欲灭契丹耶？奈何杀我安禄山？只怕死我安禄山一人，亿万契丹生矣！”

张守珪被他数语所激，怜才之心油然而生，遂想出一个缓刑的办法，将他解送京师，请朝中处置。当时是张九龄为相，批曰：“昔日孙武练兵时，吴王的爱妃因犯军纪就给杀了，而张守珪军令若严，就该当即把安禄山斩之。如今解来京师，若非有意宽宥，即为借刀杀人。安禄山失律丧师，不宜赦免。”

明皇虽认为张九龄之言有理，但觉得安禄山一是骁勇可嘉，二是昔日有功，三是违犯军纪的原因是为争功图赏，其心不恶，所以情有可原，兹令从轻发落，削职为白衣将军。

而安禄山野心勃勃，岂肯善罢甘休，于是窥窃时机，妄图东山再起。张九龄罢相之后，他就蠢蠢欲动，曾投靠李林甫。李林甫认为他是罪臣，拒不敢用。

此次安禄山赶到京师杨府，正值傍晚，他佯称是个术士，预卜到杨中丞即将大祸临头，并称他有破法，可转祸为福。

杨钊听此，立即传入密室接见。

安禄山效法当年胡愔投靠武三思时的伎俩，进得门来，突然大哭一声，然后连笑三声。

杨钊急忙问他何故，他不卑不亢，侃侃答道："我哭为了杨御史中丞，我笑亦为了杨侍郎，都不是为我罪臣安禄山。"

杨钊更感到跷蹊，让他细讲。

安禄山煞有介事地道："杨中丞祸到眼前，尚不自知，所以我首先痛哭——中丞的名讳'钊'字，系'金'和'刀'二字拼就，佩金刀者只有皇帝，岂不犯大忌么？且中丞和宰相李林甫不睦，他正欲寻机进谗，你还蒙在鼓里，盲目乐观，岂不十分可悲么？"

杨钊认为他所言甚为重要，顿起敬意，急忙问他："这可怎么办呀？"

安禄山道："我有一计，可让中丞马上转祸为福。"并故意停顿一下使他着急。

杨钊道："快请讲！"

安禄山道："中丞可立即进宫，奏请皇上允自己改名。"说罢，又停顿下来。

杨钊又催问道："改什么名字呢？我想你已代我考虑妥当了。"

安禄山道："我替中丞考虑了三天三夜，只有两个字最为恰当。"又停顿下来。

杨钊道："快讲！"

安禄山道："当皇帝的无不喜欢忠臣，把中丞的'钊'字改为'国忠'二字，要算最好不过的了！"

杨钊听后喜不自禁，拍案叫绝，并决定马上进宫，起身欲走。但又忽然想起尚未和安禄山把话说完，"你方才大笑三声是为何故呀？"

安禄山伸出大拇指，扬扬得意地道："我一笑为了杨中丞转祸为福；二笑李林甫有眼不识泰山，拒绝我安禄山投靠；三笑中丞慧眼识英雄，使我罪臣安禄山有了用武之地。”

杨钊听罢更加高兴，暗想：此人不但智勇双全，而且很善辞令。他这三声大笑，表面上是为我杨钊，实际上全是为了吹嘘他自己，而且他的目的是来求情复职，却不直接道出，可见其聪慧。于是收为门徒，吩咐留住府中，从优相待。他转身欲走，安禄山从腰中掏出一袋东西道：“皇帝富有四海，财宝山积，罪臣无珍贵奉献，只带来我们胡人的‘助情花’百粒。此为滋补良药，色赤似心，大如红豆，每晚一颗，可益寿延年。请转交明皇陛下，略表寸心！如蒙垂爱，愿当义子，孝忠皇帝。”杨钊对此药的性能，也知就里，便不细问，忙装入袍袖，即乘轿入宫。

这时望月初上，有几片白云缓缓飘浮在空中。明皇正和杨贵妃并坐在窗前谈心。面前设一个茶几，上面放有栗子、红枣、鲜桃和红杏等。明皇先咬了一口鲜桃，甜汁溶心，蜜意油然而生，似乎连一个也舍不得自吃，连忙送到杨贵妃的嘴边，“这是山东特产的蟠桃，汁多肉细，可用麦秆插进去吸干，请妃子都吃了吧！”

杨贵妃连忙从盘中取过一个，张口去咬。明皇有些不乐，“莫非妃子嫌朕口脏么？”

杨玉环道：“陛下太多心了，妃子曾听说春秋时有个叫弥子瑕者，让国君卫灵公啖余桃，她后来遭杀身之祸。妃子岂不应该避讳么？”

明皇虽然怀疑她所言是否真心，但自己却无言答对，于是搭讪道：“妃子知道的典故还真不少呢！”遂将余桃填到自己嘴里咀嚼。

待杨贵妃吃完一个之后，明皇问道：“味道如何？”

杨玉环淡淡地道：“味道是不错，但比起蜀中的荔枝来，还相差甚远！”

明皇道：“荔枝虽好，但极易腐烂，五天之后色味皆变。而蜀中距此数千里路程，即使让各驿站跑马传递，只怕也难如期送到！不过朕可以传旨试一下，妃子意下如何？”

杨玉环十分机灵——此乃劳民之事，若表示赞成，传将出去，有损自己的声誉。于是卖了个关子，“奴婢只是说荔枝好吃，并非说非吃不可，此等劳民之事，奴婢岂敢承当。若是陛下想吃，请传旨是了。”

明皇又搭讪道：“我只道妃子慧口秀心，原来还是巧嘴八哥呢！就以朕的名义传旨是了。妃子在蜀中长大，只知蜀中荔枝好吃，恐怕还没吃过广州海南的荔枝吧？那味道才好呢！只是路途遥远，恐怕五日难以运来！不过，日夜兼程，也许能够办到。哎，不妨双管齐下，命蜀中和海南同时采运而来。”说毕，连忙窥视贵妃的表情，恰好这时有片浮云将月遮住，光线暗淡，他见她似乎是冷若冰霜，忽然灵机一动，“妃子的生日是六月十五吧？”

杨玉环又抢白他道：“奴婢告诉你不止一次了，真乃贵人多忘事！”

明皇又搭讪道：“不是贵人多忘事，而是我对贵妃的事特别慎重，唯恐记错了，故此再询问询问。今天是五月十五，正好还有一个月，可以敕令两地如期运来。”

杨玉环一会儿仰望初上的望月，一会儿窥视织女星和天河，想到的是何时才能同寿王和一双儿女团圆。宫中的珍馔佳肴，美不胜收，对于荔枝虽也爱吃，但吃与不吃皆无所谓，只是随便提提而已。然而明皇却如此想方设法地迎合自己，对其用心有些可怜可悯，欲待和他亲热一番，但总是提不起兴趣来。

明皇为了讨她喜悦，挖空心思，沉默良久，方又搭讪道：“妃子族家要算杨钊最为精明了，我看他似有宰相之才。”

杨玉环对此虽感兴趣，但不肯轻易流露，只冷冷地答道：“他是奴婢的再从兄，支派已远，其人的才能情操我所知甚少，请陛下量材而用，千万莫以奴婢的情面格外相待。”

明皇抬头看看月亮，刚穿过一片白云，天空、院中渐趋明朗，杨玉环的容光也焕发起来，遂紧接着道：“用人唯贤是对的，但对皇亲总应优厚一些。武太后时，倡言‘唯贤是择，不分士庶’，一直为人所乐道。实际上当时的大周江山，还不是被他们武家把持了么？”

杨玉环故作吃惊地道：“请陛下千万莫用武太后和奴婢作比，武太后才智过人，精通经史，奴婢系才浅学疏的庸俗之辈，只不过稍具姿容，被陛下错爱了。”

明皇绞尽脑汁，搜遍枯肠，再找不出能使杨玉环高兴的话题来，又抬头望月，佯为遐想。浮云又从月下飘动，似是月亮在加速升起，这本是很平常的现象，顽童也知道其中的道理，但因他实在再无话可说，便问杨玉环道：“你看月亮，这会儿咋升起得这么快呀？”

杨玉环明知他是故意问的，便顺水推舟，假装糊涂，吃惊道：“呀，这是为何呀？莫非天要塌么？”

明皇看着她那天真烂漫的样儿，虽然明知她有意嘲笑自己，但也愈觉得她妩媚可爱，恨不得搂着亲她，又怕她拒绝。

正在这当儿，念奴忽然蹑手蹑脚地走来，低声奏道：“杨钊国舅求见!”

明皇立即宣入接见。

杨钊施礼毕，看了看他们二人的表情，便风趣地道：“今晚月亮特别明朗，我正在纳罕，原来是皇帝同贵妃赏月呢!”

明皇听后心中乐滋滋的，笑逐颜开，“国舅夜晚入宫，一定有重要的事喽!”

杨钊道：“没什么要事，而是喜事。”他故意卖关子，停顿下来。

明皇抬头看看杨玉环，也在注意听奏，于是催促道：“快讲呀，喜事比要事还好哩!”

杨钊见已引起皇帝和贵妃的兴趣，这才眉飞色舞地继续道：“平卢节度使张守珪麾下的罪臣安禄山，蒙陛下宽刑活命，前来谢恩，进献特产‘助情花’百粒，既可延年益寿，又能壮筋提神。”说着即取出送给明皇，又道：“他还说陛下是他再生的父亲，请为义子，永远孝忠陛下。其人力大惊人，勇猛异常，曾有‘捉生将’之称，威震契丹。常言道：‘浪子回头金不换。’若陛下能将他收为义子，则东疆可永保无患矣!”

明皇早闻“助情花”比汉人的“恤血胶”神效，因系胡人配制，尚未得见，据传胡人身强力悍，多和此药有关，所以想得之已久。打开看了一下，便连忙细心地包好，放置怀中。

这时突厥已一蹶不振，只有吐蕃和契丹尚为边患，为明皇的两大心事。明皇想，若能确保东疆，则可集中力量讨伐吐蕃矣，所以他很是高兴地问：“安禄山现在何处?”

杨钊道：“暂住寒舍。”

明皇转向杨玉环，“臣下皆说朕子孙繁盛，已逾千数，多福多寿，再收个义子，岂不福寿更多么？我既是义父，妃子就是义母，不知妃子心意如何?”

杨玉环心想，自己的一双儿女皆被割舍，收个义子也许能填补些寂寞，便应道：“任凭陛下。”

明皇听她的口气是默认了，便兴奋地道：“让安禄山明日午时，到便殿谨见是了。”

杨钊又接着奏道："臣还有一事想奏！"

明皇道："可以，快说。"

杨钊道："臣名'钊'字，可拆为'金'、'刀'二字——'金刀'乃朝中禁物，似乎犯忌，请赐名'国忠'可好？"

明皇听罢不禁一怔，既觉得自己的疏忽，又深感杨钊的赤诚，于是欣然道："卿忠心可嘉，易名'国忠'甚善，今后当拜汝为相。"

杨国忠闻言喜出望外，慌忙跪下谢恩。

杨玉环自杨国忠进宫，心情渐佳，明皇要给杨国忠提职，她愈为愉快。明皇即趁机携她归寝。是夜，杨贵妃对他的热情倍增，故次日晚起。

次日午时，杨国忠即领安禄山入宫拜见。是时，明皇和杨贵妃方用罢早膳。

安禄山进门整整衣冠，笨拙地走到杨玉环面前，跪下就拜，口呼"义母千岁"不迭。

明皇吃惊道："安禄山你应该先来拜朕，再拜贵妃才是！"

安禄山爬将起来，跪拜明皇面前，"我们胡人，只知其母，不知其父，故以拜母为先。"实际上这是他一派胡诌。他觉得当时唐朝官员惧妾者居多，想必是上行下效，故要此花招。

明皇让他在左侧太师椅上就座，他却站在那儿愣了一会儿，又佯为拘谨的样子，嗫嚅道："臣实在不该这么肥胖，只怕坐不进去，更怕勉强坐进去后出不来了。"说罢，故意坐进去试验，果真椅子卡住了屁股，他站起来摇摆三圈，方把椅子卸下，逗得明皇大笑。杨玉环亦乐不可支，用团扇遮住半张脸，抿着嘴窃笑——这是她入宫以来第一次开怀。然而安禄山却像个滑稽大师，自己一点不笑，还紧绷着脸，似傻若痴，又坐了下去，供人欣赏。

明皇问他："安卿是何时开始肥胖若此？"

安禄山一本正经地回道："是从去年陛下对臣宽刑免死之日。当时我喜出望外，大吃大喝，庆贺我的第二次生命。因为我爱吃红桃，一天吃两筐，三天就增加体重一百斤！"

明皇怀疑地道："呵！会有这么快？"

安禄山道："心宽体胖嘛！我要说一个字的假话，就是个大王八！我若是原先就这么胖，咋能冲锋陷阵，一天俘敌八百，荣获'捉生将'的称号呀？"

明皇问道："你有二百斤了吧？"

安禄山猛站起来，拍拍肚子，"光肚腹的重量就有一百斤，总共净重二百五十八斤八两，若不够数，可砸断俺的秤杆子，且治臣以欺君之罪！"

明皇道："你肚子里都是什么东西呀？"

安禄山道："我是吃红桃发胖的，满腹都是红桃忠心呀！"

明皇听罢更悦。杨玉环亦不断地哧哧窃笑。明皇见杨玉环高兴，又想方设法逗安禄山。心想，他这么胖，是很难跳舞的，于是挑逗道："听说你们胡人皆善歌舞，安卿何如？"

安禄山明知是逗他，却故装傻弄痴把话说错，"我肚大如鼓，力大如鼠……"

杨国忠寻到插言机会，吃惊道："呵，力大如鼠？"

安禄山道："不，不，不……肚大如鼓，胆大如虎，既会打仗，又善跳舞。"

杨玉环听说他会跳舞，简直不相信自己的耳朵，暗自吃惊：我的天，他这个肥劲儿，活像个大水缸，咋旋转得动呀？

明皇亦很怀疑，"卿善跳舞？你给朕跳跳看。"

安禄山道："臣不但善于跳舞，而且能跳最费力气的胡旋舞，可以正转一百，倒转八十，头不晕，气不喘，身体不歪，面不改色。请速传乐工，拉胡琴伴奏。若有一句不实，臣愿领欺君之罪！"

明皇颇感新鲜，立即命高力士传来乐工。

安禄山身体一歪，向乐工施了一个胡人礼节，便翩翩起舞了。开始时慢慢悠悠，似乎是举步艰难，摇摇欲坠。实际上是他故意先给人些错觉，以衬托他后来的技巧。待众人皆认为他即将丢丑时，只见他突然加快速度——初时还能看到他手脚的摆动和鼻子、眼睛，但他愈转愈快，不一会儿，一切都模糊了，到后来简直成了一个肉陀螺，只听到他口中数圈数的声音，大家无不屏息入神。当听到他数至一百时，戛然而立，其身似同一个石柱直立不动。这时大家都屏住了呼吸。他刚喘一口气，又开始倒转了—— 一开始就是飞转，最后似乎飘了起来，脚不沾地。他原说倒转八十圈，可能是受宠若惊，激动过度，结果倒转了一百五十圈，方才止步。

杨国忠为了献媚，急忙走上前去，看了看安禄山的表情，向明皇奏道："的确如他所说——气不喘，面不改色，只是满身淌汗。"

明皇夸赞道："安卿真是力大惊人呀！"

安禄山奏道："臣从来没有旋转过这么多圈，今日为了使我的再生父母高兴，我忘记了一切，即使跌死在陛下跟前，我也心甘情愿，那样必能留芳青史，是我安禄山最荣幸不过的了。"说罢，他举目环顾，看见明皇带有宝剑，遂跪上前去，举起双手，"皇帝陛下，我的再生父亲，请把宝剑赐给我，让我剜出来我满肚子的忠心看看吧！"他居然还挤出了几滴泪水。

明皇把他扶起，"人心的好坏，剜出来只怕也难分辨的。常言道：'日久见人心。'只要义儿能把契丹镇服，就是对朕最忠心的证明。"

安禄山又灵机一动，胡诌道："我听说汉人还有一句俗话'背后出真言'。去年秋天我的故乡营州管内发生蝗灾，儿臣烧香祷告苍天，'若是我对皇上不忠，可让蝗虫把庄稼吃光；若念我安禄山深感皇上活命之恩，日夜思报，请速灭蝗虫！'儿臣刚祷告完毕，忽见一群乌鸦从东方飞来，刹那间把蝗虫吃光。那个领头的乌鸦，身长三尺，红头绿毛，肯定是神鸟！"他说的时候，用双手比画着，眉飞色舞，活灵活现，颇使人真假莫辨。

明皇自从行罢泰山封禅大典——秦汉以来皇帝最隆重的典礼，感到功成名就，心中最大的憾事，就是没寻到长生不老的神丹妙药。听安禄山说有神鸟，就特别兴奋，急忙追问道："那领头的乌鸦是红头绿毛，你可看清楚了？"

安禄山又诌道："是的，一点不错。儿臣有两件宝，一是肚大胆大——奋战忘身，二是眼大眉粗——明察秋毫。"说罢向明皇脚前一望，"陛下左靴子上有两只衣鱼蛀虫呢！"

明皇"呵"了一声，"哪里？哪里？"

安禄山猛跪上前，小心翼翼地捉起来放在手心上，让明皇看毕，伸舌头舐进嘴里，似同狗啃骨头，用力咀嚼，"谁要是稍微对陛下不忠，我就恨不得把他的心掏出来，嚼成碎末，哪怕它是个蛀虫！"

杨国忠和乐工们对安禄山如此厚颜无耻的表演，无不恶心欲呕，但怕明皇怪罪，都以衣袖掩住口鼻窃笑。

杨玉环对红头乌鸦之说虽然仍持怀疑态度，但却认为安禄山对明皇的忠心是可信的。明皇已被安禄山哄骗得迷惑了，遂道："朕立即复你原职——不，不，我再加封你个范阳采访使的职务！”

安禄山又连忙跪下谢恩，感激涕零地道：“儿臣本应戴罪立功，实在不敢蒙恩加封。且儿臣任重才浅，诚惶诚恐。”

明皇勉励他道：“爱卿体壮且勇，何患之有？”

安禄山继续涕泪交零地道：“儿臣实在却之不恭，受之有愧呀！”

高力士见水到渠成，便趋前帮衬道：“过谦不如从命！”

安禄山这才站起来发誓道：“儿臣定在一年之内镇服契丹来降，扩边八百里，效忠陛下。”因他的目的已经达到，正要同杨国忠离去，适逢太子玙进来奏事。

明皇便让安禄山对太子玙下拜。

安禄山假装不懂，连眨几下眼皮问道：“太子是何官衔？”

明皇道：“太子是朕的嗣君，朕万岁之后，他就是大唐的皇帝。”

安禄山仍装就痴愚的样子，从上到下把太子玙打量一番，才勉强歪歪身子，施了一个胡人的礼节，随即同杨国忠下。

欲知后事，且看下回分解。

第三十一回

采访使骗奚媚唐
李林甫钩心斗角

安禄山返回平卢，将入京受封情况向义父张守珪禀告，张守珪欢喜异常，“义儿转祸为福，似有天佑。为父年逾花甲，愿让职义儿，乞休还乡，以娱晚年。”

安禄山闻此十分高兴，但为了显示恭孝，故作谦虚道：“孩儿得拔于泥涂，实蒙义父垂青错爱。如今儿羽毛未丰，实在不愿离开大人。且大人归里之后，孩儿远在边疆，难以捧奉晨昏。这抚养之恩未报，我于心怎安呀?”刹那间挤出泪来。

张守珪抚着安禄山的肩膀劝慰道：“常言道：‘忠孝不能两全。’这‘天地君亲师’，还是应以尽忠为先呀!”于是就撰写辞呈，遣手下送往京师。

安禄山自然十分高兴，但怕不能准奏，所以又用计立功邀宠。他儿时有个要好的伙伴史窣干（即史思明），他们曾一起当过同奚族和契丹互市的牙郎。史窣干亦十分机智狡黠，能言善辩，又熟悉奚语。此次安禄山定计，让他冒充大唐和亲使，去见奚王。史窣干去后，奚王不知是计，对他隆重礼遇，日日花天酒地待他。时经一月，奚王筹备了貂皮、人参、金银财宝十车，遣一百五十人随史窣干去长安行聘。史窣干仍嫌不够隆重，又对奚王道：“王赠馈聘礼可谓不薄，但所遣人员不但数微，而且其才皆庸，有损王的威望。闻王有良将且善言的名叫琐高者，只有他方足以见天子。”

奚王认为颇有道理，心想，历来使臣皆需能言善辩者，方能不辱使命，便让琐高带领三百人，随史窣干入朝。

琐高虽然智勇双全，但从未见过圣旨，一时真假难辨，在途中便对史窣干进行试探，“唐天子既答应和亲，想必公主已经指定了。”

史窣干利索地回答：“除汉武帝用亲公主和亲之外，从无一个亲公主和亲的，皆是临时指定。王昭君是宫女，文成公主是远房。”

琐高又问：“我听到有‘假传圣旨’之说。你对大唐甚是熟悉，那真假圣旨咋样鉴别呀？”

史窣干又爽朗地答道：“我只见过真圣旨，从无见过假的，故不知如何鉴别。”

琐高见他答得滴水不漏，心想旁敲侧击是不行了，突然对部从大喝一声，“把此贼子给我捆了！”

部从一拥而上，刹那间把史窣干捆了个结实。

但史窣干早有精神准备，所以面不改色，从容地道：“奚王起初是没派将军来的，是我特请的将军。而且我早知琐高将军智勇双全，若是假传圣旨，我岂肯特邀将军么？更何况我的祖先也是突厥胡人，明皇不是昏君，岂能认贼作父么？将军为了效忠奚王，理该细心谨慎，但‘智者千虑必有一失，愚者千虑必有一得’。将军把我杀了，我死倒不足惜，只是恐怕惹怒了唐天子，认为奚王拒绝和亲，事情可就闹大了。且从来‘两国交兵，不杀来使’，若杀我，这又显得我们奚王是如何愚昧无知呵！尤其是还可能为此引起战争，置数千万奚人生灵于涂炭。”于是涕泪交零，“若是因我而使千万奚人遭了不幸，我的罪恶真是死有余辜呵！”

琐高觉得他不但言之有理，而且表情也十分真挚，所以立即让给他松绑，并致歉道：“我是为了防备万一呵！”

史窣干道：“不怕一万，就怕万一！将军真不愧是智勇双全呀！”

当行至平卢城外时，琐高命停下休息，遣十名侍卫随史窣干入城，拜见安禄山，一则等待来接，二则看看里面的动静。

安禄山知其用意，摒去侍卫，亲自来接。

琐高未看出丝毫破绽，立即入城。

晚宴十分丰盛，琐高唯恐酒中有毒或蒙汗药之类，借口喉痛，一滴不饮，只吃羊肉等美食。但不料砒霜浸在羊肉中，他刚下咽不久，便口吐鲜血而亡。随来的三百名战士当场毒死的毒死，未毒死的束手被擒，皆坑埋于荒野中。

有一幸免的小卒星夜兼程赶回禀报奚王。奚王闻听噩耗，悲愤不已，但丧失了大将，深感恐惧，立即撤退八百里，去依附契丹了。

明皇得知此信，高兴异常，深感安禄山智谋超群，“扩边八百里的诺言，半年实现，何其速耶！”于是准了张守珪的辞呈，擢安禄山为范阳和平卢节度使，仍兼河北采访使；授史窣干为将军，并赐名为史思明。

安禄山得旨，立即筹备厚礼——良马千匹，紫貂皮、人参等贵重特产百车，进京谢恩，并携带长子安庆忠去做人质。

明皇对安禄山的到来感到十分欣慰，召集文武百官，在大明宫麟德殿举行隆重的接待仪式和国宴。

宴会上安禄山俨然一副功臣的架势，坐在明皇座旁，对于宰相李林甫、御使中丞杨国忠、权阉高力士皆不屑一顾。他们三人给他敬酒时，他举杯就饮，既不谦让，也不回敬。

杨国忠最为恼火，散宴之后，刚下殿台步入甬道，就发泄起来，“这个猪猡，毫无人性，当初他罢官时节，对俺卑颜屈膝，极尽献媚之能事。如今刚一走运，就过河拆桥，盛气凌人，尔后可还了得呀？”

李林甫便双关地挑拨道：“这口肥猪，实在太肥了！”

杨国忠心领神会，“他一下子身兼三职，掌管十万人马，可不能让他再肥下去了。”

李林甫道：“我有一计，把他迁入朝中，来个明升实降，贤弟以为如何？”

杨国忠沉默思量：若迁他入朝，可能位在己上，而不会高出李林甫去。且安禄山爱趋炎附势，肯定会同李林甫联合。如今李林甫一人尚扳不倒，若他们二人勾结在一起，自己则成功无望矣！所以他巧为措辞道：“安禄山十分狡黠，素多智计，若迁他入朝，则便于他同全国各地节度使勾结，这与引狼入室何异？且他善于迷惑皇上，那时只怕李宰相的位置也难保哩！”

李林甫认为其言虽有一定的道理，但觉得安禄山是胡人，在朝中似无根之木，而杨国忠系皇亲国戚，最为可怕，所以想扳倒杨国忠，仍要借用安禄山，采取联安打杨的策略。他为了蒙蔽杨国忠，巧为措辞附和道：“老弟言之有理，真不愧是风华正茂，后起之秀，具有高瞻远瞩之才，愚兄是望尘莫及了。”

杨国忠认为李林甫上了自己的圈套，实际是他上了李林甫的圈套——被李林甫几句虚美之词捧得飘飘然。他们走到丹凤门以外方告别，各自上轿回府。

散宴之后，安禄山立即跟随明皇去后宫拜见杨贵妃，携带的礼物只有三样：人参、灵芝草和一只白鹦鹉。他一进门就跪下叩头，“母妃福安！一年未见，思念如渴。宫中集天下之宝藏，无所不有，孩儿地处遐荒，无珍贵之物可献，恨不能将肉割下孝敬娘娘。思之再三，方选此三样薄礼，请母妃笑纳是幸！这些一可保母妃芳容长在，二可供母妃消遣解闷。”

明皇看看安禄山痴诚娇憨的样儿，喜上心怀，笑道：“你给朕带来什么呢?”

安禄山急忙转脸跪向明皇，从左腰中乱掏，假装寻找不到，显出着急的样子，良久方道：“给父皇带的仍是‘助情花’一包，五百粒，不慎给丢了。请父皇海涵是幸!”猛磕三个响头。

明皇佯怒道：“给你母妃带的三样礼品，一样未丢，给朕只带一样，还丢了，可见你们胡人太重母轻父了!”

安禄山佯为忽然想起的样子，“该打，该打，该打!”用右手连续朝自己头上打了三巴掌，用左手从右腰间掏了出来，“孩儿方才受宠若惊，心慌意乱，忘记了地方。”双手递给明皇，然后转向杨贵妃暗送秋波。

明皇见状，有点纳闷，问道：“你欲干什么?”

安禄山掩饰道：“不给孩儿让座，难道教孩子儿跪成瘸子不成?”佯为赌气的样儿。

明皇道：“那就坐你母妃跟前吧!”

安禄山喜形于色，“谢坐!”慌忙爬起。

杨贵妃早已看出安禄山的邪念，觉得他既可悲又可笑。当安禄山往她身边一坐，她感到喜厌掺半，立即去观看鹦鹉。那鹦鹉的确很机灵，见安禄山给它一打手势，就连叫两声：“娘娘好！好娘娘!”这是安禄山苦心训练半年多才训成的。

杨贵妃见鹦鹉训练有素，便趁机问道：“这鹦鹉养几年了?”

安禄山急忙回答：“刚一年呢!”

杨贵妃接续道：“这个小鹦鹉头脑倒还灵，就是太肥蠢了，羽毛也不够洁白，当然比乌鸦好看得多，可同天鹅比还相差十万八千里呢!”

安禄山急忙接道："妃娘是否吃醉酒了，说话怎么前后矛盾呀？这鹦鹉再肥也没天鹅重呀！天鹅是吃肉的，这鹦鹉是给娘娘解闷的。依孩儿看来，这鹦鹉的好处可比天鹅还好得多呢！"

明皇被蒙在鼓里，糊里糊涂，还不知就里，便插言道："各有各的好处，就观赏，天鹅的确不如鹦鹉，尤其是白鹦鹉，更不易得；论肉质，当然是天鹅最鲜美，但是天鹅稀少，不易捉到。"

杨贵妃又道："天生万物，形态各异，鹦鹉宜瘦，天鹅宜肥。若天鹅瘦成鹦鹉，鹦鹉肥成天鹅，岂不都成了畸形么？小鹦鹉总以一斤多为宜，这个鹦鹉将近三斤了吧？"

安禄山愈听愈觉得是暗指自己，于是顺水推舟开个玩笑，"净重二斤五两八钱。"

明皇也有所悟了，"有一百个小鹦鹉正好和安卿一样重呀！"于是大笑。杨贵妃也不禁微笑了一下。

安禄山见杨贵妃对他总是淡淡的，提不起兴趣，心想，也许是她有什么心事，便悻悻离去。他当晚住在馆驿中，浮想联翩，于是次日入宫哀求道："再有三天，就是我的生日，请父母给我举行洗礼如何？"

明皇看看杨贵妃无任何表示，于是道："容朕细思，卿且退下。"

安禄山听明皇的口气，颇有希望，便会心一笑而去。

欲知后事如何，且看下回分解。

第三十二回

安禄山受嘲起色胆
李林甫投机耍花腔

且说安禄山为了献媚取宠，请求过生日洗礼。明皇这时正感到暮年寂寞，很想变换花样寻欢取乐，就满心欢喜应允。杨贵妃已预料到安禄山是癞蛤蟆想吃天鹅肉，也决定借此捉弄嘲笑他一番，命太监宫娥们如此如此。

安禄山不知就里，那日早餐毕，立即入宫。两个小太监早已在浴池里准备了热水等候，待安禄山刚脱罢衣服，就把他猛推下去，烫得他呼爹叫娘，满身通红，连忙爬了出来。

一个小太监急忙上前把他从上到下观察一遍，遗憾地道："将军身上连一个泡也没起呢！洗儿不起泡，必定鬼来抱。"

安禄山半信半疑地"呵"了一声。

小太监伸出两个手指，瞪着眼认真地解释道："能起两个泡最好啦，可预兆双喜临门。"

安禄山信以为真，"那有什么办法呀?"

那小太监换作和颜悦色道："还有个补救的办法，待你洗完之后，再用一盆滚热的香水泼到你那大肚皮上，保险能够起泡。你赶快下去洗，我给你端去。"

安禄山刚入池，小太监就把香水端过来，照头泼了下去。那里面一半是香水，一半是尿，滚烫的，安禄山刹那间起了满脸小泡，疼痛钻心，香臭莫辨。

小太监佯为高兴的样子，捧腹大笑，"好好好，满脸泡，好事到！安将军快出浴吧！"

安禄山刚穿上内衣，就被四个宫娥用锦缎包裹，抬进一辆辇车，喧喧嚷嚷，绕着寝宫游行三周，再入其义母杨贵妃内室。观围的太监宫娥起哄讪笑不迭。

安禄山自知是被捉弄，他岂能吃此暗亏，决定要连本加利地报复，便佯为不知，将计就计，仍做痴憨状，准备一次冒险的尝试——好色之徒，色胆包天，更何况他好的是天下第一美人儿。所以当他一被抬进室内，就猛扑到杨贵妃的怀里撒娇。

杨贵妃因缺乏精神准备，躲闪不及，被他抓住了手臂。

安禄山感到一股暖流通遍周身，竟忘乎所以……

明皇早被安禄山的战功和花言巧语迷惑不悟了，认为此情此景是他痴诚的流露，不但毫不介意，还命赐他洗礼银钱百两。

明皇看见安禄山满脸的小泡，因问道："爱卿满脸小泡是洗礼烫的吗?"

安禄山笑道："我只顾高兴，未曾拭摸。"拿镜子自照，满脸好似珍珠一般。

明皇道："你不感到痛吗?"

安禄山笑道："我乐得忘了痛嘛！我们常打仗的人，伤筋动骨已习以为常，根本不知道痛啦。"

明皇听他言语乖巧，默默含笑。

安禄山见明皇高兴，便趁机奏道："儿臣拟将长子庆宗留居京师，请赐一寒舍好吗?"

明皇早已感到安禄山握重兵在外，怕发生万一，想让他儿子做个人质，如今他主动奏请，正中下怀——实际是中了安禄山的迷魂阵，是他阴谋叛乱的护身符。明皇当即允奏，将永穆公主的旧宅永宁园赏赐给他，并敕监作匠扩建池沼亭台，"可极尽华丽，钱额不限"。

安禄山为了制造假象，又奏道："儿臣日益体笨力衰，不适外任，希授一京官是幸！"

明皇道："卿虽体重，但年龄尚轻，待若干年后，定当擢入京师。朕先授卿左仆射（位在宰相之上，但只有虚名，无实权）如何?"

安禄山急忙跪拜，口呼"万岁"不迭。他见明皇已对自己深信不疑，又请为陇右朔方和河东郡牧等使。

明皇心想，若再应允，他就总领天下兵权，万一他谋起反来，定不可收拾，于是婉言推托道："此事须同宰相们商议呢！"

安禄山忙解释道："儿臣受宠若惊，实在不知如何效忠陛下才好！只想让陛下欢度晚年，为陛下代挑重担！故考虑不周，请陛下见谅是幸！"

明皇给他台阶下，"爱卿忠心可嘉，已拜为左仆射，再无他职可封了，特赐千户田产和二十名奴婢。"

安禄山感激涕零，似是痛哭失声，说不出话来，用双手连连抚摩肚腹，"我，我……恨不能把心掏出来……"

明皇道："爱卿勿再言了，朕早已知之。"

安禄山认为又获得满意的结果，便趁机告辞，临行又给杨贵妃叩头拜谢，暗送秋波。

李林甫听说安禄山封为左仆射，虽为闲职，但位列己上，嫉恨交加，便赴杨国忠府中商议对策。

李林甫从未到过杨府，杨国忠见他突然而至，认为必有大事，忙让进密室。

寒暄毕，李林甫道："听说安禄山拜为左仆射，可属实么?"

杨国忠火上加油道："不但属实，他还奏请陇右、朔方和河东节度使呢!"

李林甫装作吃惊的样子，"呵呀，他的胃口可真不小呀!"

杨国忠道："看看他那张大肚皮，就可知他的胃口了!"

李林甫故意摆圈套让杨国忠跳，"他的胃口再大，只不过是欲排斥你我。他对皇上如父，皇上爱他如子，他肯定不会有野心的。"

杨国忠素知李林甫狡黠，知他是欲捉弄自己，亦婉转相驳道："安禄山早已位列我之上，他的迁升只是对丞相不利，与我无什么相干。皇上对他亲密无间，似乎已超过太子。他有野心，简直就不如禽兽了!"

李林甫无奈道："嫡子弑父者屡见不鲜，更何况义子呀!"说至此故意停顿不语。

杨国忠道："你是说……"他也故意中止，以激李林甫把话说完。

李林甫既来之，怎能不吐喉鲠，"我看安禄山是故装痴诚，蒙蔽皇上，肯定是有野心的。他自幼当互市的牙郎，会六种蕃语，屡次用计捉拿奚族的将士，可见他很机灵狡猾，并非猪猡。"

杨国忠见李林甫把心底交出——从说安禄山肯定不会有野心，到说他肯定有野心，兜了一个很大的圈子，这才同他认真交谈起来，"小弟略有同感，可这该如何办呢?"

李林甫见杨国忠步步相逼，深悔自己不该主动到他府上来，使他拿住了把柄。但既已上船，只好顺水推舟，于是又拨动三寸不烂之舌侃侃谈起来，“皇上为中兴明君，你我为皇上股肱，只要你我冒死劝谏，定能挽回圣心。”

杨国忠仍回避道：“小弟位卑言轻，千言难抵宰相一语，还是请老兄先奏为宜。”

李林甫亦推让道：“吾已是行将就木之年，只是尸位素餐罢了。贤弟既膺御史中丞，又是皇亲国戚，乃后起之秀，理应疾恶如仇、据理先谏才是！”

杨国忠觉得既是他主动提出，又言之有理，所以稍微妥协道：“明日上朝，你我同谏是了。”

李林甫这才得台阶而下，告辞回府。不料安禄山已在他家等待多时了。

安禄山认为杨国忠系皇亲国戚，后生可畏，确定了联李打杨的手段，因此而来。但他自恃恩厚，到李府后倨傲不恭。

李林甫心想，他既来拜访，必欲附己，便用计讽喻之，佯称头晕，暂不理他，传令御史大夫王铁来见。

王铁一进门，毕恭毕敬，身屈如弓。

安禄山见状，猜知是给他示范，遂也向李林甫弯下腰来。

李林甫这才询问安禄山的来意。

安禄山嗫嚅地回道：“安某乃蕃人，蒙皇上宏恩，封为左仆射，实受之有愧，还请宰相多多关照！”

李林甫讥讽道：“吾已年逾花甲，尸位素餐而已，安仆射如欲腾达，旗开得胜，宜投靠新进御史中丞杨国忠才是！”

安禄山一听“旗开得胜”一词，点着了自己的心病，不禁一怔，汗流浃背。但他十分机灵，眉头一皱，使了个金蝉脱壳的计谋，“杨国忠阴险毒辣，奸诈有素，他原名杨钊，心中有鬼，改为现名，岂非此地无银三百两么？当今皇上明察秋毫，若拜他门下，必定死无其所呢！我愿给宰相当牛马，也不会到他家去作客。”

李林甫微微一笑，“安仆射真可谓聪明绝顶的了，既有真知，又有卓见。杨国忠曾言你有野心呢！”

安禄山故作吃惊状，“呵，这个奸贼！”佯为气得说不出话来，只是咬牙切齿，嘴唇阵阵发紫。

王铁帮衬道：“这才是贼喊捉贼呢！”

安禄山恶狠狠地道：“我与他势不两立！”

李林甫佯为和事佬，劝阻道：“冤家宜解不宜结，请看在他是杨贵妃从祖兄的身份上，我给你们和解了吧！”

安禄山又想出个“一箭双雕”之计，“我既没有你‘宰相肚里撑舟船’的心胸，也缺乏忍辱苟安的习性，我定和他不共戴天！”又把李林甫奉承得飘飘然。安禄山说罢离去。

王铁孝敬了李林甫一颗夜明珠也立即离去。

安禄山和王铁去后，李林甫心中有说不出的喜悦，暗自庆幸今天的得手——让这两个笨蛋去格斗吧，待他们都筋疲力尽了，我再坐收渔利。于是去到爱妾房中，让备酒肴和他最爱吃的春饼。厨师岂敢怠慢，霎时而就。

却说安禄山在长安逗留月余，把儿子安顿停当，令麾下列骆谷留下侍读，实际是让他作窥察宫中动静的坐探，自己择吉日离开长安。临别那日，明皇携文武百官至灞桥为他饯行。安禄山两眼泪汪汪，似有无限的苦衷，众人面前又不好启口，只道了声：“陛下对臣过宠，臣受之有愧，虽曰爱之，其实害之……”便挥泪而去。

明皇回宫途中，沉默寡语，一直琢磨安禄山的言语。

杨国忠回府也细思安禄山告别时的话，觉得似是有人将朝上议他请节度使事告诉了他，使他不满。此事只有明皇、李林甫和自己知道，便断定是李林甫泄密了。他当晚便入宫借机进谗。

杨国忠去时，明皇和杨贵妃正在对弈，他开门见山道：“安禄山走时似乎很不高兴。”

明皇问道：“你知道何故吗？”又移动了一个棋子。

杨国忠很有把握地道：“肯定是因为未封他陇右和朔方节度使。”

明皇道：“可应允他河东节度使了呀！”

杨国忠道：“常言道：‘欲壑难平。’看看他那大肚子，就可知他的胃口了。他还私谒李林甫呢。”

明皇道：“那么他又为什么私谒李林甫，而不去私谒贤卿呢？”

杨国忠兴奋地道：“物以类聚，人以群分嘛！”

“卿是说他俩都不太可靠么？”

杨国忠道："是的，尤其是安禄山，他外作痴愚，心里藏刀，狡猾甚于石勒。"

明皇道："他出生入死保大唐，只杀得奚和契丹望风披靡，功盖天地。你的根据不足，且退。"

杨国忠实际上还有两条根据，只是不好启口。一是安禄山戴罪时投靠自己求情，如今过河拆桥，可见其缺情寡义。狗是忘不了吃屎的，到得时机成熟时，他岂肯不谋篡么？二是安禄山假装不知太子的职务，实际是他视太子如政敌，故意怠慢之。因此事也是李林甫和自己的通病，故不敢揭破之，只好哑巴吃黄连，隐忍离去。

安禄山回到平卢之后又生一计，奏称："臣拟消灭奚和契丹，招兵十万，筑雄武城，储备干戈粮草。但现只有汉将三十二人，且皆勇气不足，年老体衰，不胜其任，请以蕃将替之。"

明皇见奏，立即召集李林甫、杨国忠、驸马张垍和太子玙商议。

杨国忠和太子玙皆谓安禄山用心不良，反状已著；张垍徘徊观望不语；而李林甫唯恐安禄山入相，动摇自己的相位，遂道："胡人骁勇，汉人怯战，陛下即以厚恩感其心，他必能为朝廷尽忠。"明皇甚悦，遂准安禄山所奏。

安禄山得旨更悦，便对奚和契丹招讨并举，并暗中勾结许愿。

欲知后事，且看下回分解。

第三十三回

唐明皇求仙得贤
李太白遇艳怜香

且说唐明皇使杨贵妃就范之后，感到欣慰无比，想到自己行至暮年，杨贵妃比自己小三十五岁，决定今后也不再纳新妃了。在国政方面，自己实现了接近“贞观之治”的“开元盛世”，且行过历代帝王封禅泰山的大典，也似乎再无所求了。他如今的愿望有二：一是追求长生不老，或者至少能逾百岁、二百岁；二是同杨贵妃尽情地寻欢作乐。

奸相李林甫最善于察言观色，对明皇的喜怒哀乐皆能洞察如镜，遂遣使四处访察高僧，进献长生不老之药。会稽有一道士吴筠，既通道术，又有才学，十分健谈好客。大诗人李白曾慕名而往，隐于会稽一年。李白原籍陇西成纪人，祖先因罪徙于西域碎叶，李白亦出生于彼，后随其父逃归蜀中绵阳。他勤奋好学，并游遍了蜀中名山大川。二十六岁时出蜀，欲寻机报国，刚过三峡，来到荆州，便写了一篇传颂古今的名篇佳作《与韩荆州书》。其间既有阿谀奉承之语，亦露出高傲凌人、才气四溢的言辞，如“请日试万言，倚马可待”、“然后退扫闲轩，缮写呈上”等，所以未被录用。但他毫不气馁，又立即写出了豪放乐观的佳句：“朝辞白帝彩云间，千里江陵一日还。两岸猿声啼不住，轻舟已过万重山。”他顺江而下，饱览了江淮、黄河诸流域的名胜古迹，二十七岁始在湖北安陆成亲安家。后来他父亲谋到山东任城尉的小官，李白携家而往，不久失偶，撇下一双儿女，心绪不佳遂与鲁中孔巢文等隐居徂徕山中，酣歌纵酒，号称“竹溪六逸”。

吴筠被李林甫的门徒发现，召到长安。他直爽地告诉明皇：“道术再高也不能长生不老，只可益寿延年罢了。所谓长生不老药，全是骗人的钓饵，食之稍不经心，反可命丧。奉劝陛下，莫再枉费心机，请抓紧时间，尽情享乐，欢度暮景是了。吾有一友李白，诗才横溢，冠绝当朝，因不得志，隐于会稽山中，若能拔之泥涂，召进宫来，定可为明皇和贵妃佐欢!”

明皇听他言诚意恳，颇有好感，他说李白诗才“冠绝当朝”，似觉夸张，但也不妨招来一试，合之则留，不合则去。遂传旨去召李白。

李白闻旨而至。他因怀才不遇，酣歌纵酒成癖，到长安时已至傍晚，便投宿到胡姬酒店。

当时朝中的奸相李林甫和监门将军高力士嫉贤害能，把揽朝政，听说李白才气出众，唯恐受明皇重用，对己不利，便唆使明皇于次日早上召李白，到兴庆宫沉香亭畔，为杨贵妃歌舞赋诗谱曲，使其准备不及丢丑，借机进谗。

当高力士遣小太监去客店召李白时，李白尚酒醉未醒。胡姬连忙给他整衣，用冷水给他洗脸，使他醒了过来。他摇摇晃晃，仓促见驾，只喊了一声：“臣李白见驾。”跪也不跪，就上车进宫。

李白被接到沉香亭畔，李林甫和高力士见他那副狼狈样儿，暗自庆幸：除却有神仙相助，他是写不出好诗来的。

明皇早听说他嗜酒，今看他那样儿，似是酣醉未醒，遂原情于他，否则，定当处之以辱君之罪。

李白这年方四十一岁，他既长得白嫩英俊，魁梧潇洒，又善于保养，所以其貌似同风华正茂的青年，还略带有寿王瑁的神韵，和明皇一比，真是一个天上，一个地下。杨贵妃一见，竟不禁神魂飘荡起来：自己如今似同金丝笼中的小鸟，与外界隔绝，尤其是对寿王不能一见，任何大典、皇亲欢聚，都敕令寿王不许参与。人生只有一次，青春已去不复来，难道就只能陪此鸡皮鹤发、看之欲呕的老朽忍辱终生么？我已捉弄过安禄山和嗣宁王，奈我如何？不妨今天用眉目挑动一番李白，成则略享调情绰趣之欢；不成也可折磨一下李白，并再刺一下明皇。反正自己已是死过的人，再无什么可怕的了。于是示意乐工李龟年奏起了她自制的梦入月宫听到的“霓裳羽衣”新谱，她随而舞之。她激动销魂，舞姿优美娴雅，又放荡狂欢，并不时地向李白眉目传情。

明皇从未见过杨贵妃如此欢歌畅舞过，心想，一定是她想让李白为她作颂诗之故，便也随着她神魂飘荡起来，竟然不拘形态，夺过一个乐工的鼓槌为之敲鼓。但他老眼昏花，哪里会注意到杨贵妃的心猿意马。

杨贵妃舞罢，已精疲力竭，站立不住，猛扑到栏杆上娇喘，但两眼还不时地向李白瞟睨，唯恐他理会不到。

李白虽也知道杨贵妃原是明皇夺占的儿媳，但他又听传闻帝妃二人恩重如山，在长生殿乞巧时，曾山盟海誓——“在天愿作比翼鸟，在地愿为连理枝”。所以他对她暗送秋波，颇感惊疑：是她醉了呢？抑或自己醉眼缭乱未看仔细？或者是她有意试探，陷害自己？

高力士对杨贵妃的表情心明如镜，唯恐明皇发觉，看李白在凝思，误认为他是在苦思冥想吟诗，连忙催促道：“李白，杨贵妃自制的‘霓裳羽衣舞曲’何如？皇上是召你填词的，你能吟出一首超过此曲的《清平调》词，明皇定有重赏呀！”

李白吃了一惊，猛醒过来，方知是让他来吟诗的。亏他才思敏捷，心想明皇宠爱杨贵妃入迷，写首歌颂她的歌词，定获好感，便即景生情，提起笔来，一挥而就：

云想衣裳花想容，
春风拂槛露华浓。
若非群玉山头见，
会向瑶台月下逢。

明皇听此，不禁一惊，拍案称“妙”。

李白获得明皇称赞，激动得不能自已，像江河开闸，又咏一首：

一枝红艳露凝香，
云雨巫山枉断肠。
借问汉宫谁得似？
可怜飞燕倚新妆。

但由于他酒醉初醒，又太激动，刚刚咏完，便感到用恶后赵飞燕比杨贵妃不妥。但词一出口，似覆水难收，连忙又咏一首，希图冲淡或者掩饰过去：

名花倾国两相欢，

长得君王带笑看。
解释春风无限恨，
沉香亭北倚阑干。

杨贵妃早被李白英姿所迷，斜依栏杆遐想：虽然给她频送秋波，但他毫无反映，是他心怀疑惧？抑或不知情？不，不，听说他素来是风流不羁的，常宿酒家，又善于艳词俚语，并非木头疙瘩……忽听李白咏出“沉香亭北倚阑干”一句，道破自己的心事，肯定是他有意撩拨自己，不禁哈哈大笑起来——这里面有欢笑，也有狂笑，有媚笑，也有贱笑。

明皇还蒙在鼓里，不知就里，只认为是李白的歌词形象逼真地描绘了杨贵妃，才使她发出了自册封以来最畅怀的笑，于是搭讪地道：“李白能教贵妃如此开怀，真不愧称“诗仙”。朕擢你为翰林是了。”便立即转向杨贵妃，“你既然如此喜欢李翰林这三首词，立即依《清平调》舞蹈一番可好?”

杨贵妃巴不得如此，便立即振作精神，以目示意乐工李龟年奏乐，自己边唱边舞。她这一场既是歌颂自己，又系一见钟情的“诗仙”所写的词，故更加欢畅不羁了，转起来像一股狂风，慢下来柔若无骨，翩翩跹跹，飘飘忽忽，她简直忘记了自己，直至唱到最后一句“沉香亭北倚阑干”时，才醒悟过来，又向原处扑去，但眼前一黑，“扑通”一声倒地。

明皇见况，十分怜惜，急忙上前扶起，搂坐在亭中，连连呼唤：“爱妃醒醒，爱妃醒醒……”

杨贵妃惺惺忪忪，欲言又止。明皇立即挥手让众人离去。

杨贵妃见李白离去，隐忍难言，更如悲哀，泪珠滚滚而下。

明皇无奈，扶她上辇回宫，裹衣睡了半天一夜。明皇再三讨好，她却是阴沉满面；明皇再三询问，她却是一言不语；明皇再三谄媚，她仍然冷若冰霜。

明皇思之再三，此情由歌舞李白填写的《清平调》引起，概和李白有关，遂命高力士把李白召进寝宫。

李白对杨贵妃在沉香亭畔的眉目传情，初则疑惑，继而生惧，后来深表同情：如此一个聪明、伶俐、美丽的少妇，被棒打鸳鸯，夫离子散，忍气吞声，强颜作欢，侍奉年迈的皇帝，实为人生一大不幸！她今日竟敢在当众之下卖弄风情，可见其内心的悲苦已达到极点，置生死于不顾了。所以当高力士传他入宫时，他便立即前往。

杨贵妃见李白到来，刹那间振作起精神，喜形于色。

明皇看看贵妃，望望李白，证实了自己的猜想。但他想到，贵妃只不过是要同李白调情绰趣，决不会做出淫秽的事来，不妨容忍她一次，于是搭讪地对李白道：“李翰林昨日为爱妃所赋《清平调》的确不凡，深获爱妃好评。今日召你入宫，别无他事，再为爱妃咏几首宫词如何？”

李白聪慧敏捷，口齿伶俐，立即奏道：“臣前日初到，体乏力竭，且醉酒未醒，仓促应诏。其中‘可怜飞燕倚新妆’实为用词不当，有损贵妃的情操。”

不料，杨贵妃却精神乍起，侃侃言道：“我虽学诗不多，但懂得诗词比喻，往往借其一点加以夸张描绘，不可细抠。如以‘花容月貌’来形容美人，谁若真的面似月色，将会把人吓煞。况且我只不过是贵妃，赵飞燕却为皇后。李翰林以赵飞燕比我，我还受之有愧呢！赵飞燕虽然被废自杀，但她曾杀尽汉成帝皇子。李翰林尚‘可怜’之，可见李翰林是很慈悲，同情我们女人的。”

贵妃自从见李白之后发生的一系列变化，明皇原以为是由李白的俊雅引起，但今听她所言，感到其中有三层意思：一慕李白之才，二怨自己未封她为皇后，三感李白仁慈，方知自己原先的想法有误，所以心中十分平静。他为了讨好贵妃，激动地向李白道：“快到御床上来！”并令高力士传酒侍候。又见李白穿双大靴，受宠若惊，趑趄不前，因太激动，未加细思，竟然唤高力士道：“高将军快把李翰林的靴子给脱掉！”

高力士此时已封为监门将军，位列三品，仅在宰相李林甫之下，他感到去给一个穷翰林脱靴实为奇耻大辱，但君命已出，岂敢违拗，只好硬着头皮去给李白脱靴。

李白早闻高力士和李林甫、安禄山狼狈为奸，争揽朝政，对其恨之入骨，得此机会，正好戏弄他一番，于是故意用力扭着，使高力士费了不少力气，并冒出汗来，方才让他脱掉。

李白坐到御床绣墩之上，方定睛细看床上：珍珠翡翠，五光十色，锦帐流彩，宝气四溢，异香扑鼻，琳琅夺目，不禁发起呆来。原来此帐系模仿女皇男宠张易之为其寡母所制的“七宝帐”而就。

刹那之间，由四名宫娥端上来十样佳肴，一壶御用佳酿“酒魂”。

帝妃二人陪李白吃将起来。

这李白嗜酒如命，为当朝名士“酒中八仙”之冠，曾有“李白斗酒诗百篇”的佳话。他虽然吃了三十年，尝过上百种美酒，而品此御酿却是首次，既感到烈香，又有醇馨。他三杯落肚，即觉神魂飘荡，心想，此酒誉称“酒魂”，确为名不虚传。他愈饮愈酣，美不可言，连饮三壶之后，有些昏昏然，竟支架不住了。他心想若醉卧龙床，恐怕吃罪不起，连忙拿起羹匙舀起一勺莲子汤醒酒。不料此汤太热，喝到嘴里，烫得舌头疼痛难忍，猛吐了出来，几颗莲子在炕桌上滚了几滚，落到锦褥上面。李白十分尴尬，不知所措。

明皇为了打破僵局，忙给李白另舀汤喝。由于他慌张失措，竟然顺手拿了杨贵妃的羹匙舀汤，舀起后还吹了吹，才送到李白口中。

杨贵妃由于长期受明皇的禁锢，渴求年貌相当的情侣，似同火山口的岩浆，时时寻隙喷射。她想，先前品嗣宁王玉笛的口泽，虽然遭遣，仍然无事，而今是明皇造此良机，岂能放过。她随即拿起李白刚用过的羹匙，舀了一口莲子汤，细品慢咂良久，才咽了下去。并趁明皇咳嗽之际，瞟了李白一眼。

明皇对杨贵妃这两种举动都察觉了，才感到杨贵妃对李白有了邪念，但又想，纯系自己给造成的机会，也无可奈何，只好哑巴吃黄连，遂借故罢宴，敬茶逐客。

杨贵妃对李白留恋难舍，连忙阻止道：“陛下岂不闻‘李白斗酒诗百篇’么？他饮了酒，正好赋诗，怎能放他走呀？”

明皇无言答对，只好默然。

恰好李白诗兴已起，得此良机，立即命笔，边吟边书，顷刻而就。

杨贵妃情不自禁，忙下地取筝唱和之：

深宫高楼入紫清，
金作蛟龙盘绣楹。
佳人当窗弄白日，
弦将手语弹鸣筝。
春风吹落君王耳，
此曲乃是升天行。
因出天地泛蓬瀛，

楼船蹙沓波浪惊。
三千双娥献歌笑，
挝钟考鼓宫殿倾。
万姓聚舞歌太平，
我无为，人自宁。
三十六帝欲相迎，
仙人飘翩下云軿。
帝不去，留镐京。
安能为轩辕，
独往入窅冥。
小臣拜献南山寿，
陛下万古垂鸿名！

水绿南薰殿，
花红北阙楼。
莺歌闻太液，
凤吹绕瀛洲。
素女鸣珠佩，
天人弄彩球。
今朝风日好，
宜入未央游。

明皇早知书法家张旭称赞李白“高吟大醉三千首，留著人间伴明月”的诗句，因只耳闻，未曾目睹，一直半信半疑。今见李白才气四溢，一气呵成数首诗，且为杨贵妃和自己歌颂备至，既高兴，又赞赏。但一想起方才杨贵妃对李白眉眼传情的情景，醋意油然而生，遂托词欠安，把李白逐去。

欲知后事，且看下回分解。

第三十四回

贵妃忍辱怜英才
李白抗旨眠酒家

李白去后，杨贵妃心想，明皇定会吃醋寻衅，索性采取强硬手段——硬到底，看他如何。先时曾因此等事使自己两次被遣，但他也因难以下台吃尽苦头，谅他不敢再有第三次了。于是拉开被子，朝里蒙头而睡。

明皇憋了一肚子气，无处发泄，就将宫娥永新和念奴唤来骂道："你们两个眼瞎了？让这些杯盘在床上扎根不成?"伸手将桌子推翻在地，"稀里哗啦"一片狼藉。

念奴吓得发起呆来。永新拉她一把，"愣啥？快去收拾！"她们二人连忙小心翼翼地收拾完毕，方悄悄地关上房门离去。

明皇在室内踱来踱去，不得主意，深悔不该招李白入宫，更不该亲手给他调羹。他见杨贵妃毫无致歉之意，又奈何她不得，也爬上床去，蒙头而睡。他辗转反侧，思前想后，掌灯时分，方生一计，遂掀被而起，把高力士喊来，宣旨道："李白那厮，胆敢咒朕'春风吹落君王耳，此曲乃是升天行。……挝钟考鼓宫殿倾'。恶毒何其甚也！着即斩首示众！"

杨贵妃不禁一惊，翻了个身。

高力士素多智计，从容谏道："李白昨天在沉香亭吟诗之后，声誉满朝。陛下以爱才著称，一旦杀之，岂不有损圣德。且他此等诗句，意可双关——'春风吹落君王耳'乃吹入之意，非将君王耳吹掉也；'升天行'可解为心旷神怡，飘飘欲仙之意，非指人死升天也；'挝钟考鼓宫殿倾'乃夸张钟鼓洪亮之词，非咒宫殿倾颓也。李白那厮嗜酒如命，狂妄不羁，欲加之罪，何患无辞，必待拿到真凭实据，方能掩人耳目，泯灭无迹。”

明皇虽认为高力士言之有理，但君言一出，岂可立即收回，于是怒道：“他用‘升天行’的双关语含沙射影，岂不构成了毁君的罪名么？在光天化日之下，他竟敢明目张胆地咒骂朕，速传旨，明天午时监斩！”

高力士不再敢进谏，悻悻离去。

明皇本以为这样杀鸡给猴看，可以把杨贵妃吓唬住了，不料她突然下床，又找条白绫欲悬梁自缢。

明皇既难割爱，又怕家丑外扬，立即上前抱住她劝慰道：“妃子息怒……”

杨贵妃道：“谁不喜欢荷颜月色的少年？谁爱看鸡皮鹤发的老翁？你若是真爱我，就该给我一点点的愉快，莫让我半生半死地活着！纵然不许美少年和我接触，能让他们在我跟前站一站，让我看上几眼，也能给我一些欢乐。”于是泪流满面，暗泣起来。

明皇既觉得理屈词穷，又见她十分哀怜，也说不清是为了自己还是为了杨贵妃，终于让步道：“朕可以常带你到美少年当中去，但你不可同他们接触！”为了表示自己的诚心，又立即让高力士传旨赦免李白。

杨贵妃虽然对寿王还存有一丝的幻想，但经过岁月的淘洗、宫廷生活的熏陶、明皇的蹂躏，她的精神早已麻木了。李白的到来，似在此潭死水中投进一块石头，浪花飞溅，再不能平静了，次日晨起，她仍旧抑郁满面。

明皇对此心里明白，忽然想出一个欲擒故纵之计，立即宣告高力士，“朕同贵妃游白莲池，速传李白入宫侍候”。

李白昨日出宫之后，心里十分不宁。杨贵妃暗送秋波，实为可悯，但他爱莫能救；明皇为己调羹，不谓不厚，但自己只是被当作寻欢作乐的工具，似同梨园戏子的角色，而自己满腔报国的热忱破灭无遗。他想到这些，愁肠满怀，为了借酒浇愁，又去到胡姬客店畅饮了。

此胡姬系突厥人，年方二十五岁，新寡无依，以开酒店卖笑承欢为生。因她窈窕动人，聪明伶俐，既善做酒肴，又长于巧言，故生意十分兴隆。但光阴易逝，青春难在，她颇有后顾之忧，故时时暗选情侣。她见了李白，既羡他人品、才华，又知他出生于西域，通晓胡语，颇有他乡遇故知之感，顿生委身之念，遂倍加体贴温存。

李白只身异乡常感孤寂，闻此胡姬又少年丧偶，遂生同病相怜之情，对她也倍加缱绻。

次日早膳毕，他们偕往京西丈八沟游览。此沟乃当年韦坚所通漕渠，湖光柳色迷人，又清雅有致，除皇家园林之外，京都再无可与之媲美的胜地。他们泛舟湖中，一边览胜，一边欢饮，十分惬意。良辰、美景、赏心、乐事，四美具备，不知不觉他们醉入安乐乡中。

高力士奉旨去召李白，先到翰林院住所，听闻一夜未归，心想他最爱喝酒，可能又去了胡姬客店，遂勒马而往，不料碰了个门锁人空。他询问邻舍，方知李白赴丈八沟漫游去了。当他赶到此地，李白已烂醉如泥。高力士宣诏时，他亦不跪接，却恍恍惚惚答道："臣乃酒中仙，已经入醉，忘乎荣辱，足不必入于豪门，身不须为人犬马……"于是鼾声大作。

这高力士已知李白文才出众，唯恐他得宠难治，见他如此傲慢于天子，牢骚满腹，正中下怀，立即赶往白莲池复旨，并增加了许多枝叶。

明皇一听，十分生气，但因杨贵妃对李白有好感，不敢冒失，又犯踌躇。

杨贵妃趁机道："如今朝中将相无不妻妾成群，宿娼侑酒。李白中年丧妻，异乡鳏居，携妓漫游，算得些什么？酒后醉语，似痴人说梦，何罪之有？"

高力士碰壁，连连致歉，明皇也只好哑巴吃黄连，苦忍。

杨贵妃不见李白，若有所失，无心游湖，草草浏览一周，便催促明皇摆驾回宫。

明皇一边讨好杨贵妃，接连召李白入宫吟诗作赋——现流传下来的李白的宫词十首，即当时所作；一边暗中布置高力士和供奉翰林张　，时刻搜集李白的短处，借机逐去。

不久，西域一个小国，用蕃文来了封国书，宰相李林甫寻遍礼部，无人能认。

高力士自那日替李白脱靴之后，耿耿于怀，便趁机将此难题加到李白身上，早朝时启奏明皇，"李翰林博学多才，'日试万言，倚马可待'，如今有一西域小邦，用蕃文写封国书，他定能认识。"

明皇准奏，宣李白认读。

李白既出生于西域，又聪明绝伦，精通六种蕃文，展书一看，即侃侃奏道："此小邦不知天高地厚，书中提出要我唐朝一州的土地，否则即付诸武力。”

明皇闻此亦喜亦怒：喜的是有人能识此蕃文，不至于丢丑；怒的是此蕃邦夜郎自大，欺人太甚。遂命李白回书驳斥。李白欣然从命。明皇激动失措，命李林甫给李白研墨。

李白提起笔来，一挥而就。其书云：

> 我大唐居天下之中，东南两面滨海，北抵荒漠，西至沙碛，已抚有吐蕃、突厥、契丹和奚诸部，纵横万里。甲胄盈府，财帛山积。贵国虽号称极大之邦，但不及吾之一个郡县，犹灯火之与日光也。所提领土要求，实为夜郎自大，以卵击石。我大唐理应兴师问罪，但念尔为无知小域，特喻以利害，希予自夺，收敛形迹！

高力士偷鸡不成，反蚀一把米，感到很不是滋味，又挑剔道：“蕃书用蕃文，你使汉语，彼岂不耻笑吾国不会蕃文么？”

李白讥笑道：“蕃人用蕃文，系妄自尊大，瞧我不起。吾若用蕃文则正中其计矣！”

高力士又搬起石头砸了自己的脚。

明皇看罢甚悦，立即宣蕃国使者进殿，严加训斥，然后让李白将回书用蕃语朗读一遍。

使者既理屈词穷，又见李白威风凛凛，仪表不凡，不禁望而生畏，双腿打颤，嗫嚅而退，出殿时方定神，启问侍卫：“读诏书者为谁？”

侍卫答道：“乃我朝翰林诗仙李太白——即天上谪仙太白星转世也。”

使者回奏国王。国王闻大唐有神仙相助，不战自退。

明皇从此对李白器重起来。虽然杨贵妃对李白有意，但李白却漠然置之——即落花有意，流水无情。故纵然高力士、李林甫和张垍屡次进李白的谗言，明皇皆不忍弃去。直至一年后，李白执意辞职，“安能摧眉折腰事权贵，使我不得开心颜”，明皇方赐金放还。

欲知后事，且看下回分解。

第三十五回

朝中君臣百计防奸
边镇奸佞千方蔽君

且说安禄山获得更换汉将的圣旨，高兴异常，立即对奚和契丹招讨并举，暗中勾结，两年之间纳叛八千余人，任将军五百人，任郎将二千人，以收众心，并使奚和契丹乞降和亲。

明皇更悦，又诏他回朝，赏赐数万，并许之于上谷郡置五炉铸钱。

人的欲壑向来难填，更何况野心勃勃的安禄山。他又借机请为同平章事（宰相），明皇默允，令驸马都尉张垍草诏。杨贵妃认为事关重大，急忙让老奴永新泄露给杨国忠。杨国忠火急赶来苦谏，“安禄山虽有军功，但目不识丁，岂可为宰相？四夷知之，岂不轻我大唐么？”明皇既估计是杨贵妃透此消息，也认为杨国忠言之有理，故令张垍的草诏中止。

张垍很有才华，明皇曾应允过授他为相，只因李林甫和杨国忠为了专权，互为嫉贤害能，明皇无法顾及此事。而张垍亦不甘心，时时窥窃时机挣扎奋进。他想如今安禄山拜相未遂，他肯定怨恨杨国忠，而杨国忠有杨贵妃为靠山，一时很难扳倒，便一鼓作气指向了李林甫，确定了勾结安禄山打李林甫的策略，希冀浑水摸鱼。他因不便同安禄山直接联络，遂把近来与李林甫有隙的刑曹酷吏吉温请到密室道：“老弟投靠李丞相多年，为他大效犬马之劳，然终不见超擢，何也？”

吉温十分机灵，听他言语，就猜知用意，便大胆发泄道：“那老儿嫉贤妒能，唯恐别人出于他上，素以甘言啖人，而暗中伤之。在他门下能保全生命就算万幸了，哪来超擢。”

张垍趁机点火道：“安禄山立功请赏，明皇拟擢为平章事，草诏已就，却被李林甫给谏阻了。你可知此事么？”他故意把杨国忠说成李林甫。

吉温道："不知。"

张垍意思是暗示他转告安禄山，但见他无反映，又绕了个弯子，"如今杨国忠宠甚，大有迈过李林甫之势，你何不去投他门下?"

因为吉温时刻钻营上爬，此事是他早已考虑过的，而且他对张垍和杨国忠不睦也了如指掌，还听说过明皇曾应允过擢张垍为相，所以立即顺势道："杨国忠亦系不学无术之辈，同李林甫是一丘之貉，妒贤害能，尤忌文学之士。张驸马才学兼优，故不被重用。"

这可说到了张垍的痛处，但他岂可竭诚相告，便胡乱搪塞道："我只想过安逸的生活，无意于仕途。不图有功，但求无过就足矣了。"

吉温闻言心想：你岂能瞒得过我，你若是无意于仕途，今天叫我来为何？这明明就是自欺欺人。肯定是你有难言之隐，不便说破。于是用计试探道："近来安禄山青云直上，大有同李林甫和杨国忠鼎立之势。且他掌握重兵二十余万，不知他有野心否?"

张垍道："胡人有勇无谋，且在朝中似无根之木，翻不起大浪来，只能给人做犬马而已。"

吉温十分机灵，揣摩张垍的话，尤其是他说的安禄山只能"给人做犬马"的话，断定可能是他想利用安禄山另立山头，结党营私，又想到他泄露李林甫谏阻安禄山入相的消息，是想借安禄山来打李林甫。他心领神会后，次日夜晚便去安禄山府第。

安禄山素知吉温阴险毒辣，今见他夤夜入门，不知吉凶，故寒暄之后，缄默不语。

吉温心想：我既来你府，即表示依附投靠，你应该热情相待才是，你只知眼孔向上，不会谦恭下士，怎能成就大事！他见安禄山不语，起身就走。

安禄山这才反应过来，想到他既只身入府，必有要事，连忙上前阻拦道："贤弟莅临寒舍，定有要事，怎能不言就走？我刚才酒醉未醒，有所怠慢，请海涵是幸!"

吉温这才拿腔作势地坐下，说明来意，"左仆射请为宰相事，皇上已命张垍草诏，怎奈李林甫苦谏，又给中止了。"

安禄山一惊道："此事可真?"

吉温道："是张垍亲口告诉愚弟，岂会有假。我已被李林甫驱使多年，终不得超迁。安兄若能荐弟于皇上，我定奏兄堪大任，合力排斥李林甫，老兄必能为相。”

安禄山大悦，立即设宴款待吉温，并于席间结拜为义兄弟，又于次日向明皇推荐，“吉温才能出众，请为侍御史兼河东（太原）节度副使。”明皇先前曾说过吉温“是一不良才，朕不用也”，而今由于安禄山的推荐，便准其所请。

吉温超升后，将奏请安禄山入相之事抛于脑后。

安禄山自知入相之路已绝，便变换手法，勾结陇右和河西节度使。此法如能得逞，便对唐朝形成了由西到北，从北至东的大包围。怎奈节度使哥舒翰比较忠直，不愿与安禄山为伍，在安禄山返回范阳时，明皇令高力士率文武百官饯行于城东长乐坡。

安禄山临别对哥舒翰道：“我父是胡人，母是突厥人；公父是突厥人，母是胡人，何故不相亲耶？”

哥舒翰讥讽道：“古人云，‘狐向窟嗥不祥’，因它忘本故也。兄若赤诚见亲，我何敢不尽心于兄哩？”

安禄山恼羞成怒，骂道：“突厥杂儿，不知好歹！”

哥舒翰亦骂道：“杂胡猪儿，不知香臭！”

高力士急忙劝解，让安禄山速去。

高力士回宫后，明皇问道：“安禄山提问入相之事否？”

高力士道：“无问及此事，似乎他已经知道无望，面有愠色。”

“他怎么会知道呢？”明皇问。

吉温怕怀疑到自己头上，也附和道：“此事都有谁知道呢？”

明皇道：“只有杨国忠和张垍二人知之，而杨国忠同安禄山不和，必不会告诉给他，肯定是张垍所为，快把他传来！”

高力士道：“是。不过臣还有一事要奏，安禄山临去时曾和哥舒翰发生口角，互为辱骂。”

明皇道：“他们是真骂么？”

高力士道：“是真骂。”

明皇道：“真骂才好呢，他们若勾结起来，才可怕哩！”

高力士立即把张垍传来。

张垍自知无可隐瞒，且不欲暴露吉温，便含糊承认。

明皇因怕打草惊蛇，使安禄山起疑，便借故张垍坐赃污罪，贬为卢溪司马，其兄张均连坐贬为建安太守（刺史），其弟张埱贬为宜春司马。

安禄山的坐探刘骆谷闻知此事，感到其间有诈，堂堂的皇亲驸马都尉，岂能因为赃污受此等严厉的处罚？所以立即写封密扎，呈送安禄山。

安禄山得信，不禁一惊，心想，一定为张垍泄密事，但中间人吉温尚安然无恙，又感到蹊跷，便召集谋官严庄和高尚研讨对策。

严庄道："驸马都尉全家贬黜，事关重大，而吉温无恙，一则因他是跳梁小丑，无足轻重；二则若一并治罪，便真相大白矣！"

安禄山认为言之有理，于是问道："如今该如何对付呢？"

高尚道："如今已有精兵二十万，甲胄粮草皆实，可举事矣！"

安禄山道："当今皇上对吾甚厚，当待皇上驾崩后举事为宜。"

严庄道："可暂不举兵。如今朔方节度使阿布思为回纥兵穷追，吾当扬言为援，抄回纥后路，掳其部属，既可充实吾兵力，又能蒙蔽皇上立功。"

安禄山连称妙计，令立即行动。

阿布思本为九姓族首领，多权略，安禄山素忌其才，二人向来不和。他见安禄山来援，疑其有诈，便叛入漠北，降于葛逻禄部。

安禄山又获阿布思五万骑，功勋昭著，于是奏请明皇，不拘一格，擢授下属将军一百人，中郎将三百人，以收买军心。

奏章到京，杨国忠、太子玙、高力士、李林甫等皆认为安禄山有异心，不可准奏。

明皇道："有他儿子在此作人质，他岂能割舍了么？"

太子玙道："他有十三个儿子呢！为谋篡，父子相残者历来不鲜！"

杨国忠道："陛下不妨试召之，让他来京领赏。臣断定他必不来。"

明皇这时疑信参半，便依其计召安禄山入京，想看个究竟。

安禄山接到召他入京领赏的圣旨，非常心虚，去之怕遭害陷；不去则违抗圣旨，反状即露；举事，则条件仍不成熟——明皇尚健在，背信弃义，师出无名，众怒难乎。

谋官高尚看风使舵，佯为占卜，说是举事时辰未到。

严庄亦顺风承旨，想出一计，"大将军可去领赏，并将糟糠妻带去，增加人质，先把明皇稳住，回来后再以献马三千匹的名义入宫惊变，逼其禅位。万一不成，举事亦不为晚。这样既是先礼而后兵，还可轻而易举，旗开得胜。”

安禄山以为此计可行，便依计而行，到达长安。

安禄山到了长安之后，杨国忠不胜愕然。

明皇责备他道：“你断定安禄山必不来，结果如何？不但来了，还把妻子带来，增加一个人质，朕推心置腹待他，他岂会叛朕？东北二虏奚和契丹，全凭他镇服，方得安宁无事。安禄山朕自保之，卿勿忧也！”

杨国忠羞愧难以自容。

安禄山来到长安，当晚住到自己的府第，让刘骆谷把吉温找来，了解宫中的动静，得知反对他入相的原是杨国忠，并非李林甫。他次日接受明皇隆重的招待，宴罢急忙入宫去拜见义母杨贵妃。

杨贵妃虽然厌恶安禄山的丑态，但对他善于讨好、诙谐取笑的言语、动作感到开心，以苦中取乐，又欲给他留点幻想，以牵制他作乱的阴谋，所以貌似热情地接见了他。

安禄山体魄健壮，是著名的色鬼，虽有妻妾三十余名，但她们同杨贵妃比起来，皆判若天壤。他一进门就感到魂销魄散，软若无骨，跪到杨贵妃面前，挤眉弄眼，馋涎三尺，爬不起来，只是口呼“娘娘千岁，千千岁……”

杨贵妃为了捉弄他，故意给他送个秋波，使他坠入五里雾中，迷惑不解。

明皇似乎觉察到他俩之间的隐情，不禁有了醋意，连忙唤道：“禄山，你又忘记拜父了么？”

安禄山猛醒过来，因酥软难起，便爬到明皇跟前叩拜，“父皇万岁，万岁，万万岁……”

安禄山正呼之间，高力士突然闯进来，连呼带喘地奏道：“奚和契丹同时杀了公主叛唐。”

安禄山猛站起来，故作吃惊道：“呵！大胆的奴才，我定叫他们粉身碎骨，鸡犬不留！”

明皇不禁失声，“安卿，赶快回去吧！”

安禄山道：“遵旨，儿臣今晚就走。”

其实，这是谎报军情，是安禄山临来之前布置好的诡计，以防万一被囚，不得脱身。

明皇为了感动安禄山，不但准了他擢升将军和郎将的表章，还赏钱数万。

安禄山走后，杨国忠怀疑所报军情有诈，但又不敢冒犯直谏，便唆使太子玙劝谏。

明皇虽有犹豫，但为了预防万一，遂遣中使辅璆琳以慰劳军士的名义，携带大量珍贵财宝潜察动静。

安禄山知道明皇的用意，立即对奚和契丹开战，同时对辅璆琳厚给款待，贿赠大量财宝。

辅璆琳回京后，满口称赞安禄山赤诚奉国，毫无异心的征兆。

明皇从此对安禄山坚信不疑了，把杨国忠、李林甫和太子玙招来斥道："再有敢言安禄山反者，格杀勿论！"

但好义之士无时不有，有个监察御史发现安庆宗府第夜间常有人来往，坚信安禄山必反，遂冒险直谏。

当时明皇正在气头上，立即命将其绑缚解送安禄山处置。

安禄山得此御史，觉得明皇已坚信自己无疑，欢喜若狂，仰天大笑，"哈哈！天助我也！"又从上至下打量了一番那个御史。见他年方二十余岁，面色白皙，肥瘦适中，又爱又恨，爱他肉嫩，恨他心直，于是讥笑道："好一头绵羊，必定香味可口。只可惜你长就一副狼心狗肺，需要千刀万剐，掏出心肝，给俺下酒，才能解恨。"说毕即命两个蕃兵把他吊到树上宰割。

那御史临刑不惧，破口大骂："膻杂胡，你人面兽心，阴谋篡唐，口蜜腹剑，奴颜媚上，似纸包火，岂能长久？我今虽死，可流芳千古。而贼子下场，定遗臭万年！"

安禄山气得唇紫眼歪，大吼道："快把他的嘴堵上！"

那两个蕃兵立即上前，一个堵嘴，一个捆腿。

那御史义愤填膺，一边挣扎，连续大骂，一边用脚乱踢，把上前捆腿的蕃兵踢伤了。

安禄山怒不可遏，跨上前去协助捆腿。

那御史见安禄山近前，用尽平生之力，朝他那大肚皮上猛踢。

只听安禄山死蛤蟆似的"哇"一声，躺倒在地，脚手朝天乱弹，爬不起来。

堵嘴的蕃兵见状不雅，慌忙前去搀扶，那御史又趁机骂道："膻杂胡，恬不知耻，癞蛤蟆想吃天鹅肉，拜倒杨贵妃裙下，叩头叫娘，卑鄙已极，臭名远扬……”直至开膛破肚，热血流尽，方才止口。

安禄山爬将起来，气急败坏，把那御史的头颅割下，还连砍几刀。当晚又把那御史烹炸煎烤成八样大菜，命他的兵将一百多人前来赴宴欢饮，谓之“御史酒”。

明皇命缚送御史给安禄山后，再无人敢向他启奏安禄山的反状了，连杨国忠和李林甫亦噤若寒蝉。杨国忠和李林甫的心事不能放在对待安禄山方面，于是他俩之间的钩心斗角又激烈起来。

欲知后事，且看下回分解。

第三十六回

吉温朝秦暮楚图官
王𫓧忘恩负义灭族

且说酷吏吉温投靠安禄山后，杨国忠恨之切齿。而吉温十分狡猾，怕安禄山事败，先自留退路，于是又想出一个脚踩两只船的计谋。他原任京兆法曹时，曾为王𫓧办过一次冤案，而今李林甫引荐王𫓧兼御史大夫，位于杨国忠之上，想杨国忠肯定不满，于是夤夜到杨府讨好依附。

杨国忠起初不欲接见，但又一想，他既主动登门，可能是媚己，便传至客厅。

寒暄毕，吉温拘束地道："吾先时替王𫓧兄弟办一冤案，愿诉于杨中丞，不知能原情否？"

杨国忠一听，十分高兴，"当时王𫓧任京兆尹，为你顶头上司，你被迫而为，何罪之有？快讲来我听听。"

吉温方坦然自若，侃侃地诉道："王𫓧的胞弟户部郎中王焊召术士相面，他问，'我有王者相否？'术士恐惧不敢答对，遂潜逃他方。王焊恐怕事泄，请王𫓧派人四下追捕得手，以巫医害人罪杖杀之灭口。安定公主之子王府司马韦会闻知此事，在家中私议，后有奴仆传之于外。王𫓧知之，又命我收韦会下狱，诬以赃贿罪缢死，送尸于家。虽为皇亲，我因惧王𫓧之势，惕息至今尚不敢言。"

杨国忠闻此如获至宝——王焊必牵连王𫓧，王𫓧或可牵连李林甫，此后朝中我可一手遮天矣！便安慰吉温一番，立即入宫面奏明皇。明皇听罢又惊又气，敕令杨国忠收捕王焊。

但次日杨国忠将敕令转交长安尉贾季邻后，却节外生枝了。这贾季邻是王𫓧引荐的，他得知此事后，火急泄露给王焊。王焊便同王𫓧去找李林甫研究对策。

老奸巨猾的李林甫感到事态严重，王铁乃自己的干将，处理不当，可能引火烧身。他凝思片刻，便毅然道："此事必为吉温告密。但掩不住，逃不脱，只有铤而走险一条路！"

王銲素来凶险不法，早已考虑到此，于是胸有成竹地道："我同太府少卿邢寿之子邢縡甚厚，他早预逆谋，在龙武军万骑中结党营私，欲于十一月先杀龙武将军，然后用其兵杀杨国忠作乱，如今只有立刻行动了。"

王铁亦道："如今安禄山虎视眈眈于外，杨国忠阴谋篡权于内，天下即将大乱，吾等结怨甚众，岂能保全？为宰相前途计，宜应先下手为强！"

李林甫亦认为可以，又补充说："他们杀杨国忠的口号，也添上我和陈希烈进去，以免事不成时，我有退身之路。"

因事已燃眉，不便多谈，王銲便直奔金城坊邢縡府第秘谈。不料他们私议时，被邢縡父亲窃听了。邢父感到事关重大，将有家灭九族之灾，连忙入宫告密。明皇一边宣慰邢父"大义灭亲，忠心可嘉"，一边令御史大夫王铁和杨国忠率长安尉贾季邻去捕。杨国忠奏道："只怕王铁预谋其间，不宜使他前去。"明皇道："我待王铁甚厚，他似不会同逆。但为防万一，汝可监督之。他若有所举动，则自行暴露，可一举殄灭矣！"

王铁因知其弟王銲在邢縡府中，故意磨蹭时间，遣家仆佯称王銲儿子被马踏伤，把他召出。王铁令长安尉贾季邻引兵五十人行于前，他和杨国忠尾随于后。

王銲出了邢家，问明仆人，欲急忙回府准备对策。他刚行至化度寺门前，就遇上了贾季邻，便招之曰："我与邢縡有交，但他谋反我并不知，恐他受刑后妄引乱咬，请足下勿轻信为幸！"因有士兵跟随，贾季邻仅以目示意，未敢直言，但却告诉他杨国忠在后。王銲心领神会，立即绕道奔去。

当贾季邻率众来到邢府时，见大门紧闭，正在犹豫之际，杨国忠赶到，命令翻墙。刚上墙一人，楼窗口便箭如飞蝗射将下来，原来邢縡早有准备。因官兵预料不足，连倒数人后纷纷后退。只听楼中有人高喊"勿伤大夫"，杨国忠听罢，认为此是暗号，而且认定他们所说的"大夫”肯定是御史大夫王铁，但又不知贼众若干，于是急令撤兵。

邢縡党徒趁机持械而出，杀开一条血路逃窜。至皇城西南隅，恰遇高力士率飞龙军五百名赶来，双方展开了激战。因邢党徒料到被捕后必受极刑，所以奋力顽抗。人言说，“一人不怕死，十人难当”。禁军伤毙二百多人，方把邢党战败，邢縡被乱军所斩，只活捉韦瑶等五名善射手。

杨国忠把邢党所说“勿伤大夫”等回奏明皇之后，明皇无限感慨：自姚崇、宋璟谢世后，奸臣迭出。如王铁参与预谋，此事就有可能株连李林甫，天下将谓朕何？常言道：“君明臣直道。”而今是君明臣暗耶！抑君臣皆不明耶……

明皇正凝思之间，李林甫入见为王铁说情，“谋反大逆，父母妻妾之间常也保密，更何况弟兄耶？陛下对王铁甚厚，他必不会参与预谋。”

明皇于是决定大事化小，对杨国忠道：“朕对王铁甚厚，他必不知情。而王铁与王焊为异母兄弟，王焊定嫉其富贵，故用此计陷之耳。希王铁能大义灭亲，免受株连。”

杨国忠遂依皇帝意旨暗示王铁，“皇上待大夫不薄，如欲存门户，唯归罪于令弟王焊。若如此，则未必受极刑。舍一指而存十指，何乐而不为？”

王铁深知自己罪行严重，即使归罪于王焊，自己也难以幸免，那样既尢忠义，又失孝悌，于是道：“小弟为先父遗爱，岂忍陷他于死地？”

明皇闻言甚怒，立即命侍御史裴冕和卢铉鞫问王焊兄弟。使杨国忠、陈希烈、李林甫皆在座陪审。

裴冕亦系王铁的门徒，怕王焊乱引，对他怒詈道：“汝为臣不忠，为弟不义，皇上以王铁大夫之故，才委汝为户部郎中，恩足厚矣！大夫岂知邢縡事乎？”

杨国忠听裴冕如此诱供，不禁一惊，连忙问王焊道：“王焊实知此事，即不可隐，如其不知，也不可妄引！”

王焊心知此事被邢縡父亲告密，自己已无法逃脱，只好按裴冕暗示招供道：“邢縡党所说‘勿伤大夫’，实以我兄弟情谊之故，吾兄王铁实不知此事。”

卢铉亦系王铁门徒，唯恐他们兄弟乱引，却采取了杀人灭口和裴冕相反的手法栽诬道：“王铁大夫不但知晓此事，还向我借厩马五百匹，我未敢应允。”

王铁兄弟见卢铉诬陷栽罪，都连喊“冤枉”。王焊还破口大骂，“落井下石的无耻小人，岂得好报？”

卢铉大怒，又采用先时替王铁陷害杨慎矜门徒的“驴驹拔橛”刑罚，当场把王焊身拉一尺，他口吐鲜血而亡。

明皇念王铁有功，赐其自尽。次日命其眷属草草埋葬，然后全流放岭南。王铁的两个儿子行至中途皆被杀害。

先时王铁为讨好李林甫，挟嫌诬陷杨慎矜一家数十口，而今不足三年，其家亦破，实罪有应得。但有野心的罪魁祸首李林甫，已陷害数百家，尚逍遥法外。

王铁死后，明皇将御史大夫等职都归属杨国忠，又封赏平叛功臣，赐陈希烈爵许国公，封哥舒翰凉国公，加吉温御史中丞。

杨国忠早看出李林甫居心叵测，怎奈他隐避深密，阴险毒辣，无从下手。他想，而今李林甫最大的爪牙王铁败露，王铁肯定和李林甫有关，于是心生一计，去到囚禁邢縡余党的狱中，将囚徒韦瑶召至密室诱供道：“尔等乃王焊和邢縡收买的小卒，如今他们皆受极刑，何必还替他们守节呢？只要尔等肯揭露受害的经过，可赦无罪，还有重赏呢。”

韦瑶听罢，颇被打动，但有些摸不着头脑，“王铁兄弟既已受极刑，我们走卒当场被围。只有我们五个余生，别的再无有了呀。”

杨国忠进一步地提示道：“尔等既喊‘勿伤大夫’，可又高呼要杀李林甫，而王铁大夫是李林甫的门徒，路人皆知，这其间岂不矛盾乎？”

韦瑶道：“我们开始的口号只是杀杨中丞，临时增添的李林甫和陈希烈，其间的缘由，小的并不知道。”

杨国忠喜形于色，鼓励道：“这就对了，因为他们的靠山是李林甫，恐怕被暴露出来，所以采用此计，迷惑视听。”

韦瑶道：“杨中丞言之有理，但我等只见过邢縡和王焊，连王铁和李林甫的名字都未曾听见提到过。”

杨国忠道：“他俩是幕后操纵人嘛，岂能让尔等轻易知道。尔既然认为我言之有理，只要你一证李林甫，可让你立刻飞黄腾达，连升五级，赏银千两。”

韦瑶眨了几下眼皮，“我愿做证。”

杨国忠早已把证词写好，让他签名画押后，置于另室优待。

杨国忠还知左相陈希烈早已请求引退归田，他系李林甫所荐，必为对李林甫不满，或知其罪重，怕受牵连，借故早日脱身。于是诣府拜访。

寒暄毕，杨国忠便将韦瑶的证词交他过目。

陈希烈看罢，心情激动，他虽对李林甫支持邢 綷党缺乏证据，但早已看出李林甫有野心。他为了免受株连，急忙道："李林甫屡兴大狱，居心叵测，老朽早有察觉，只是他城府深密，口蜜腹剑，不露辞色，很难拿到实据，如忠良张九龄、皇甫惟明、李适之等的被害，奸佞韦坚和杨慎矜的破家，卑意都是他谋篡的手段，吾愿从而证之。"

杨国忠便协同陈希烈和哥舒翰一起控告李林甫早有野心，并将邢党韦瑶的供状呈递明皇。

明皇看罢，心情非常沉重：自己委政的宰相原来也是个野心家，既害忠良，亦自相残杀，实属罪大恶极，但若将此情暴露于众，则将谓朕何？被群奸蒙蔽长达一十九年，朕岂不成了昏君么？这"明皇"的称号岂不受之有愧么？于是决定暗中夺他职权，因宣道："李林甫年迈多病，今后军国大事可先同杨国忠商议。"

此后，李林甫见群臣不再找他议事，心中逐渐不安，但他认为皇帝既未降敕免除自己的官职，故他也不露于辞色，既不质问群臣，也不请示明皇，只暗做垂死挣扎。

欲知后事如何，且看下回分解。

第三十七回

奸相挣扎戮尸破家
贵妃禊游探府会亲

且说西南夷人见李林甫党羽瓦解，安禄山虎视眈眈于北，便也趁机扰边。李林甫闻之，初则幸灾乐祸，继而想出一计：杨国忠既在蜀中多年，又兼剑南节度使，何不让他前往待之，遂唆蜀人请求杨国忠赴镇。明皇允之。

杨国忠虽疑其间有诈，但因自兼该地节度使，责无旁贷，有苦难言，思之再三，只好向杨贵妃求情，“兄从未带兵打过仗，蜀人所请，恐为李林甫的诡计，只怕兄此去九死一生矣……”说着流下泪来。

杨贵妃心想，我族家只杨国忠最有才干，如他有不测，则万事皆空了，所以她立即诉于明皇，请求另任他人。

明皇道：“事已至此，可暂先赴任，半月之后，朕即遣使召还。”

杨国忠去后，李林甫心想，可能自己将重新获得重用。岂知他已失宠，军国大事，皇上皆委于左相陈希烈矣。他感到绝望，便抑郁终日，以酒解愁，面容憔悴起来。有一天晚间，他同小妾畅饮，酩酊大醉后，上床时，一个跟头摔倒地下，中风不语，经过十余天的医治，方勉强能言。有个巫师胡诌道：“此乃邪症，一见皇上，病即可愈。”李林甫求见明皇，明皇恐其间有诈，遂以侍卫埋伏左右，御登降圣阁，用红巾招之，使李林甫遥望，暗察其动静。李林甫躺卧在担架之上，望着红巾，欲立起叩拜，但挣扎再三，只欠了个半身，点头示意，并无其他举动。

李林甫早有异志，自恃才华出众，既严厉地钳制太子，又嫉贤害能，杀人如麻，故结怨天下。而今夙愿未酬即将归天，痛苦难言；想到过世之后，万一被人揭破自己的罪过，必遗臭万年矣！愈思愈痛，泪似泉涌，一日昏厥数次。

杨国忠刚到蜀中，便被召回，听说李林甫病危，急忙前去探望——实际上是幸灾乐祸，巴不得他快死。

李林甫忽见杨国忠来到榻前，心中是七上八下，明知他是不怀好意，但自己将离开人世，为了避免子孙们受害，只好向他举手赔礼致歉，“蒙贤弟探病，不胜感激之至！昔日你我屡生嫌隙，一因误会所致，二为愚兄气量狭窄。如今我将死矣，悔之莫及，还希海涵……尔后贤弟定当为相，宜大度容人，招贤纳谏，勿蹈愚兄覆辙。我之子女皆托付贤弟，亦请勿见拒是幸！”说罢泣不成声了。

杨国忠佯为感动，汗流满面，连道：“不敢当，宰相小恙，请勿多虑……”

李林甫像是等待见杨国忠一面似的，次日即呜呼哀哉了。明皇遂拜杨国忠为右相和右仆射。

杨国忠把李林甫托孤之言罢诸脑后，立即给安禄山去信，让他找一个阿布思的下属前来诬证李林甫曾勾结阿布思谋叛，一则报复李林甫，二则拉拢安禄山。

安禄山既恨杨国忠，也恨李林甫，得杨国忠信后想：李林甫去世，不会报复自己了。照杨国忠所言行事，还可送情于他，一举两得，何乐而不为？于是立即照办，遣两名阿布思的降卒赴京诬告。

明皇半信半疑，问道：“你们何不早奏，莫非是得知李林甫去世，死人不会反驳了么？”

降卒道：“李林甫任相时节，一手遮天，上蒙圣聪，下排异己，屡起大狱，冤魂塞路。皇太子尚畏惧而不敢直言，更何况我们无名小卒乎？”

明皇略悟，询问太子玙和杨国忠，皆如是言。

李林甫女婿、谏议大夫杨齐宣，虽认为李林甫勾结阿布思事未必属实，但他妒贤害能，孤立皇上，妄图谋篡的野心确实有之。并预感到杨国忠即将当权，可能报仇雪恨，于己不利，所以立即去媚附杨国忠，也赴阙诬证。

明皇见李林甫女婿前来做证，便确信李林甫谋叛无疑，怒不可遏，立即降旨，“李林甫款效微诚，媚上欺下，嫉贤害能，图谋不轨，追削官爵，斫棺戮尸。其子女悉流岭南，可略携衣食，资产没官。”并株连其余党五十人，皆贬谪边远。

杨国忠清除了李林甫党羽，明皇立即又擢他兼吏部尚书，并进封为魏国公和司空（三公之一），于是他权倾天下。杨国忠为了培植党羽，使文部选人，无论愚劣和不肖之人，皆纳之。他首先荐引他的恩人鲜于仲通为京兆尹、门徒窦华为中书舍人、郑昂为侍御史。鲜于仲通为了给杨国忠颂德，让新选入仕者联名奏请在中书省门前给杨国忠立碑。明皇欣允，令鲜于仲通撰辞，他只改动数字，即令刻石填金而就。

杨国忠羽翼已就，即排除异己，首先将酷吏罗希奭贬为岭南始安（桂林）太守。左相陈希烈和吉温，虽然除灭李林甫和王铁叛乱立功受赏，他亦不原情，罢陈希烈为太子太师，贬吉温为岭南澧阳长史。吉温的门徒员锡、韦陟、李从一等皆流放岭南。但他们行至始安投靠罗希奭，皆不前进。杨国忠闻知，奏请明皇，罢去罗希奭、吉温，并将他们及员锡等各重杖六十收狱，再流贬边远。吉温死于狱中，罗希奭死于途中。“罗钳吉网”的下场，大快人心。

杨国忠总揽朝纲权倾天下之后，感到心情舒畅，表请明皇在三月三日禊游节，先幸临杨府，再幸游曲江，以显示杨门的豪华富贵。

这时杨国忠已扩修旧第，逼迁崇仁坊元老旧臣韦嗣立等五家。其宅宽敞院大，亭台琳琅，山水萦回，雕栏玉砌，豪华富丽，赏心悦目，颇似宫中。明皇率杨贵妃扈从浏览一周后，即启跸曲江。杨贵妃乘坐凤辇，明皇骑马并行。

这曲江是汉武帝开始修造的宜春苑，历代扩建，峰回路转，堤岸逶迤，步移景换，花木繁盛，曲径通幽，真是名副其实的曲江。紫云楼在峰顶，芙蓉亭、望江阁、对弈轩、闻莺台、水帘洞等名胜，各抱地势，或隐或现，恰到好处。

杨府几家姐妹竞为豪奢，轿披锦绣，马配宝鞍，灿若云锦，香风十里。她们为了效仿皇家，皆令仆女玉立车前抛撒珠宝，以引诱百姓观瞻助兴。百姓遂歌之曰：

生男勿喜，生女勿悲，
君今看女作门楣……

杜甫也写出了名篇《丽人行》以讽咏之：

三月三日天气新，
长安水边多丽人。
态浓意远淑且真，
肌理细腻骨肉匀。
绣罗衣裳照暮春，
蹙金孔雀银麒麟。
头上何所有？
翠微㔩叶垂鬓唇。
背后何所见？
珠压腰衱稳称身。

杨贵妃看到百姓们抢珠宝的情景，不禁笑了。明皇误会她真的酣畅开怀，为了讨欢，遂将自己龙袍上的珠玉银当也揪掉许多抛撒出去。随即到紫云楼。

紫云楼在峰顶，虽然华丽，但不宽敞，所以明皇只让贵妃和二姨虢国夫人陪侍，并在此开宴。

杨贵妃这天是悲喜交集，喜的是禊游者全是杨家人，悲的是景色撩人，倍念寿王，所以开宴后连杯畅饮，以酒浇愁，刹那间烂醉，颓于躺椅中。

虢国夫人既有杨贵妃的神韵，又善于撒娇。且这日起床仓促，未来得及涂脂描眉，有着天然去雕饰的妩媚，惹起了明皇的野趣。明皇见杨贵妃醉躺椅中，遂携虢国夫人到山后仙人洞中幽会，倍觉缱绻。

却说杨贵妃一觉醒来，已是夕阳西下，听说皇帝同虢国夫人在仙人洞里，立即传辇，直奔寿王府去。高力士只当她是回宫了，也就没到仙人洞去启告惊动皇上。

寿王见杨贵妃归来，且喜且惧，连忙迎到内室询问究竟。

杨贵妃激动地道："皇上屡次给妾发誓'坚贞不渝'，可他今日在光天化日之下竟同虢国夫人到仙人洞去偷情，我要趁机再惩治他一番。"

寿王吓得变色，"你明目张胆地回府，父皇万一怪罪下来，恐怕要连累一双儿女……"

杨贵妃打断寿王的话，"我已惩治他两次了，他是一日也离不开我的，我的生命就是他的生命，他是不敢加害于我的。他若加害我，就等于加害他自己。”

寿王仍心神不定，“可我怕……”

杨贵妃嗔道：“你也忘了咱成婚时节的山盟海誓么？我原来把你当成男子汉大丈夫，没想到你却是个胆小如鼠的窝囊废！我为了你的前程和一双儿女才活着，而你却把我看成了瘟神，唯恐连累了你！”她喘了口气接着道：“我前两次被遣，请你去看我，我心急如焚，结果都是石沉大海……”

寿王忙解释道：“头一次我心怀疑惧，想等两天。第二次听说你品吹嗣宁王玉笛，玩世不恭，疑心已见弃于我。”

杨贵妃道：“我若是厌弃你，还为何约你？我也是肉体之身，有七情六欲，整天伴老厌物，见了美少年，岂有不动心之理？而且我也只不过是捉弄捉弄他，寻个开心而已。你虽失掉了我，但你有年貌相当的韦妃，比我强之百倍呢！”

寿王又歉又怯，“我对于韦妃也不过是苦中作乐，聊以自慰罢了。韦妃若能比上妃子，父皇何为伤伦败理弃她而就你？”他眼圈一红，掉下泪来，“不知何年何月，才能再和妃子团聚。”

杨贵妃道：“只要你我苦忍以待……”

“唉！”寿王叹一声，“这要靠妃子了！只要父皇健在，我是永无出头之日的。而若干年后，太子玙羽翼已就，还有杨国舅、安禄山两个劲敌……岂堪设想？”

杨贵妃激他道：“你不怕为妾步武则天后尘么？”

寿王爽朗而答：“我如能步高宗的后尘，就喜出望外了，愿你能成为第二个女皇帝！”

杨贵妃则是胸有成竹，“太子玙乃中庸之辈，不足为患。只有杨国忠的文治和安禄山的武力不可不虑。但可坐山观虎斗，使其两败俱伤，然后再收渔利！”

寿王喜形于色，“但愿如此才好！”

杨贵妃道：“快把一双儿女领来，让妾好好亲一亲！”

寿王仍放心不下，“你今天晚上……”

杨贵妃道：“我不回去了！”

寿王道：“只怕高力士一会儿就来接你！”

杨贵妃急道：“来接，我也不回去。快去领儿女来！”

韦妃一直在门口窃听，虽有后顾之忧，但也对他们的不幸表示同情，也希望寿王能当上皇帝。她听见杨贵妃要看儿女，连忙帮助寿王去找李僾和芳芳。

李僾和芳芳都已懂事了，来后一起扑到母亲怀里痛哭，谁也说不出话来。杨贵妃更是悲哀，抽泣不止。寿王和韦妃也跟着落起泪来。

高力士一直没敢告诉明皇杨贵妃提前回宫的事，只怕冲散明皇同虢国夫人的兴致，直到傍晚，待明皇回紫云楼欣赏雁塔夕照时，才向他禀告。明皇既觉得和贵妃胞姐幽会是家丑，不可外扬，贵妃不会大闹，也没想到贵妃是回寿王府去了，所以对高力士的禀报没放在心上。待他回宫之后，宫娥和侍卫皆说未见贵妃回来，明皇才着急起来，即命高力士去找。高力士立即骑马奔往诸杨家寻找，无踪影。他想，坏了，必定回寿王府了，又急又怕，满头冒汗。他火速赶至寿王府。

当他一见贵妃，就“扑通”跪下叩头道：“我的娘娘，赶快回宫吧！皇上怪罪下来如何得了？”

杨贵妃沉着驳道：“是皇上先违背了对我‘坚贞不渝’的誓言，是皇上应允我‘今后任凭妃子是了’。不等他怪罪我，我就得先怪罪他呢！”

高力士仍跪着不起，“我的娘娘，那是皇上一时激动的话，怎能认真呢？皇上是金口玉言，他可随说随改，谁敢不听呢？”

杨贵妃“嗨嗨”冷笑两声，“皇上是金口玉言，我杨玉环是玉口金言。罪大莫过于死，我已是死过多次的人了，还有什么可怕的呢？”

高力士于是想到杨贵妃前两次被遣，明皇焦急难熬的模样，是绝对不可能赐死杨贵妃的。杨贵妃也是不怕皇上怪罪的。他只好另寻理由，连眨几下眼皮，搔搔脱发的头顶，良久方道：“娘娘回府，主要是牵挂儿女吧？皇上曾一日杀害三个儿子，为了断根截源，谁能担保不会对贵妃的儿女下毒手呢？”

这一下可刺痛了杨贵妃的心。高力士是皇上的谋士，即使皇上想不到这一步，他也会献此毒计的，于是她沉默起来。

高力士灵机一动，喜形于色，得意地坐到椅子上，“请贵妃也为寿王想一想，常言道：‘一日夫妻百日恩。’更何况你们生活了四年多呢！”他看看杨贵妃仍沉默不语，想她可能在找台阶下，于是趁热打铁，

"眼下已经更深人静，贵妃可先乘凤辇绕道杨府，然后回宫，把来寿王府事隐瞒过去，谁走漏消息，杀身灭口!"

杨贵妃思之再三，别无良法，只好随高力士回宫。

明皇只想着杨贵妃是回杨家，丝毫想不到她是到寿王府去了，所以未加细问，不了了之。

明皇领受了虢国夫人的温柔，有说不出的舒畅。一是虢国夫人不亚于杨贵妃的容貌，二是她犹如男子般风流倜傥，三是她妩媚多姿，四是新奇有趣，于是明皇悬想非非——若杨贵妃再高傲不羁，就将她废掉，以虢国夫人代之。但三天之后，又感到不妥，册封杨贵妃时，费了那么多心机，再立其姐，还得使用些手段，且自己已年近古稀，后人将谓朕何？罢罢罢，还是怨自己的不是，又搭讪着向杨贵妃赔情道："那天游曲江时，妃子喝醉了，朕也喝醉了，误把虢国夫人当作了妃子，失了形态。这既是朕的不对，也怨你姐妹二人太相像了。其实这也不算什么，圣君大舜，曾纳娥皇姐妹二人呢!"

杨贵妃立即驳道："昏君汉成帝也纳赵飞燕姐妹二人呢!"

明皇再无言答对，"嘿嘿"一笑，将头一低，做了个赔情的姿势。

欲知后事，且看下回分解。

第三十八回

帝妃交心议嗣君
兄妹勾结谈前程

明皇两次遣出杨贵妃，自己都失魂落魄，不得不赔礼道歉把她召回。这次明皇又向她道歉了。

杨贵妃趁机又提起嗣君的问题，“太子玙能守住大唐江山么？陛下已年过古稀，该未雨绸缪了。”

明皇对此早已考虑千百遍了，故答道：“有妃子从兄杨国忠辅佐，何患之有？”

杨贵妃料定明皇用杨国忠是权宜之计，但佯为不知，又追问道：“杨国忠可靠么？”

明皇认真地道：“妃子的从兄，还有不可靠之理吗？”

杨贵妃道：“明君唐太宗的骨肉兄弟还相残呢，更何况妃子的从兄？而且妃子也不一定可靠呢！”

明皇怔了一下，有点摸不着头脑，反问道：“那么请问贤妃，还有谁可靠呢？”

杨贵妃认真地道：“寿王！”

明皇近两年来也考虑过寿王，的确寿王的才干智慧比太子玙高，只是由于杨贵妃的关系，才委屈了他。但他又回避道：“只是寿王的儿子太幼，不如太子玙之子广平王和建宁王皆已成人，可鼎力相助太子玙。”

杨贵妃冷笑了两声，“只怕太子玙父子六人，也敌不过一个杨国忠吧？”

明皇道：“寿王一人能敌过么？”

杨贵妃道：“有臣妾相助呀！”

明皇道：“请贤妃助一下太子玙好吗？”

杨贵妃又冷笑一声，“我愿去助一个黎民百姓，也不愿去助一个太子和父妃的私生子呀!”

明皇没想到杨贵妃答得这么巧妙，也笑了一声，“可是那位太子的父皇和妃子早已过世了呀!”

杨贵妃好像事先预演好了似的，又从容地答道：“难道如今父夺子妻的皇帝，真能长生不老么?”

明皇终于被堵到了绝处，无可奈何地笑道：“那就等到如今的皇帝万岁后再考虑吧!”

杨贵妃紧追不放，“可如今的皇帝已过了古稀之年，若不未雨绸缪，只怕噬脐莫及呢!”

明皇计上心来，以攻为守了，“只怕你们三人也敌不过一个安禄山吧?”

杨贵妃仍从容而答：“陛下对安禄山甚厚，他不会作乱吧? 即使作起乱来，还有郭子仪、哥舒翰、封常清等很多大将军。而且他是胡人，似无根之木，朝中无人，最多能暂时割据一方。他肯定不会闹到过去的五胡乱华的局面吧?”

明皇也紧追不放，“杨国忠不但是妃子的从兄，而且他是个养子，他要是背叛妃子呢?”

杨贵妃仍很从容，“女皇武则天杀死两个儿子、一个女儿，难道臣妾就不能杀一个从兄吗?”

明皇又紧追道：“要是杨国忠和安禄山勾结起来，妃子可怎么办呀?”

杨贵妃道：“我会遵照陛下的手段，使他俩互相格斗，永远勾结不起来。”

明皇彻底认输了，“妃子莫非是武则天太后转世么?”

杨贵妃道：“武太后最后还是立李显为太子，并未把江山转交武氏。”

明皇道：“可她把太宗的子孙杀之殆尽了。”

杨贵妃道：“请陛下放心，我只有一个傻儿，绝对不会把他杀掉。”

明皇道：“太子玙肯定不保险。”

杨贵妃道：“臣妾比起武太后是望尘莫及，但妾虽愚笨，对前车之覆是不会不鉴的。”

明皇壮壮胆，略停片刻，问道："传说高宗之死也是和武太后有关的呢。"

杨贵妃哈哈大笑，前仰后合，"你是担心臣妾会对陛下下毒手吗？若臣妾真如此，未免太傻了。高宗懦弱无能，体衰多病，可陛下是唐朝中兴之主，是被誉为明皇的圣君。武太后先是垂帘听政，而臣妾至今还是个妃子，连皇后的凤冠尚未正大光明地戴上。臣妾怎能和武太后同日而语呢？"喘了喘又接续道："陛下初纳妃子时节，行则同车，坐则同榻，常山盟海誓地说'愿为妃子同生共死，愿为妃子倾国'，可如今陛下朝秦暮楚，窃玉偷香，暗中结下几多连环寨？莫说你为妾共死和倾国，只怕你为妾倾一座城池也舍不得！"

明皇仔细参解杨贵妃这番话，扪心自问，而今同她的痴情的确不如当初，但是由两方面造成。他隐去自己的方面不说，只责备杨贵妃道："想当初，朕对妃子热如火，而妃子对朕冷似冰。到后来妃子采用拖刀计，身在曹营心在汉，伴的是我，想的是寿王，对朕时冷时热，使性撒泼，敷衍折腾得我似油煎火燎，我那痴情才日渐淡薄了些。"

杨贵妃接道："痴情人可以赴汤蹈火。陛下分明是喜新厌旧，撒谎骗人从来是面不变色。"她又说着了明皇的病根。

明皇"嘿嘿"一笑，赔起情来。

杨国忠听到杨贵妃私会寿王的消息，知其痴情未断，估计会有后患，立即赴寿王府想探个究竟。寿王深知杨国忠狡黠，提心吊胆地接待了他。

杨国忠认为他不是对手，无须使用策略，刚一落座，就单刀直入地开言，"我早预料贵妃和殿下恩情未断，愿为你们效劳，只是先前未见表现，不敢造次。我得有今日的富贵，全赖贵妃的荫庇，知恩不报非君子。眼下太子为瓮中之鳖，只有安禄山那厮，手握重兵，奸诈多端，居心叵测，但面若痴诚，迷惑圣聪，莫之奈何！"

寿王也是很机灵的，知道他意在言外，以询问对安禄山的看法，试探自己和贵妃有无异志。他想起杨贵妃说过的采用坐山观虎斗的策略，所以立即应道："听贵妃说安禄山在皇上面前也奏了国舅许多不是呢！"

杨国忠迫不及待询问道："他都奏些什么呢？"

寿王从容地道："不外是揽权受贿、卖官鬻爵、居心叵测之类。但皇上皆置若罔闻，认为他嫉妒国舅罢了。"

杨国忠虽未探到寿王和杨贵妃的隐情，但得知安禄山对自己的诬告，心想也算收获不小。他推测在自己和安禄山的角逐中，杨贵妃肯定不会吃里爬外的。安禄山虽然有意调戏贵妃，而贵妃却是捉弄他。一个粗蠢的鲁夫，妄想吃天鹅肉，简直是白日做梦！但他仍不甘心就此离去，又壮壮胆问道："皇上年已古稀，殿下也应提前绸缪才是，绝对不能把宝座拱手与人。若有用得我处，定当赴汤蹈火，以报贵妃大恩。"

寿王道："小弟不才，从无此妄想，但愿逍遥过活，能寿终正寝就心满意足了。"他干脆把他与杨贵妃的恋情也推得一干二净，"贵妃早已对小弟恩断义绝了，她方才是专为探视一双儿女来的。贵妃偷品嗣宁王玉笛，绰趣李白，朝野皆知，可见她早已玩世不恭了！依我看来，贵妃有可能步女皇武则天的后尘，把大唐江山转给你们杨家。"

这说到杨国忠的痛处，他忧心忡忡地道："可武则天最信赖的也并非是武家，她把她家族的人也杀了不少。她最后似乎有意禅位男宠，因舆论难容，未能得逞。殿下是贵妃娘娘名正言顺的丈夫，而我们杨家和贵妃的宗支又皆非嫡系。我愿效忠殿下，任凭驱使！"说罢立即跪下发誓道："我杨国忠若对殿下有丝毫不忠，愿天打炸雷轰顶！"

寿王连忙把他扶起，安慰道："国舅太多礼了，我确实早已绝了名利，现是蒙受错爱了。"

杨国忠见寿王一直滴水不漏，也无可奈何，只好悻悻离去。

寿王对杨国忠十分厌恶，见他去后骂道："真乃无耻小人，趋炎投机，见缝插针！"

杨国忠从寿王府出来，立即去往虢国夫人府中。他已同虢国夫人姘居多年，进得门来，就不拘形态，伸手拉着她调笑道："常言道：'舍得一生拚，尽君今日欢。'夫人讨好皇上，一定收获不小。"

虢国夫人撒娇弄痴，"所获是不小，但不知丞相如何谢我?"

杨国忠媚笑道："少让夫人守些空房，多陪你住几天呗!"

虢国夫人眉飞色舞起来，"皇上说奴婢的淡妆胜于贵妃，而贵妃的浓妆却强于奴婢。"

杨国忠接道："请夫人今后就经常淡妆是了！皇上还说什么?"

虢国夫人道："皇上还说贵妃对他时冷时热，今后贵妃再冷淡他，他就把贵妃废了，以奴婢代之。"

杨国忠不以为然，"只怕是皇上一时激动说的话。依我看来，夫人的姿容远不如贵妃，只是你善于撒娇罢了。”

虢国夫人也认为杨国忠说的属实，但又分辩道：“人常说，‘家花没有野花香’嘛。”

杨国忠道：“皇上要是把你收为家花，也就很快不香了。”

虢国夫人再无言对答，转了话题，“丞相方才到何处去了？莫非也采野花去了？”

杨国忠道：“你们女人家就爱吃醋。”

虢国夫人道：“不是我们女人爱吃醋，而是你们男人太馋。你要是当了皇帝呀，只怕有六宫十二院，也难以解馋！”

杨国忠把头一摇，“唉，当皇帝，休想啦！”

虢国夫人莫名其妙地问：“丞相已是一人之下，万人之上，今天早上还信心百倍哩，发生什么大事啦？”

杨国忠道：“你可知贵妃提前回宫，是到何处去了么？”

虢国夫人怔了一会儿，“奴婢猜不出来。”

杨国忠道：“她回寿王府去了。”

虢国夫人喜形于色，“皇上正想废她哩，她岂不是授人以柄么？”

杨国忠道：“没那么容易。皇帝对贵妃迷恋到无法自拔的程度，遣出两次都以赔礼道歉召回来。后宫有佳丽三千，他皆视如黄土。夫人已是半老的残柳败絮，他岂会真为了夫人而废掉贵妃？他是把夫人当作临时的玩偶罢了。”

虢国夫人仍不以为然，反驳道：“皇上总不会和儿子共妻，让贵妃一妇二夫吧？”

杨国忠道：“人被色情所迷，什么糊涂事情都做得出来。皇上当太子时岂不是也和他父皇共妻么？且皇上已年过古稀，死之将至，其心必善，是有可能将贵妃完璧归赵于寿王的。而寿王的才智，远超太子玙之上，又有贵妃娘娘的协助，必为嗣君无疑。哪还有咱们的份呢？我只怕丞相的爵位也难保住呢！”

虢国夫人认为有理，失望地道：“丞相呕心沥血，经营这么多年，好不容易熬到这个地步，前功尽弃岂不可惜？”

杨国忠道：“安禄山是肯定要作乱的，我或许可以从中浑水摸鱼。这要看我的命运如何了！”

虢国夫人有点吃惊，“那安禄山手握重兵，作起乱来，岂能得了？”

杨国忠早已胸有成竹，“安禄山是个胡人，最多能割据一方，妄想推翻大唐是办不到的。我已把他在朝中收买的两个走卒罗希奭和吉温贬谪致死，拔除了隐患，至今他尚无反应。”想到这里，他开始得意起来，喜形于色。虢国夫人遂传酒侍候。

欲知后事，且看下回分解。

第三十九回

安禄山叛乱势如破竹 唐明皇奔蜀痛若断肠

且说安禄山闻知他的两个心腹吉温和韦陟被贬，预感到朝廷是杀鸡给猴看，便抓紧了反叛的步伐，遂表请献马三千匹，每匹马控夫两人，遣藩将二十二人奉送进京。

明皇闻奏，立即宣杨国忠入宫密议。

杨国忠果断地道："其间肯定有诈。每匹马控夫两人即人数可达六千，而今大军皆在边陲，京师羽林军不过五千，岂可抵过蕃兵?"

明皇略悟，始有疑安禄山谋叛之意，于是婉转措辞谕令安禄山，"进军马厚意可嘉，俟至冬季气候干燥时节，官派役夫领取，无烦令控夫来京。"

杨国忠又补充道："安禄山反状愈明矣，不妨擢他为左丞相，召入京师。然后分其兵权，以贾循为范阳节度使，吕知诲为平卢节度使，杨光翙为河东节度使。"

明皇思索良久，方道："此意不妥，他若欲作乱，岂无戒心？肯定不来。他若无意作乱，此令将使其生疑矣!"

杨贵妃见两人莫衷一是，心生一计，奏道："从安禄山筑雄武城、储兵甲、换汉将、献马等推测，他似是宿意谋乱，但如今尚举棋未定。他虽有作乱之心，但也不无后顾之忧。且皇上对他推心置腹，他作乱亦不会毫无内疚。还是以招抚为上，先礼而后兵为妥。不妨许他儿子安庆宗一公主，请他来观礼，看其反应如何!"

明皇不禁拍案叫绝，于是将荣义公主许配给安庆宗，召安禄山前来观礼，将此诏连同拒绝献马的诏书一起，遣裴士淹送至范阳。

安禄山知裴士淹来，称疾不理，二十余日后，方陈列武备迎见，姿态十分傲慢，无复人臣礼，只问了一声“皇上和贵妃安否”，又含意双关地道：“马可以不献。吾儿得尚公主，实为高攀，只因贱体欠安，不便前去，实为遗憾之至！”

裴士淹还朝回奏之后，明皇感到情况严重，又召杨国忠商议对策。

杨国忠道：“如今势已迫在眉睫，宜双管齐下。一方面使京兆尹包围安庆宗宅第，割断他同安禄山的消息；一方面擢安禄山为左丞相，召他入京。他若拒召，即先下手为强，兴师问罪，否则恐噬脐莫及矣！”

明皇以目示杨贵妃。

杨贵妃也无计可施，心想，如今只有依靠杨国忠一条路了，于是称赞道：“吾兄才能远迈安禄山之上，有高识卓见，定能力挽狂澜。”

明皇亦深悔未早听杨国忠之言，以致养痈为患，深为内疚，遂向杨国忠道：“任卿为之是了。”

杨国忠为了促安禄山速反，以显示自己的预见，立即行动，当晚派人包围了安庆宗府第，捕获了夤夜私进安宅的辅璆琳。这辅璆琳出使范阳时，因受安禄山厚赂，便认贼作父，时常通过安宅与之通风报信。对他审问时，他知无可隐瞒，遂招认不讳。杨国忠又从他府中抄出大量财宝和胡人特产皮毛、人参等。物证俱在，明皇闻之愤怒异常，遂托以兼并土地、鱼肉百姓罪，诛其身，破其家。

次日，明皇遣中使冯神威持诏书赴范阳，召安禄山入相。

安禄山居床微起，接旨不拜，阅毕则道：“臣重病在身，已力不从心，受之有愧。”连问候皇上和贵妃的话也没有了，便挺身而卧，挥手让左右引冯神威至馆舍，再不接见。十日后方遣冯神威归还，连回奏表章也没有。

冯神威到京，连家也未回，便到寝宫向明皇泣道：“臣几乎不得见皇上矣……”

正说之间，忽报九姓族执叛酋原河东节度使阿布思入朝。这是为何？一是九姓族害怕纳叛惹怒了大唐；二是阿布思欲申诉逃叛的原因，以减轻自己的罪过。

明皇急忙接见。阿布思伏地泣道：“臣叛逃漠北，实为三面受敌所致——安禄山名为助臣，实乃趁火打劫，使臣进退维谷，只好北窜矣！请陛下谅情，从宽发落是幸！”

明皇不禁一惊，“呵！有这等事，可见安禄山谋篡之心久矣。但你何不早言？”

阿布思道：“陛下先时对安禄山宠信太重，有言他反者必杀，故臣不敢言。”明皇这时既感到形势严重，又悔恨交加，立即招杨国忠商议对策。

杨国忠道：“现在已至千钧一发之时，宜速调兵遣将，兴师问罪了！”

明皇摇头道：“兵乃凶器，不得已方能用之。”遂又回寝宫。

明皇回到寝宫，请杨贵妃献策。

杨贵妃道：“依妾看来，陛下对安禄山恩厚，他不会全忘，他恐是嫉妒妾兄杨国忠的职权。不妨由妾措辞下书一封，召他入京，看他如何。若果能来，则雨过天晴；若是不来，则师出有名矣。”

明皇以为是。杨贵妃提起笔来，一挥而就。明皇阅罢甚喜，未增减一字，当即缄封，遣使昼夜兼程而往。

且说安禄山遣中使冯神威归去之后，又闻阿布思遣送大唐，怕他揭露自己，便同谋官张通儒、孔目官严庄、书记高尚和次子安庆绪密谋。

高尚道：“从猜字占卜来看，十一月为冬月，‘冬’字可拆为‘父’和‘二’，‘父’即‘文’的俗字，天下将行二文——二文者二圣旨也，即将分裂割据。且十一月既无雨水，亦未严寒，利于行军，定能旗开得胜。”众人皆以为妙。但安禄山却道：“只是吾妻和子庆宗尚在长安，他们如何脱逃耶？”

严庄道：“可速遣人报信，令其于十一月前化装潜出。”

安禄山道：“已月余未见其来信，是否囚禁也未可知！”

严庄道：“节度使有十三子，舍一子而保十二子，也是划算的。”

此言正说到安庆绪心坎里。若庆宗遇害，他便成了当然的继承人，但他假惺惺地道：“我们弟兄虽多，但我的生母只有一个呀！且庆宗居长，请以我去易庆宗可好？”

严庄道：“将军孝悌之心可嘉，只是事已燃眉，来之不及。”

高尚亦迎合道：“若将军前去，恐汝兄亦难放回，将同归于难，徒死无益。”

安禄山道：“事到如今，只好听天由命了。”便分头行动，大飨士卒，厉兵秣马。

正好十月末，递送杨贵妃书信的使者来到范阳。

安禄山看罢杨贵妃的书信，回忆起以往洗礼的情况。当时他浑身烫得通红，起泡无数，痛疚难忍，但哑巴吃黄连，隐忍至今，不禁恨恨。他又想：眼下如此，是收买我心，哼，我可不像小孩子那么好哄！于是趁机伪造圣旨，召诸将示之曰："皇上送来密旨，因杨国忠谋篡，令吾率军星夜入京勤王。"

诸将愕然，疑信参半，皆不敢言。

于十一月一日，安禄山集本部和奚、契丹、室韦步骑计二十五万，号称三十万反于范阳，命原副使贾循守范阳，吕知诲守平卢，高秀岩守大同。他引兵夜发，到蓟城南，检阅宣誓："杨国忠祸国殃民，人神共嫉，天地不容，义军勤王，百战百胜。有异议扇动军心者，诛灭三族！"于是鼓角震天，烟尘千里，河北州县，望风瓦解。

明皇闻讯，立即召集文武百官。杨国忠首先扬扬得意地卖乖道："吾早奏安禄山必反，怎奈皆掉以轻心，似信不信。"

明皇不胜内疚，无可奈何地道："往事提之何益？如今大敌当前，宜速商讨对策。"

杨国忠受此微责，连忙奏道："所反者独安禄山耳，其将士必不欲也。河北为其巢穴，故望风披靡。遣官兵于黄河拒战，不出旬日，定可传安禄山首级至京矣！"

明皇为了给群臣壮胆，颇以为然。而群臣皆知京城空虚，杨国忠所言是故意吹嘘，遂相顾失色，但莫敢异言。

明皇招安西节度使封常清入朝，问他讨贼方略。

封常清邀功心切，大言曰："今太平日久，故人望风惧贼。但事有逆顺——顺天则兴，逆天则亡，安贼深入无援，必有后顾之忧。请陛下令朔方军剿其旧穴，臣走马诣东京，开府库，募骁勇，棰马渡黄河，前后夹击，计日取安首级献阙下。"

明皇甚悦，令其先行，诣东京，旬日间募兵六万。又以荣王琬为元帅，金吾将军高仙芝为副，宦官监门将军边令诚为监军，出内库银帛，在京师募兵十一万，挥师东征。同时令九原太守郭子仪为朔方节度使剿截安禄山后路。并杀安庆宗，赐其母和荣义公主自尽。

岂奈封常清和高仙芝刚至虎牢关，贼兵已渡黄河，所募新兵皆市井子弟，一遇胡勇，不战自栗，故节节败退，溃不成军，士马腾踏，死伤无数。遂舍弃东京，扼守潼关。贼至不得入，暂去。

安禄山一入东京，即登基自称大燕皇帝。以谋官张通儒为宰相，降官河南尹达奚珣为侍中，高尚和严庄为中书侍郎。

高仙芝和封常清败守潼关后，与监军边令诚互相埋怨，推卸职责。

边令诚回京进谗道："封常清惧贼惑众，高仙芝盗减军饷，连弃陕洛数百里，罪不容恕。"

明皇大怒，敕令边令诚军中斩之。

封常清临刑曰："臣死之后，望转启皇上莫轻安贼。臣之败绩，非不尽职，实敌锋难拒。"

高仙芝则抗言道："我遇敌而退，罪有应得。今上戴青天，下履大地，但谓我盗减军饷，则诬陷也。"

士卒亦为之不平，大呼称冤，声震天地。

边令诚则视而不见，听而不闻，毅然斩之。

明皇因陇右节度使哥舒翰素有威名，且他同安禄山不和，遂命他为兵马元帅，领兵八万赴潼关攻洛阳。

哥舒翰以疾固辞，皇上不许，他只好赴任收容封常清、高仙芝旧部，号称二十万众。

安禄山令安庆绪和大将军崔乾佑进攻潼关，数月不下，正欲亲征，忽闻诈降之常山太守颜杲卿和平原太守颜真卿堂兄弟皆叛，接应朔方节度使郭子仪和河东节度使李光弼，会师二十万于常山——常山九县，七附官军，斩叛四万级，史思明不能救。河北响应唐军者达七十郡，安禄山兵路、粮路皆断，将士家在渔阳者，无不动摇。

安禄山大惧，召高尚和严庄斥之曰："汝数年教我反，以为万全，今抵潼关，数月不能进，北路已绝，唐军四合，吾所有者，只汴郑数州而已，万全何在？汝今后勿来见我！"

高尚和严庄皆惧，数日不敢来见。

恰巧谋士田乾真自潼关下来，谏安禄山曰："自古帝王创业，皆有胜败，岂有一举而成？今四方军垒虽多，然皆乌合之众，岂能敌我蓟北劲锐之兵，何足深忧？高尚、严庄皆佐命之勋，陛下一旦绝之，诸将知道，谁不内惧？若上下离心，臣窃为陛下担忧！"

安禄山顿开茅塞，拍其肩笑曰："乾真豁我心事，真谋士也！"立即召高尚和严庄，置酒酣宴，命歌伎奏乐，自为之侑酒。

尚庄二人见安禄山和好如初，仍尽心划策。

安禄山欲弃东都返范阳。

高尚道：“如今已克东都，若轻弃，功亏一篑矣！可遣两万人马北上援史思明，陛下亲征潼关，招讨并举，或可速克矣！”

安禄山认为有理，遂采纳之。

哥舒翰来到潼关，认为敌锋初至，锐猛难拒，宜待其疲惫方可攻之。

杨国忠得知，怕哥舒翰与安禄山勾结，反戈一击，则京师难保，于是启奏明皇道：“今朝重兵皆在哥舒翰手中，而后无继，万一失利，则京师必危。请募丁壮万名，屯灞上，令亲信杜乾运领之。”

明皇然之，不日而就，名为御敌，实乃防哥舒翰也。

哥舒翰闻之，颇有后顾之忧，请将灞上兵隶属潼关。

明皇不知杨国忠本意，遂允之。

哥舒翰召杜乾运至潼关，杜乾运不服军令，斩首示众。

哥舒翰同户部尚书安思顺有隙，使人伪造安禄山致安思顺书，于关门擒之，献给明皇。安思顺亦诛身破家。

杨国忠见哥舒翰连杀二臣，想到自身过错亦多，非常害怕。

这时也确有人向哥舒翰建言，“安禄山起兵以讨杨国忠为名，天下皆以杨国忠召乱，何不上表请皇上杀杨国忠，以谢天下。或劫取杨国忠来潼关杀之，使敌人无所借口，其军心必然涣散，自相瓦解矣！”

哥舒翰道：“如此乃哥舒翰反，非安禄山反矣。”遂不敢采纳。

哥舒翰按兵不动。

杨国忠唯恐夜长梦多，探得安禄山部将崔乾佑在灵宝城兵不足四千，且多残弱，奏请明皇令哥舒翰先克复灵宝。明皇允之。

哥舒翰回奏道：“安禄山久习用兵，岂肯无备？必是以残弱诱我。且贼远来，利于速战，我军据险，利在坚守。况贼残虐失众，必有内变，待之，可不战而擒也。”

这时郭子仪和李光弼亦请增兵取范阳，直捣安禄山巢穴，欲掳贼党妻子，使其内溃，也启请潼关宜固守，不可轻出。

杨国忠的疑惧与日俱增，仍力请明皇敕哥舒翰反攻，“哥舒翰逗留潼关，将失战机，待敌稳定阵脚，则攻取难矣！”

明皇因急于克敌，未知杨国忠的用意，连续遣使，敦促哥舒翰出击。

哥舒翰无奈，抚膺恸哭，引兵出关，使部将王思礼领精兵五万居前，庞忠领兵十万继后，自率亲兵两万乘战船鸣鼓助威，至灵宝西原峡谷交兵，并不时登北岸阜丘观阵。只见安禄山部将崔乾佑兵不过万，什什伍伍，散如列星，疏疏密密，且战且退。身经百战的哥舒翰知此是诱兵之计，必有埋伏，立即命退兵。

崔乾佑见哥舒翰退去，追杀一阵，亦号角收军。

哥舒翰退回潼关，觉得欲破敌兵，宜首先消灭其埋伏，遂当晚分遣左右两军，各率精锐三万，迂回西原峡谷两侧二十里外夹袭。结果直至天亮会师，一个伏敌也未抓获。

监军边令诚再也忍耐不住了，挖苦哥舒翰道："莫非将军年迈眼花，真的成了草木皆兵了?"

哥舒翰被此一激，羞愧难容，第二日他遂破釜沉舟，与敌军决一死战。仍分三路人马，长驱直入，势如摧枯拉朽，斗志昂扬。待黎明时节，先锋将士即要闯出峡谷时，忽听贼军号角四起，旌旗满天——似同天兵下降。贼居高得势，箭如飞蝗，木石俱下。官军道隘，拥挤如束，枪槊不得用，伤亡惨重。哥舒翰以毡车为前驱，欲不惜代价，率军冲出此七十里的峡谷，与敌决战。怎奈日过中午，东风暴起，崔乾佑用草车百乘，堵塞毡车要道，纵火焚之，浓烟如雾。官军不能开目，以为贼在烟中，聚弓弩猛射。日暮矢尽烟消，方知无贼，哥舒翰又鸣金长驱，急欲出谷，脱离险境。但刚行里许，前后便遇上劲敌。原来崔乾佑自率勇士十万居前，遣精轻五万自山南迂回至官军之后。官军已在谷中伤亡过半，似同惊弓之鸟，岂能受此夹击？于是前后骇乱，溃不成军，或弃甲窜匿山谷，或相挤入河溺死，嚣声振大地。贼乘胜紧追，官军后军见前军败，皆自溃。河北军望之亦溃。瞬息间，两岸皆空。翰独与麾下百余骑走，自首阳山西渡河入关。关外先为三堑，皆广二丈，深一丈，人马坠其中，须臾而满，余众践之以度，士卒入关者才八千余人。

六月初九崔乾佑进攻潼关克之。

哥舒翰至关西驿，揭榜收散卒，欲复守潼关。

蕃将火拔归仁等以百余骑围驿，入谓翰曰："贼至矣，请公上马。"

哥舒翰上马出驿。归仁帅众叩头促其叛曰："公以二十万众，一战弃之，何面目复见天子？且公不见高仙芝、封常清之下场乎?"

哥舒翰以为不可，欲下马。

归仁以毛系其足于马腹，及诸将不从者，皆执之以东，时贼将田真已至，归仁遂降之，俱至洛阳。

安禄山问哥舒翰曰："汝常轻我，今日何如?"

翰伏地对曰："臣肉眼不认圣人。今天下未平，李光弼在常山，李祇在东平，鲁炅在南阳，陛下留臣，使以书招之，不日皆下矣！"

安禄山大喜，以哥舒翰为司空同平章事（宰相）。谓火拔归仁曰："汝叛主不忠不义，执而斩之。"

哥舒翰以书招诸将，诸将皆复书责之。

安禄山知哥舒翰招降无效，乃囚之于苑中。

潼关失守后，京师再无屏障，且仅剩羽林禁军三千，情况十分危急。明皇愤恨交加，既欲迁都，又想募兵御驾亲征，破釜沉舟，决一死战。他心中犹豫、徘徊：安禄山难道毫无人心？朕待他甚厚，他竟恩将仇报！也许他见朕之后，会汗颜无地。他曾说过大腹便便里全是赤心，或能活捉他，开肠破肚，让众人看看！且他以讨杨国忠为名，看来他对叛朕也觉名不正、言不顺，做贼心虚。李林甫、安禄山、杨国忠是朕的三大宰相，如今已暴露出两个奸贼，而杨国忠再不会是奸贼了吧？说他是奸贼，只不过是安禄山的借口罢了。安禄山若真的为讨伐杨国忠，就不该一进京都就称大燕皇帝。杨国忠肯定不会是奸贼，他若也成了奸贼，朕岂不是被群奸包围了？这比"奸臣得势、忠臣受气"还糟呀！天下将谓朕何？朕将再不是明皇，而是昏君暗皇了！不是的，朕是明皇，朕曾平定韦后之乱，曾弹压太平公主谋逆，曾治理出开元盛世和贞观之治媲美。朕是明皇，不可能没有一个忠臣！杨国忠是忠臣，杨国忠肯定是忠臣！朕还得依靠杨国忠，朕要御驾亲征！于是明皇大声喊道："高力士在哪里？"

高力士快步而至，"臣在这里，唤臣何事？"

明皇道："朕欲御驾亲征，命太子玙监国，快传杨国忠开左藏大盈库金银募兵。"

杨国忠最怕太子玙监国，所以闻讯后立即入宫，侃侃奏道："一是大盈库存银已不多，二是新募市井乃乌合之众，皆贪财怕死，怎能敌得胡勇？前封常清和高仙芝募新兵十余万，皆望风披靡，一败涂地。如今剑南、陇右、朔方虽有大军，但远水难解近渴，只有迁都奔蜀一条路。臣兼领剑南节度使，定保皇上无恙，然后调遣郭子仪大军会同李光弼，前后夹击安贼，似关门打狗，他必被我擒。"

明皇认为有理，"卿且退，容朕细思！"

杨国忠唯恐明皇犹豫反悔，又将他的主张诉于杨贵妃，一再嘱咐，

"吾欲保寿王为嗣，不但不可让太子玙监国，而且需到剑南趁机除之。否则，他若得势，不仅寿王承嗣无望，恐怕咱杨家也有灭族之灾！"

杨贵妃很以为是，她认为杨国忠虽也存有野心，不一定会忠于寿王，但那是以后的事，如今燃眉之急是劝阻明皇御驾亲征和太子玙监国，立即迁蜀。

明皇本来就犹豫，见杨贵妃和杨国忠异口同声，也就决意迁都入蜀了，但怕百姓恐慌，遂召文武百官于勤政楼宣谕。并以京兆尹为御史大夫兼置顿使，京兆少尹崔光远为京尹充西京留守，将军边令诚掌宫闱管锁，讬以剑南节度使颖王璬赴任，遂于晚间谕知宫中妃嫔整装待发，命龙武大将军陈玄礼整饬六军，厚赐钱帛，选厩马九百余匹。

次日黎明时节，明皇独与贵妃姊妹、皇子、公主、皇孙、杨国忠、韦见素、魏方进、陈玄礼及亲近宦官、宫人等由延秋门西奔，将太极、大明和兴庆宫以外之王孙公主皆弃之不顾。中午过咸阳，杨国忠奏请焚桥，明皇叹道："贼至无桥，必劳百姓重修。且士庶避贼求生，岂能绝其路，不如留之，免劳吾民矣！"至日偏西，行从皆无食，疲惫不堪。咸阳县令已逃，无从征召。杨国忠自市中买来胡饼以献，于是百姓争献粝饭杂以麦豆，王孙们以手掬食，须臾而尽，犹未能饱。众哭于道，明皇亦掩泣。

军士散往村落求食，未时集合复行。夜半至金城，县令遁去，驿中无灯，互相枕藉而寝，贵贱不辨，从者多逃矣！

是日犹有早朝者，一见宫中无人，便四处逃窜。无赖刁民趁火打劫，争入宫禁及王公府第盗取财宝，竟有骑驴上殿窃运左藏大盈库者，还有放火者，留守边令诚掌管钥匙，一边自盗，一边请京兆尹崔光远遣衙役守卫扑火。杀十余人，抢劫略定。崔光远见大势已去，敌兵即将入京，遣其子东迎安禄山，边令诚亦以钥匙献之。

安禄山进入长安，以张通儒为西京留守，仍以崔光远为京兆尹。原陈希烈因晚节失恩于上，张垍谋宰相未遂，故皆降于贼，被任为伪相。其余未走的朝士，皆授以伪官。令孙孝哲搜巡霍国长公主及王妃驸马五十人，于崇仁坊刳其心，以祭安庆宗的亡魂；捕杨国忠、高力士余党八十三人，砸其脑盖。凡扈驾西巡家留长安者，诛及婴儿，数以千计。

明皇一行次日至马嵬驿，士兵哗变，发生了一起遗恨千秋的事。

欲知端底，且看下回分解。

第四十回

太子玙拨乱别父皇
杨贵妃殉难会旧夫

且说明皇携杨贵妃和王孙亲信向成都投奔，次日中午行至马嵬驿，又饥又渴，传旨休息午餐。

因驿馆较小，只有明皇和杨贵妃，以及内侍、高力士、宫娥念奴等居于馆中。杨国忠和陈玄礼等官员，皆到驿西马嵬寨中暂为栖身，士兵们散布于树荫檐下，坐卧狼藉。王孙公主和皇亲贵眷络绎满路，狼狈不堪。

太子玙名为后卫，趑趄不前，实乃暗打主意，与贴身太监李静忠道："安禄山以讨杨国忠为名，若将杨国忠正法，不知此祸可平否？"

这李静忠既聪敏，还在高力士手下待过多年，识多见广，立即回道："除灭杨国忠虽不一定能使安禄山罢兵，但却是有益无害。一是安禄山失去借口，若不退则暴露其阴谋，民心皆背，士气低落；二是杨国忠阻止太子监国，居心叵测，若不早除，必有后忧；三是士兵扈驾，背井离乡，皆有怨尤。不趁机点火，还待何时？"

太子玙听罢，喜形于色，"天赐良辰，立即行事！"

李静忠闻命，快马加鞭，趋前知会陈玄礼将军。

陈玄礼一见李静忠就问："太子来否？皇上候之久矣！"

李静忠疾言厉色大声嚷道："士兵们皆不愿离乡去蜀，欲挟太子北上破贼。且怨声载道，'此祸系由宰相杨国忠挑起，不截取其头颅谢天下，不足以平民愤'。太子特请将军前去宣慰士兵，定夺行止！"

这番话正道出了士兵们的心声，他们刹那间骚乱起来，"对，不杀杨国忠，誓不扈驾……"

陈玄礼虽认为有理，但事关重大，当机制止道："军士们，请稍等待，事关宰相，非同小可。待启奏皇上，定有圣夺明裁!”

士兵们已连续两昼夜风餐露宿，饥寒交迫，疲惫不堪，正一股子怨气无从发泄，似火包纸中，一触即发。他们想，杨国忠飞扬跋扈已极，素来不得民心，但他身为国舅，皇上岂不庇而护之，必须先斩后奏。

恰好这时杨国忠从驿寨走出，欲去驿馆会见皇上。他刚走出寨门，就被二十多名吐蕃的使者围住，诉以无食。

李静忠灵机一动，用手指着杨国忠，扇动士兵道：“杨国忠正勾结胡人谋反!”

士兵们刹那间行动起来，挥刀舞剑，喊声震天：“杀!”

杨国忠勒马西逃，乱箭穿身而亡。

士兵们割下杨国忠的首级悬挂驿寨东门，践尸如泥。

陈玄礼吓得失魂落魄，正欲去启奏明皇。

李静忠又扇动士兵道：“杨国忠依赖贵妃飞黄腾达，今国忠死，贵妃尚在陪驾，岂无后怕么?”

众士兵似大梦觉醒，立即把驿馆包围，要求处死杨贵妃。

明皇听闻喊声，知情况不妙，欲出外谕慰。

陈玄礼奔跑进来，跪奏道：“士兵们皆怨杨国忠酿成今日大祸，已枭首示众。但贵妃尚在，他们心有后怕，请求将贵妃正法。”

明皇乍闻，不禁惊慌失措，良久方道：“贵妃深居宫中，对杨国忠谋乱毫不知情。他虽为其从兄，但宗支已远。杨国忠固然有罪，也应先奏后斩，不可先斩后奏。既已斩之，朕恕你无罪，快宣慰士兵去吧!”

陈玄礼似乎吓破了胆，“士兵们已杀红了眼，还杀死了御史大夫魏方进，戳伤了韦见素相公，杀死了韩国夫人和杨国忠之子杨瑄很多人……”

明皇怒道：“常言道：‘养兵千日，用兵一时。’朕待卿素来不薄，到危难时节，不去弹压叛军，反而助纣为虐，要挟朕来了。我可问你还有一点忠心没有?”

陈玄礼羞容满面，又委屈地分辩道：“四军多系关中人氏，不愿离家入蜀，一股怨气撒向杨国忠身上。贵妃虽然无罪，但杨国忠为其从兄，留在陛下左右，军心存有后怕。如今只有陛下顺水推舟，将贵妃割爱正法，张显皇恩，尚可感动军心，否则，众军叛离，或散入草泽，或各个归家，不但陛下真正成为孤家寡人，只怕臣的性命也是难以保全的呀……”正说之间，哗乱喧天，“不杀贵妃，誓不扈驾！”

明皇气得无奈，不禁哭道：“朕临幸过的妃子无数，而今只有杨贵妃留在身边，最为爱宠，形影不离，相依为命，怎生舍得割爱，岂非欲要朕的命么？陈将军请你代朕宣慰诸军，只要能容得杨贵妃，天大的条款，皆可应从！”

喧嚷声愈来愈近，陈玄礼知事已至此，难以挽回，只是连连叩头，痛哭流涕，恳求道：“常言道：‘兵败如山倒。’这兵士哗变，也难弹压，请陛下从速割爱吧，否则这大唐的江山、你我的性命都在此一刻了！”

明皇无奈，回望了一下杨贵妃，哀求道：“叫我怎生是好？”

杨贵妃从明皇私通虢国夫人，及同梅妃幽会以后，早已看出他对自己已不够专情，是绝对不会为己失掉江山和捐躯的，所以对他已失去幻想，此时硬了心肠，一滴眼泪也未掉，反相讥道：“妾死不足惜，只是不知陛下还曾记得七夕的密誓——‘在天愿作比翼鸟，在地愿为连理枝’否？”明皇心有自责，跪下赔情道：“事情危急，我心乱如麻，欲待与卿同死，怎奈这大唐的一盘残棋，可有谁来收拾呀？是朕负了卿……”

杨贵妃咬咬牙道：“妾死刀下不过疼痛一刹那，岂知我生别寿王一十六载，相思之苦，似万箭穿心，如今，别无他念，只要一见寿王，则死而无憾！”

明皇听此，霎时悔恨交加，于是立即传旨寿王前来，以偿自己的罪责。

六军喧嚷之声愈来愈高，杨贵妃向陈玄礼道：“快去宣谕六军，妾决心自缢，只是少容片刻，待我和寿王一见便了。”

陈玄礼这才如释重负，传令而去，六军喧嚷稍息。

寿王来后见状猜到十之八九，情不自禁地趋向杨贵妃。

杨贵妃急忙上前搂抱着他痛哭道：“你想得为妾好苦呀……”

寿王亦流下泪来，安慰她道：“妃子的苦衷我早已明白，我亦对不起妃子。事到如今，只好听天由命了！”遂掏出汗巾给她擦泪。

杨贵妃道：“待妾死后，每年清明时节，给妾烧些纸钱，妾便含笑九泉了。咱生不能共衾，若死可同穴，亦无憾了！”

寿王道：“我定不负妃子。”

明皇伏在桌前，虽然哭得老泪纵横，双眼模糊，仍不时地偷看杨玉环和寿王的表情，心中乱成了一窝蜂，既后悔不该拆散他们的姻缘，又痛恨不该抛弃梅妃；既后悔误信奸臣，又痛恨安禄山恩将仇报；既不忍割舍宠妃，又无可奈何……

三个人正哭得悲不忍视之际，陈玄礼领着两个士兵闯进来，“请陛下快割爱吧，若再迟疑，只怕激怒六军，还有他变……”

明皇泣不成声道：“杨贵妃，请速自裁去吧！”

两个士兵听此，架起杨贵妃往驿馆后边树林走去。

杨贵妃来到树前，从腰间掏出三尺白绫，抬头一望，是棵梨树，不禁道：“梨树呀梨树，你是我杨玉环离开这情天孽海之媒，不愿你年年为奴婢披白花扫墓，只希望你变作银铃，警告世人，‘丑勿为悲，俊勿为喜，从来佳人多薄命’！唉！罢了！罢了！”说毕，她激动地将白绫拴在朝北的梨树枝上，猛蹿上去，套在脖颈，脚手乱踢乱动片刻，即缥缈归阴而去。

明皇悲不可禁，走出驿亭，来到杨贵妃自缢之处，双手把她卸下，只见她头上戴有和自己定情时所赐的金钗一对，别无他物。于是把自己的披风脱下，吩咐高力士道：“如今难以筹备棺木，权将朕的披风给杨妃包裹，连同这双金钗一并埋入地下，标明记号，等待时机，另行改葬是了！”

高力士立即取出十两银子，找当地老乡把杨贵妃草草掩埋在驿道旁。

寿王当时昏厥于地，醒来又到坟前痛哭，悲不忍睹，其情甚哀。

李静忠扇动起士兵后，又扇动起当地绅缙父老数百人，以献麦饭粝饼为名，劝留明皇和太子。

有个名叫郭从谨者向明皇进言道：“安禄山包藏祸心已久，修雄武城，招兵买马，驱汉将换蕃将，天下皆知。年前有人上书，陛下不但不信，反将上书人送交安禄山解体，可该呀不该呀？”

明皇又惭又愧，“只为我被奸人蒙蔽，昏庸不明罢了！郭从谨你可知杨国忠和安禄山钩心斗角，是为何来？”

郭从谨道：“只为那杨国忠依仗皇亲贵戚，卖官鬻爵，同安禄山争权夺利，互相倾轧，较量高下。他二人本是一丘之貉，均居心叵测。安禄山以讨杨国忠为名，实为掩人耳目。如今杨国忠已被杀掉，他若为讨杨，就应该立即退兵才是呀！”

明皇听罢郭从谨之言，很受感动，“你若能早进此言，朕也不会有如今的下场了！”

郭从谨道：“往昔宋璟为相，直言敢谏，天下久安。尔后朝中将相皆以献媚取荣，唯恐忤旨惹祸，而在野的贤良虽有心报效，但九重深宫，无路上达。若不遇陛下西巡幸此，臣何以得见天颜面奏呢？故古代贤王唯恐野有遗贤，屡屡私访或敕令搜选，是很有道理的。”

明皇听此，悲不自胜，哭泣道：“奸臣舞弊，固然罪大恶极，但寡人晚年傲固，好大喜功，不肯纳谏，亦应当责。如今祸及天下，真是悔之莫及了！”

且说杨贵妃缢死之后，李静忠大功告成，策马回禀太子玙。

太子玙感到此乃不幸中之幸，遂携皇太孙广平王俶前往劝慰明皇，“长安乃大唐发祥之地，皇宫御苑营建百年，花钱无数，岂可轻弃？且列宗列祖坟陵在彼，若陷于敌军，毁于旦夕，必将蒙受万世之羞！又蜀中乃杨国忠的旧穴，是他谋反的本营，定有余孽，此行亦非上策！何如御驾亲征返回长安？或去陇西，或去灵武，或去太原，亦比西巡利多弊少呢！”

明皇无言答对，观望左右，左右亦皆默默不言。

部从杀戮杨国忠和杨贵妃主要是为了泄愤，加之入蜀的决心本来不足，听罢郭从谨和太子玙的谏言，更加动摇起来，纷纷表示：“甘愿东归誓死杀敌，不愿南去苟且偷生。”

明皇刚把杨贵妃赐死，似同三魂少掉二魂，痛不欲生，哪里还有亲征杀敌的胆量？他决心入蜀暂避兵锋，俟待时机，再收复失地。但对太子玙和部从百姓的劝阻，却想不出恰当的言辞来拒绝，只好道：“众且退，容朕细思！”

高力士见明皇的模样，料定他再拿不出什么好主张，便心生一计道：“使太子玙留下亲征，陛下继续南往。这样既应民心，又可慰藉陛下的创伤，岂不两全其美么？”

明皇正无可奈何，闻高力士所言，顿开愁怀，连连称道：“好计呀，好计！”于是传太子来宣谕。

太子玙闻此，喜惧掺半：喜的是皇位得保，再无易主之忧；惧的是如今天下大乱，只剩得半壁江山，如此残局，收拾起来谈何容易。于是道：“皇父健在，孩儿又无大功，受之有愧！且父皇远冒险阻，我亦不忍抛离左右。”

明皇道：“如今正是皇儿立功树威的好时机，无须多虑了！”

郭从谨亦欣然道：“若殿下和至尊皆入蜀，中原百姓谁为之主？至尊既不能往，某等愿率领子弟随从殿下东去破贼！”

皇太孙广平王俶对郭从谨之言颇以为是，立即奏道：“父老之言，很有道理，请顺天应人为是，若殿下从至尊入蜀，敌兵烧绝栈道，即将中原之地拱手与贼。到那时，恐怕人心分离，无法复合，再欲返至此地，恐怕也不可能了。不如将守西北边疆之兵全召回来，与郭子仪并力讨贼。待收复失地，天下太平之后，再迎至尊还朝，岂非为孝最大乎？如今若为了儿女区区的温情，不肯暂离至尊，岂非因小失大？”

明皇道：“西北诸胡人，吾待之甚厚，必将为你所用，可速去召之，勿以吾为念也！”说毕给太子留下两千人马，便扬鞭而去。

太子面南号泣告别。

明皇远去之后，太子玙立即商议去向。

次子建宁王倓英俊且有才略，上前奏道：“陇右和河西走廊子弟败降贼中不少，恐其父兄生有异志。而殿下先前曾任朔北节度使，属吏尚在，他们定怀旧德，效忠殿下。且彼处兵马义士众多，儿还略知其姓名。有个叫裴冕的衣冠望族，必无二心。如今安贼方入长安，忙于掳掠，无暇追袭，乘此空隙，速往朔方，徐图大举，岂非上策乎？”

众人闻之，无不叹服，太子玙遂传令北上。一夜之间，经奉大（乾县）至新平，驰三百余里，士卒器械亡失过半，太子玙遂传令休息一天。

李静忠又趁机奏道：“常言道：‘世乱帝王兴。’殿下何不先斩后奏，趁机登极？如今虽然除掉杨国忠，但随明皇南下的王子尚有十几人，只怕夜长梦多，难保他们不谋篡呢！”

太子玙迟疑了一下，道：“只怕人言可畏，说我是趁乱谋篡呢！”

李静忠早已经过深思熟虑，这才坦诚相告，“此为三步走：在马嵬驿我扇动父老挽留太子北上是第一步；如今请太子易名亨，既是亨通吉利之意，又别于其他王子为第二步；到灵武后，我再发动当地缙绅上表劝进，到时殿下要谦逊几次，免得使人看出破绽，然后再接受劝进，为第三步。此外，请给奴才更名为李辅国。”

太子玙认为此计可行，并觉得李静忠只不过是想捞个辅国的宰相，便一一照允。

到灵武后，李辅国为了捷足先登，唯恐落在南下的其他王子之后，立即把朔方留守杜鸿渐和河西司马裴冕的兵马集中起来，共达两万多骑，统一管辖。接着大造舆论，“皇上在马嵬驿告别时，已宣谕禅位，太子亨不受。如今卑以为应诏令于天下，调发朔方、河西、陇右诸军，速破贼兵，亟应登极，以顺天应人!”

裴冕等猜知太子亨欲待登极，且这样对自己也大有好处，遂发动当地缙绅父老数千人，连上六表。

太子亨谦让再三，方道：“众卿连上数表，至诚可嘉，岂能过谦久违。兹承天启运，改元至德，即为肃宗。”

接着大赦天下，封赏功臣：裴冕为中书侍郎、同中书门下平章事(宰相)；李辅国为太子詹事，兼判元帅府司马，皇帝的诏令都由他过目才能签发，下面的表章只有通过他才能上达。

且说李辅国长得比较英俊，虽为阉人，已无情欲，但其爱美之心犹存。张良娣和他有意，他们常在一起调情绰趣，后来他还设府娶妻纳妾，同时还设法使张良娣封为皇后。张良娣也颇有心机手段，同太子初至灵武时，生次子侗三日后，即起床为战士缝衣。每晚寝居太子帐前，以防不测，因此甚得太子怜爱。

张皇后和李辅国勾结，主要目的是她要依靠李辅国为其长子谋立太子位。而李辅国呢，则欲利用张皇后为己谋中书令。此等事按下暂且不表。

且说明皇南行，护从不及千人。他为了扩大声势，命由六军缩成的四军仍分为六军，使颖王璬先行诣剑南，命丰王珙任武威都督，其余瑁、磷、琦诸王紧随左右。

寿王瑁因悲怜杨贵妃，借故担任后卫，时停时歇，至晚方行十余里，即令驻扎，选十名亲信士兵，勒马回至马嵬驿，挖取杨妃尸体移葬，拟他日和自己同穴，实现她的遗愿，以避免被明皇改葬。刚挖三尺，寿王唯恐损伤尸体，亲自跳下坑去，小心翼翼地用双手向外捧土，一边捧一边哭，泪似泉涌，扑簌簌地滚流不停。他一边用手捧土，嘴里一边念叨：“杨妃呀，杨妃，你死得好惨呀！为夫给你改葬来了……”同时低诉衷情：

忆当年一见钟情成连理，
五年恩爱寸步不离。
岂料想棒打鸳鸯两分飞，
咫尺千里，悲莫悲兮！
更哪堪，贤妃偷生为吾，
吾反而误会你缺情寡义。
十年冤屈今方知，
刹那间生离变死别。
我的贤妃呀，
我要到黄泉路上去追你……

寿王诉毕，抱着杨尸昏厥于地。

众士兵群龙无首，有的手忙脚乱；有的吓傻了，站着发愣；有的嚷道："这可咋办呀？快掐鼻子和耳朵！""你们都愣啥，还不过来帮忙！"

众士兵急忙上前，有的扶胳膊，有的掐鼻子，有的扭耳朵，其余的蹲了一圈，屏息观察。夜静如死，叶落可闻，约半个时辰，寿王才逐渐清醒过来。他一清醒，急命士兵在沟坡处寻了一个沙土地，用干戈长矛，挖了五尺多深的墓坑，然后把明皇裹杨妃的披风抛掉，用自己的长袍包住杨妃，慢慢地移放卜墓坑里。放下许久，他看了又看，扶了又扶，摸了又摸，似同母亲哄婴儿睡觉一般，唯恐有半点不妥。直待闻到五更鸡叫，才割爱捧土掩埋，边捧边哭，哀天动地。约掩盖一尺厚，才让士兵一起封土。寿王为了杨妃尸体不被人发现，让在其上面填得平平的，并覆盖了些草皮，为了将来好找，又量了墓坑上至坡沿、下至沟底、左至岩石、右至杨树的步数。然后他又沿着墓坑绕了十周，方才恋恋难舍地南去。

欲知后事如何，且看下回分解。

第四十一回

明皇失爱哭声连天
乐工骂贼热血洒地

且说明皇离开马嵬驿杨贵妃之墓，心似刀剜，上得马来，六神无主，又逢着秋风萧瑟，南归大雁哀鸣，一声声送上雕鞍，不禁下泪千行，哭声连天：

回望马嵬坡，
不觉泪满胸。
悲莫悲兮生别离，
更哪堪生离死别交并。
孤坟古驿边，
冤魂怎耐凄伶？
是朕负了卿，
独在人间受煎熬，
委实不愿生……
看前川，残山剩水一角，
云深雾埋茫茫千重。
斜风落叶扑面迎，
哀猿断肠，
孤雁声声最怕听！
唉呀呀，
天旋地转，
血泪模糊……

明皇愈哭愈哀，力不能支，跌下马来。

高力士急忙上前扶持，“请陛下莫悲伤，多加保重。待来日杀完贼寇，祭奠娘娘，迁葬皇陵！”搀扶良久，明皇方又上马缓辔而行，三步一回首，五步一声叹……

且说安禄山进了长安，以为大势已就，定于八月十五日的晚上，在太液池畔举行庆功晚宴，并命张垍广为搜罗梨园戏子、歌伎舞女，为他歌功颂德。

杜甫因为曾在集贤院年余，又诗才出众，张垍就派人把他从俘虏狱中带来，劝诱他为安禄山写颂诗，“咱们都是大唐旧臣，人非草木，谁能无情？但大势已去，覆水难收，又有什么办法呢？常言道：‘识时务者为俊杰。’我们只有顺水推舟了。况且，你在天宝年间，只谋到一个胄曹参军的微末职务，从未蒙受重恩，如今何不弃旧迎新？安禄山身为异族，深入关内，羽翼不丰，必倚重你我。他定于十五日晚举行庆功宴会，希望你为他写一首贺新君的诗，他打算封你为集贤院大学士，赐宅第一座，派人接你妻小来都。老兄，此等幸事，何乐而不为？”

杜甫一听这话，肺都气炸了，想臭骂他一顿，然后碰柱而死，可是，他又冷静一想，徒死无益，还是斗智为好，于是对张垍道：“聆听教诲，受益匪浅，但欲要拙作，必依三个条件。”

张垍喜形于色，连忙道：“莫说三件，三十件也可。请问其一？”

“立刻放我到大云寺去写。”

“完全可以。请问其二？”

“酬我黄金十两，羊羔美酒各五斤。”

“如数照奉。请问其三？”

“当年我投诗阁下，阁下曾将诗稿甩到我的脸上，不知是否还记得？”

张垍哈哈一笑，“哎，已时过多年，何必再提呢？”

杜甫毫不退让，“我不但要提，而且还要连本加利还你三个耳光！”

张垍顿时火冒三丈，正待发作，又想，这样他就不给写诗了，会得罪安禄山，于是只好忍气吞声地道：“唉，谁让我当初有眼不识泰山呢，现在我愿低头认罪。不过请老兄手下留情，轻些用力。”说完，把脸伸向杜甫的胸前。

旧恨新仇齐涌心头，杜甫猛力打下去，只听“啪、啪、啪”三声，张埳的脸上一片红肿，他叫苦不迭。

八月十五到了，万事俱备，只有杜甫的颂诗迟迟未予交卷。张埳急得像热锅上的蚂蚁一般，接连派人催询三次，皆回说尚未写成，他只得亲自到大云寺去看个究竟。杜甫见张埳来了，这才交卷。张埳打开诗卷一看，哪里是什么《贺新君》，是一首《哀王孙》：

长安城头头白乌，夜飞延秋门上呼。
又向人家啄大屋，屋底达官走避胡。
金鞭断折九马死，骨肉不得同驰驱。
腰下宝玦青珊瑚，可怜王孙泣路隅。
问之不肯道姓名，但道困苦乞为奴。
已经百日窜荆棘，身上无有完肌肤。
高帝子孙尽隆准，龙种自与常人殊。
豺狼在邑龙在野，王孙善保千金躯。
不敢长语临交衢，且为王孙立斯须。
昨夜东风吹血腥，东来橐驼满旧都。
朔方健儿好身手，昔何勇锐今何愚。
窃闻天子已传位，圣德北服南单于。
花门剺面请雪耻，慎勿出口他人狙。
哀哉王孙慎勿疏，五陵佳气无时无。

张埳看毕，恼羞成怒——杜甫打了自己三个耳光不说，又写了这样一首锋芒毕露的讽刺诗。他想，另找人写已经来不及了，一气之下，抽出宝剑欲向杜甫砍去。

杜甫神色自若地道："我乃一介书生，穷无立锥之地，死而何憾？只怕安贼怪罪下来，你的万贯家财、荣华富贵、娇妾美妻都将化为乌有，那才可惜呢！"

张埳气急败坏，"你到底如何打算？"

杜甫道："我还有一首诗。那安禄山是不学无术之辈，你可以拿去搪塞一下。"

张埳忙道："快拿来我看！"

杜甫遂将题为《大云寺赞公房》的一首寓意双关的诗取出递给张埳。

张珀看罢，皱了皱眉头，但别无良策，只好带着杜甫赴宴而去。

酒过三巡，安禄山传呼歌舞侍候。张珀急令杜甫朗诵诗作。

杜甫遂将冒充《贺新君》的《大云寺赞公房》取出念道："雨泻暮檐竹，风吹青井芹。"

安禄山插嘴道："对对对，触景生情，好诗!"

杜甫接着念道："天阴对图画，最觉润龙鳞。"

安禄山连连点头，"好好好，我就是真龙天子。传我的话，赏他黄金十两!"

"晤语契深心，哪能总箝口?"

安禄山道："是呀，我早就预料到了，你们早晚会拥戴我的!"

"泱泱泥污人，狺狺国多狗!"

安禄山感到诗味有些不对，问道："这'国多狗'是什么意思呀?"

杜甫解释道："狗是最忠诚的，主人再穷，它也不会离开。如今你的文武百官，比狗还要忠诚十倍，岂不可贺吗?"

安禄山笑道："好好好，你写得真好，我要重重赏你！快快快，歌舞侍候!"

于是，丝竹齐奏，歌舞渐起。有两个歌女在丈八沟曾与杜甫相识。她俩见杜甫今天在大庭广众之下痛骂安禄山及叛臣，心中对其的敬意油然而生，亦随机应变，改唱新词，"泱泱泥污人，狺狺国多狗。昨日保唐今侍燕，天生就是磕头虫儿，没骨头。为虎作伥，十恶不赦，人怨鬼也仇……"

这边歌伎尚未唱完，那边的乐工雷海青早已热血沸腾，忙抢唱道："安禄山，你恩将仇报，兽心人面，奸淫烧杀，罪恶如山。违天意，惹民怨，我和你不共戴天！手执琵琶，将你的贼头打烂!"唱完，就将琵琶掷了过去。

安禄山侍卫森严，未能击中。

雷海青被擒，立斩宴前。

安禄山被这意外的袭击吓出一身冷汗，酒也醒了，又命侍卫杀掉那两个歌伎。

杜甫急忙上前劝阻，"此等歌伎乐工，都是粗俗之人，懂什么国家气节？依臣愚见，她们背后必有人指使!"说毕，向那两个歌伎使了个眼色。

安禄山信以为真，忙问：“那么，这个在背后指使的人是谁呀？”

杜甫道：“请把她们两个隔开审问，一问便知。”

安禄山即刻命人把她们隔开审问，结果两个歌女异口同声地说是受丞相张垍的指使。

杜甫又对安禄山道：“臣的颂诗，也是按张垍授意写的，写后又经他审阅。想他必将自己置于‘猖猖国多狗’之外，否则他怎能让用这种字眼呢？他是明皇的女婿，他妻子是宁亲公主，当年是何等的尊贵，如今他岂肯俯首于大燕皇帝陛下？依臣愚见，张垍现时必是伪装，他委曲侍人，以图有朝一日东山再起。”

安禄山听罢勃然大怒，不待张垍申诉，立即命令将他斩首示众，又令将那两个歌伎释放。

安禄山对杜甫的诗才十分赞赏，任命他为集贤院大学士，并欲留他住在宫中。

杜甫婉言推辞，“我还有些诗稿在大云寺中，待收拾完毕，再进宫侍奉陛下！”

安禄山应允。

杜甫回到大云寺，就连夜化装成农夫模样，穿着麻鞋，潜出城外，投奔在灵武的唐肃宗去了。

这时被俘在押的还有一名大诗人王维，伪称喑病下痢，拒不赴宴，潜诗一首：

万户伤心生野烟，
百官何日再朝天？
秋槐落叶空宫里，
凝碧池头奏管弦。

欲知后事，且看下回分解。

第四十二回

遇雨闻铃明皇落魄
忆旧对奕寿王失魂

且说明皇衔哀南行，不日来到剑门栈道，见凿石架木，飞阁腾空，盘旋百里，宛如万道长虹。时逢云雾缭绕，仙幻莫辨，他们行于其上，胆战心惊。傍晚时分，又落起蒙蒙细雨，黄叶飘坠，无限凄凉，离乡背井的士兵无不纷纷落泪。那忍气吞声的明皇，再也忍耐不住，放起了悲声——风声、雨声、哭声和小溪流水声交织在一起，回响于空谷中，若断若续，如泣如诉……

高力士怕皇上哭坏身子，连忙奏道："前面山坳里有个避雨亭，快辔赶去歇息歇息吧！"于是执辔而行，不久来到避雨亭。

明皇刚下得马来，就听见那亭檐上的铃铎"叮叮咚咚"响个不停，又听见远处哀猿啼不住声，抬头一看，恰好一只孤雁匆匆南飞，他依栏回望，马嵬长安尽在云掩雾埋中，一股凄楚之情顿时涌上心头，不禁又泪眼模糊起来。他误把剑阁当金銮，错将山峦做荒茔，突然跪下痛哭道："妃子呀，你在九泉之下好凄凉耶！我在人间亦似零刀碎刮，痛苦莫名。长生殿密誓该照应'在天愿作比翼鸟，在地愿为连理枝。天长地久有时尽，此恨绵绵无绝期'。妃子呀，是我负了卿！是我负了卿……"

高力士眼看夜幕降临，阴云愈显昏暗，雨仍不停，心想，在此荒山野谷中，饥寒交迫，怎能度夜？遂谎报剑阁驿只有十里路程了，奏请启驾。他们赶到驿站时已至三更，草草用膳毕，即安排休息。军士们人困马乏，刹那间即入睡。而明皇由于倍感凄凉，精神悲愤失常，辗转反侧，彻夜失眠。他黎明即起，令人把来纸砚，边哭边写着这离别的凄凉……

明皇写罢，投笔于地，命高力士把箫以曲和之。

高力士读了一遍曲词，感到十分悲哀，犹豫地问道："用何种曲调？"

明皇道："虞美人。"

高力士皱一下眉头，嗫嚅道："此调源于霸王四面楚歌别虞姬之际，今用之，即不祥，且十分悲凉，犹恐引起士兵思乡情怀，再生哗变……"

明皇痛不欲生，气急败坏地拍案道："朕正欲去追随杨贵妃，再引起哗变才好呢！卿勿多言，快和之！"

高力士只好屈从，抽出玉箫放到唇边起调。明皇便依拍和唱。此时，陈玄礼闯门而入，一头跪扎在地，哀求道："士兵的情绪方定，岂能闻此悲凉的楚歌？请陛下节哀，保重龙体，勿再吟奏是好！"

明皇一见陈玄礼，愤恨填膺，踉跄上前，猛打他两个耳光。

陈玄礼不住地叩头，委屈地分辩道："臣完全是为了大唐社稷着想，毫无二心……臣实在冤枉……"说着，痛哭流涕。

高力士为了打破僵局，调解道："日久见人心，陈将军是忠是奸，自有分晓。"抬头望明皇并无反感，遂伸手拉起陈玄礼，推向门外，耳语道："明皇痛苦若此，近于疯狂，委屈了将军，他日定会赔情。请将军以江山为重，速去观察、安定军心才好！"

陈玄礼心中七上八下，当他挨耳光时，感到万分委屈，确有叛逆的念头：真心保国，反落个奸臣的罪名，早知如今，何如在马嵬坡趁火打劫？如今已过栈道，进退维谷——但趁此险要举事，岂不是关门打狗，更便当么？正当他即将横心立断的当儿，忽闻高力士的劝慰，又退却了下来，于是道："请大将军在皇帝面前多美言几句为幸！"

高力士道："请勿客气，快安定军心去吧！"他拍了一下陈玄礼的肩头，表示亲昵而别。

陈玄礼悄悄地去观察士兵，只有少数在鼾睡，大都在辗转呻吟。他想，他们的心情是可以理解的。

陈玄礼为了证明自己之所料，次日晨起去到一个兵帐，撩拨道："夜间'楚歌四起'，你们听到否？"

一士兵道："不曾听见。"

陈玄礼道："因你们疲劳过度，睡得太熟了。"

另一个士兵道："我却听见了。"

陈玄礼道："你知道四面楚歌的故事么？"

一阵调唆之后，士兵们窃窃私语起来。他们并非关心明皇是否自刎，而是想趁机逃离。于是讲此故事的士兵拍案而起，“我们投军抛妻弃子是为何哩？是为了保国立功！如今太子已北上登极，抗敌保国，我们要立功，就应跟随太子。而太上皇怀念杨贵妃，可能迁怒你我，他又是下台的皇帝，或将步楚霸王的后尘。我们抱此老朽，有何前途？何如回家抱娃娃哩？”

群情激愤了，“对，回家，回家抱娃娃去……”于是都去收拾行装，抛掉刀枪剑戟，争先恐后出帐北归。

陈玄礼一面高声遏止，一方跑向驿舍去奏报明皇。

明皇此时还处于疚心莫名的境地，“都逃完才好哩！普天下就撇下朕一人才好哩！天坍地陷了才好哩！”

高力士连忙把陈玄礼扯到门外，悄悄地道：“你是行军总管，士兵逃离，你责无旁贷，还不快去阻拦！”

高力士支走陈玄礼，深知明皇已自顾不暇，是无能为力的，便召集寿王瑁、颖王璬、永王璘、嗣宁王琳等亲王到寿王的住处商讨对策。

高力士遂启奏明皇，下诏颖王璬为蜀郡大都督，先行储供迎驾。永王璘为江陵郡大都督兼山南、岭南、黔中、江南四道节度采访使。

明皇点头表示应允。颖王和永王去后，明皇感到哀隐稍减，亦缓缓南行。

欲知后事，且看下回分解。

第四十三回

哭雕像神魂颠倒
见寿王惭悔交加

明皇派遣璬王、璘王去后，距贼兵也渐远，安全感日增。但愈觉安全，思念杨贵妃之情就愈重起来，竟至食不知味，寝不安眠，日夜以泪洗面。明皇一行跋涉三十一天，来到成都行宫。行宫虽小，但也略有宫廷的风光。明皇触景生情，倍思杨贵妃，仿佛回到了长生殿。

自己正躺在龙床上哀叹，忽见念奴和永新搀扶杨贵妃出浴，自己慌忙下地迎接，“妃子怎么复活了?”

杨贵妃吃惊地道：“皇上说的是什么疯话？妾方才到华清池沐浴去了。”

明皇又喜又惊，“妃子在马嵬坡自缢了呀?”

杨贵妃哈哈大笑，前仰后合，“陛下说哪里的梦话啊?”

明皇心想，但愿前时是梦才好，半信半疑地道：“朕唯恐失掉妃子，才做出如此噩梦来！来来来，快和朕亲热一番……”明皇下床猛扑，一头磕在椅子上，鲜血直流。

高力士和明皇同室而眠，急忙燃烛查看，“陛下做噩梦了吧？快快上龙床。”

明皇仍在昏迷状态，“朕早从梦中醒来，杨贵妃并未在马嵬坡自缢——那才是梦哩。她，她，她到华清池沐浴去了。”

高力士顺水推舟道：“是的，请陛下快上床等待是了。”他把明皇强扶到床上，这才看到明皇头上的血迹，连忙寻一条汗巾给明皇包扎。

明皇因感到包扎的疼痛，清醒了过来，心中无限遗憾，老泪纵横，流个不住，更浮想联翩，再难入眠。到了天亮，忽然想出一个聊以自慰的办法——敕令给杨贵妃雕刻一尊檀木神像。

成都府接旨，星夜筹办，一月将杨贵妃像雕成，抬入行宫。

明皇见雕像惟妙惟肖，与杨贵妃复活无二，立即扑上前去抱头痛哭道："妃子，你想得朕好苦呀！你是嫉妒梅妃吗？朕今后要和妃子寸步不离……"他喘了口气，"妃子快说话呀！你是还在生朕的气吗？朕两次遣妃子出宫，皆出于无奈呀，但似覆水难收，吾也后悔莫及呀！今后朕若再惹妃子生气，任你打，任你骂，吾也认从。"明皇对着雕像哭诉，数次昏厥。

众人前来看望明皇，高力士诉罢明皇昏厥的原委，众人皆认为杨贵妃雕像置于行宫不妥。寿王趁机仔细地瞻仰杨贵妃雕像，也觉和杨贵妃生前无异，旧情蜜意也油然而生，眼圈刹那间红了起来。他遐想非非，呆若木鸡。高力士心灵眼快，立即劝寿王和其他人离去。

高力士觉得将杨贵妃雕像放置在行宫，非但不能慰藉明皇的寂寞，反而更加重了他的悲哀，经过一夜的思虑，他终于想出一个计策。次日早膳毕，他便向明皇奏道："杨贵妃貌似天仙，归阴之后必然成神，应给她建立庙宇，把雕像安放在里面，才是道理！"

明皇这时还心乱如麻，也顾不得细思，便顺水推舟地应道："言之有理，速敕成都府赶办。"

寿王闻讯，喜不自禁：杨贵妃雕像安放在行宫，父皇日夜守候，自己难得入见。待置于寺庙，自己岂不也可时常参拜了么！所以他也从旁敦促，日夜赶工，数月而就。庙宇盖正殿五楹，东西厢房各三楹，廊、山门、碑碣、香炉、钟缶、鼓楼应有尽有。

在此赶工期间，一天十二个时辰，明皇约有十个时辰徘徊在杨贵妃像前，一会儿凝视，一会儿抚摸，一会儿哭，一会儿笑。

安放仪式十分隆重，虽是神像，但宛似册封皇后、纳妃或参谒家庙。寅时，行宫里已灯笼火把照得通明。宫娥念奴和舞姬谢阿蛮，为贵妃雕像施朱、涂粉、描眉，既小心翼翼，又肃穆悲凉。她们一会儿想起贵妃当年舞霓裳羽衣曲时的雅态妙姿，一会儿想起她马嵬坡殉难时的惨状，不觉珠泪盈盈。明皇则立在像前发呆，依依难舍。

凡以往有杨贵妃露面的场合，明皇是必然通知寿王回避的，而今天他不但宣谕寿王奉陪，还令其偻儿和芳女一起随行。而他却没有想到，这样也引起了寿王思念杨贵妃的旧情，以及可能会发生的事。

卯初，东方腾起半天彩霞。锦城的秋末，繁花似锦，仙意盎然，且和风习习，凉爽宜人。高力士趋前谄媚道："风和日丽，祥云满天，必是王母娘娘迎接贵妃娘娘来了。"

明皇喜形于色，顺水推舟道："快送贵妃升太真行宫者!"

高力士急忙吩咐奏乐，宣进校卫仪仗捧香炉、花幡、扇、銮驾、宝盖进来。

明皇又宣谕道："马儿在左，轿儿在右，朕与娘娘并行，寿王和其子女随后。"

于是校卫抬杨贵妃宝像起驾，浩浩荡荡，络绎里许。

明皇骑在马上，心中苦辣酸甜，不可名状，泪水哗哗直流，不知不觉来到太真行宫。

高力士扶明皇下马后，立即奏道："吉时已到，娘娘候旨升座!"明皇道："宫人们，扶娘娘升座!"

于是雅乐细奏，众宫女扶像前倾，念奴奏道："杨娘娘谢恩!"

明皇亦顺水推舟道："平身!"

众宫女扶杨贵妃宝像升座。

明皇把来香和酒，哭诉道："妃子呀，是寡人违誓盟负了你，硬拆鸳鸯苦无涯，后悔莫及。我当时若将身去抵，陈玄礼未必敢对朕无理。纵然他犯君王、谋大逆，咱二人共穴在一起，也胜似这孤苦伶仃、凄凄惨惨无终期……"他喘息了一阵，燃香奠酒道："头杯酒愿王母接妃子入瑶台，恩宠无比；二杯酒愿妃子衣锦绣、食花果，芳容永继；三杯酒愿妃子常下凡，梦中和我欢聚……"言未了，明皇又昏厥于地。

高力士急忙护送明皇回行宫抢救，众人也立即散去。

唯有寿王留恋杨贵妃雕像难舍，他对一双儿女哭诉道："她是你俩的'生母'，可你们再相见时，她已成了'死像'，应该好好哭哭，超度她亡魂成仙，庇护你俩福禄双全。"

李僾和李芳先前也曾听过有升仙的传说，但没有寻根究底，今天见其母升仙的场面活灵活现，也跪下痛哭起来。

寿王又哭诉道："妃子呀！咱的儿女皆长成，望你在天多保佑。原猜想二十年后可团圆，谁料得父皇健在你先殁！这才是'存亡难料，祸福无常'。"

寿王望着惟妙惟肖的雕像，与杨妃生前丝毫无别，留恋两个时辰，方依依惜别。此后他每天都以为杨贵妃雕像烧香的名义前来悼念。

欲知后事，且看下回分解。

第四十四回

肃宗借兵收复两京
和尚献珠获赏三车

肃宗在灵武登基之后，明皇见米已成饭，便顺水推舟，遣房琯送去禅位册表。于是贤良络绎而往，齐力保国杀敌。文臣李泌和房琯运筹帷幄于内，武将郭子仪、李光弼、广平王俶和颜真卿备战于外，形势日渐好转。

房琯原为宪部侍郎，才略出众，本有相才，因遭人嫉妒，久被埋没。安禄山曾推荐过他，明皇蒙尘奔出长安之后，估计他很可能投敌，不料十五日后，他竟追至普安护驾，明皇甚喜，拜为文部尚书。至成都，明皇遣他奉禅位册表赴灵武。

肃宗正求访贤良，见房琯至，甚悦，遂问退敌策略。

房琯对曰："臣闻贼寇掳获子女金帛皆运往范阳，必无据天下之志。且回纥兵勇，陛下可速遣使请援，许以厚赏。今令李光弼袭击河北常山一带，郭子仪军扰西京。彼救首则击其尾，救尾则袭其首，来往数千里，疲于奔命。我则以逸待劳，贼至避其锋，贼去乘其弊。待回纥兵至，四合而攻之，使贼留则不安，退无所归，一举可平！"

肃宗甚嘉其言，遂拜他为相，并立即命豳王守之子（废太子贤孙）承寀携郭子仪的部将仆固怀恩出使回纥请兵。

房琯只有军事谋略，缺乏实战经验，不久便因兵败被罢相位，擢李辅国的心腹李揆为相。

安禄山本为好色之徒，陷长安登基洛阳之后，就盲目乐观起来，立即选妃，充实三宫六院，日逐声色，荒淫无度，眼疾加剧，疽疮暴发，三个多月就目不识物。他心中烦躁无比，常对下属撒气，捶打呵斥。下属人人自危，怨声载道。加之安禄山宠妾段氏，怂恿他废除安庆绪，立其亲生子庆恩。安庆绪闻讯似火燃眉，即刻联络屡遭安禄山笞打的严庄和太监李猪儿，于当夜把安禄山刺死于床上，扬言暴疾而亡。安庆绪昏庸无能，事无大小皆委托严庄裁决。于是军心涣散，众叛亲离。

这时郭子仪与李光弼已固守太原河东广大地区，并不时出击安史旧巢河北常山一带。肃宗敕郭子仪领兵五万至灵武，拜之为司空天下兵马副元帅。

房琯被罢相后，难免有不满言语，因而又被贬。

永王李璘受命为江陵、江南和岭南等四道节度使，拥有将近全国一半的领土，且物产丰富，租赋山积，他到江陵以后，便起了偏安的野心，随即扩充兵马，笼络人才，拟于金陵建都。但不到半年，肃宗封高适为扬州和淮南节度使，率兵五万讨伐永王，永王兵败，李璘被诛。

肃宗派遣的承寀出使回纥，不久胜利而归——怀仁可汗不仅遣其子叶获领精兵五万助唐，还将其女许承寀为妻。兵马元帅广平王俶和叶获结拜为兄弟，并许以克西京后“土地士庶归唐，金帛子女任其索取”，叶获甚喜。

于是肃宗集朔方、回纥、西域诸兵达十五万于凤翔，号称二十万，开始反攻，酣战一昼夜，斩敌六万级，伤残无数。贼将安守忠、张通儒等闻唐有回纥兵相助，胆战心惊，连夜潜逃。郭子仪又领蕃汉兵追至潼关，斩敌万余，克华阴弘农二郡。叶获欲索西京金帛子女，元帅广平王拜其马前道：“今方得西京，若有扰民间，而东京百姓恐为贼固守矣！”叶获下马答拜：“愿为殿下取东京。”严庄见势不妙，遂弃暗投明。

唐军休整五日后，元帅广平王俶又领蕃汉二十万人马追击穷寇，似摧枯拉朽，不及旬日收复东京洛阳。

肃宗不禁大喜，遣使赴蜀迎明皇回京。

明皇闻讯悲喜交加。行至马嵬坡前，顾不得更衣洗面，立即跪倒在杨贵妃坟前痛哭，“妃子呀，我李三郎隆基回来了，你快显显灵，走出墓来和我谈一谈——你有恨，你有冤，快打我骂我消消气，才可使我赎罪万一，心中略可安然……”他揉揉泪眼，眼冒金星，只见夕阳灿烂，荒茔仍然死气沉沉，毫无动静，心想杨贵妃的深仇大冤岂能被自己几句甜言所动？随即呵斥陈玄礼道：“你身为将军，不能制止士兵哗乱，逼得妃子自缢。你一有失职之罪，二有助纣为虐之嫌，当杀汝祭奠妃子亡魂才是！”于是举起宝剑正欲猛砍，高力士眼疾手快，上前支住了明皇的手腕。

陈玄礼跪地下叩头求饶，“陛下呀，因为事出意外，臣一时心慌意乱，为了大唐江山和圣躬的安全，万不得已才出此下策，逼得贵妃离开人世。若责臣失职，罪有应得，以身祭奠贵妃死而无憾；但若说臣助纣为虐，实在是冤枉。”他抬头望了一下明皇，见明皇有息怒状，又大胆辩道：“臣还记得贵妃临难时曾言，早已受够棒打鸳鸯之苦，不欲苟安偷生，要求见寿王一面，死而无憾——由此看来，贵妃是含笑于九泉，不会怨恨为臣的。”只说得明皇羞愧满面，尴尬莫名。

高力士急中生智，遂道：“陈将军忠心于大唐，屡立功勋。马嵬兵变，实出于意外失职，情有可原，应归罪于安禄山才是。且当日士兵遵守诺言，护驾成都，树立新功。若罪罚陈将军，军心岂无疑惧，再生他念？且贵妃已仙逝年余，绝无复活之理，何如从速改葬厚殓，以慰亡魂。这样既可彰陛下宽容下士的厚德，亦能显陛下宠幸杨贵妃的旧情，岂非两全其美么？”

明皇心服，勉强同意，遂回驿中安歇，但辗转反侧，彻夜失眠。

寿王更为悲苦，当明皇归寝之后，他带了两名侍卫，悄悄去到马嵬坡下改葬杨玉环之处。见地陷坍方，宽百尺，长里许。原来是初秋时节暴雨成灾，杨玉环的坟已无影无踪，更不知尸体冲到了何方。寿王便蹲在泥沟中大放悲声，只哭得星月暗淡，秋虫哀鸣失声。

明皇一行回到长安，肃宗率精骑三千迎接。明皇复入大明宫含元殿慰抚百官，然后入长乐殿拜谢九庙，恸哭。是晚他幸兴庆宫，连夜巡视一遍，只见凄凉满目，草黄木枯，残垣断壁，雀鼠乱栖，物非人也非，遂老泪纵横，夜不能寐。

三日后，明皇携高力士、侍卫、宫娥等百人乘车轿至马嵬坡给杨贵妃改葬。不料挖坟见底，尸骨皆无，唯有香囊一只，色香如故。众皆疑之，有言尸解升仙者，有曰贼人盗墓者。但尸解只有传说，从来无人目睹；盗墓者为贪财宝，要尸骨何用？明皇心中亦十分纳闷。

明皇一行人困马乏，当时已日夕，他忽见坡上有个酒店，遂带众人上坡进店休息。店主是个老妪，姓王，曾在杨贵妃墓前拾得锦袜一只，置匣中常请饮酒者观赏收钱。这时店中正有一个老翁在吃酒看袜。王婆一见明皇一行朝店中走来，心有疑惧，连忙去收锦袜。老翁道：“此袜是你拾得，有何可怕？”王婆道：“我自拾此袜之后，生意日益兴隆，将依此养老，若被官家没收，岂不可惜？”老翁道：“私藏禁物，被告发之后你是吃罪不起的，何如趁机献上，不愁不获重赏呢！”

明皇一进酒店，老翁立即跪拜上前口呼：“太上皇万岁！小民郭从谨见驾！”

明皇不禁一怔，“你是朕奔蜀时献麦饭的郭从谨么？”

郭从谨道：“正是小民。”

明皇道：“快坐起叙话！”

郭从谨忙将锦袜一事说与明皇，并献上盛锦袜之匣。

明皇取出一看，果然是杨贵妃的遗物，遂把玩再三，爱不释手，激动地道：“你在何处拾得？”

王婆道：“在坟前道中。”

郭从谨道：“想必是改葬之人，于夜晚仓促之间，遗失道中，未曾发现。”

明皇心想，必是寿王改葬无疑。但为了掩饰家丑，遂道：“是杨娘娘入葬之前遗失道中也未可知！”

郭从谨道：“而如今穴为空，是为何故呢？”

明皇道：“自古神仙常有尸解之事，杨娘娘尸解升仙也未可知。”

郭从谨十分机灵，猜知明皇是故意遮羞，便顺水推舟道：“但愿如此才好！”

明皇赏郭从谨和王婆黄金各一百两，然后命人将杨贵妃锦袜葬入坟内，是为衣冠冢，并御书一墓志铭碑。他把香囊携回，日夜佩戴胸前。

明皇回宫之后的当晚，就把寿王召至宫中，询问其改葬经过。

寿王隐瞒不过，只得以实相告，并告之那地方如今已是地陷坍方。

明皇心想，既被河水冲走，就有可能淤于河湾中，遂遣侍卫丁壮百人，沿河寻找。但自浐水入渭，自渭入黄河，又经黄河至东海，打捞询访年余，毫无踪迹。

此消息传至日本，一道士为了图赏，在海边寻得一女尸焚化建塔，遂来中国谒见明皇，佯称：“此中国女尸衣着华贵，骨骼似玉，发长三尺。打捞出海时，只见一朵祥云，冉冉升起，向中国蓬莱岛方向漂去，似是升仙。贫道知此女尸不凡，遂依中国佛教制度，焚尸建塔于长寿寺中。如今想来她必为杨贵妃娘娘无疑。若早料及，定盛殓泊送陛下，现悔之莫及！”

明皇听他说得活灵活现，信多于疑，连忙问道：“你可看清她身穿衣裙的颜色否？”

道士道：“衣裙已被泥沙冲刷腐蚀两年，漂洋过海，褴褛褪色无从辨认，但尚存明珠一颗。”边说边从衣兜里掏出。

明皇小心翼翼地接过来细看，粗粗麻麻，也很像是在泥沙中长时间冲刷的结果，于是相信无疑。因道：“朕赏你珍宝两车，请将贵妃塔妥为修饰，严加保护！”

道士感激涕零，忙跪下谢恩，连呼“太上皇万岁，万万岁”，站起来又道：“贫道尚有人仙梦中相会术。若此珍珠确是杨贵妃娘娘遗物，请陛下放在胸前口念：‘我李隆基在天宝四年七夕乞巧，曾和杨玉环密誓——在天愿作比翼鸟，在地愿为连理枝。只因那安禄山作乱，六军不发，逼得我心慌意乱，违誓败盟，将杨贵妃抛舍，我罪恶沉重，疚心如焚，愿寻杨贵妃魂灵赔礼。请牛郎织女开恩，求情王母，容我一见，今后夜夜给双星焚香膜拜。’如此祈祷一千遍，定能梦中相见。”

明皇喜出望外，“若能成功，朕再赏你珍宝一车！”

结果，当晚明皇如是行事，不但不曾梦见杨贵妃，而且一夜未眠，遂叫来道士诘责。

道士却从容对道：“我早知陛下不曾梦见，因陛下少念了一遍。今晚陛下只要能够如数祈祷，再梦不到，我情愿被杀头。”

明皇见他如此，又相信无疑。晚上又如是行事，结果仍然双眼未合。此番道士理由为：“你昨晚又多念了一遍。”

明皇因两夜未曾合眼，第三晚瞌睡已极，刚祈祷若干遍就进入了梦乡，飘飘忽忽来到月宫……

晨起之后，道士不见明皇召他苛责，心想一定是梦见了杨贵妃，便主动入谒。请安毕，奏询明皇入梦否。

明皇是有苦难言，只好含糊回答，又赏他珍宝一车，让他离去。

其实哪有什么“人仙梦会”之术，此道士只是深信“日有所思，夜有所梦”，若是不梦，则以遁词搪塞过去。

明皇从此对“通幽招魂”的邪说感到失望，日益抑郁，加之奸佞进谗，未待安史之乱彻底除灭，他便在凄苦中离开了人世。